ABC 살인 사건

ABC 살인사건

2011년 11월 15일 중쇄 발행

지은이 애거서 크리스티
옮긴이 유명우
펴낸이 이경선
펴낸곳 해문출판사

등록 1978년 1월 28일 제3-82호
서울시 강남구 테헤란로216 5층 151호(역삼동, 신웅타워)
전화 02-325-4721
팩스 0502-989-9473

값 12,000원

ISBN 978-89-382-0104-1
ISBN 978-89-382-0100-3 (세트)

AGATHA CHRISTIE

ABC 살인사건

애거서 크리스티/유명우 옮김

해문출판사

차 례

The ABC Murders

The ABC Murders

•등 장 인 물•

에르큘 포와로—은퇴한 탐정으로, 사건의 핵심을 정확하게 간파한다.

헤이스팅스 대위—포와로의 절친한 친구로, 이 소설을 써나가는 사람이다. 사건을 명확하게 지적하는 재능을 가지고 있다.

알렉산더 보나파르트 커스트 —키가 크고 허약한 남자. 거의 모습을 드러내지 않는다.

재프 경감—런던 경시청의 형사. ABC란 문자의 중요한 의미를 알아차리지 못한다.

애셔 부인—구멍 가게를 하는 가난한 노부인.

메리 드로워—애셔 부인의 조카딸. 검은 머리카락을 가진 예쁘고 순진한 소녀.

엘리자베스 바너드—진저 캣에서 일하는 점원. 허영기가 있고 노는 것을 좋아한다.

크롬 형사—사건을 맡은 형사로, 소견이 좁은 사람. 헤이스팅스가 사건에 참여하는 것을 몹시 못마땅하게 여긴다.

도널드 프레이저—부동산 회사에 근무하는 엘리자베스의 남자 친구. 조용하고 예민한 성격을 가지고 있다.

메건 바너드—엘리자베스의 언니. 동생을 몹시 사랑하는 젊고 이지적인 처녀.

카미클 클라크 경—중국 예술품을 모으는 수집가. 혼자 산책하는 습관이 있다.

프랭클린 클라크—과감하게 살인 사건 수사에 뛰어든 클라크 경의 동생. 모든 일에 적극적이면서도 어딘지 수줍어하는 면이 있다.

도라 그레이—클라크 경의 비서로, 그의 각별한 사랑과 관심을 받는다.

프롤로그

나는 이 글에서 내가 직접 경험한 장면과 사건만을 기록했다. 그러므로 어떤 장(章)에서는 내가 아닌 제삼자에 의해서도 이야기가 진행된다.

나는 이러한 장(章)에서 묘사된 사건에 대해서 증인이 될 수 있음을 독자들에게 말하고 싶다. 그리고 이 책에서 사람들의 생각과 감정을 묘사하는 데 약간의 시적인 표현을 쓴 곳도 있다. 이것은 그 사람들에 대해 좀더 정확하게 설명하기 위한 것이다. 또한, 나의 친구인 에르큘 포와로가 그들을 면밀히 조사했다는 것을 덧붙여야겠다.

나는 이 글에서 잇따라 발생하는 범죄의 결과로 일어나는 개인적인 관계를 지나치다고 할 정도로 자세히 묘사했는데, 그 이유는 인간적이고도 개인적인 관계를 무시할 수가 없기 때문이다. 언젠가 에르큘 포와로가 나에게, 모험적인 사건은 죄악의 부산물일 수도 있다는 말을 한 적이 있다.

끝으로, ABC 살인사건을 해결해 나가는 과정에서 포와로는 종전에 찾아볼 수 없는 훌륭한 천재성을 발휘했다고 장담할 수 있다.

아서 헤이스팅스 대위

제 1 장
편 지

1935년 6월, 나는 약 6개월쯤 머무를 예정으로 남아메리카에 있는 나의 농장에서 고국으로 돌아왔다. 농장은 불경기로 인해 어려운 고비를 맞고 있었다. 나는 협상만 잘하면 성공적으로 마무리될 수 있는 일이 많이 있었기 때문에 영국으로 왔던 것이다. 아내는 농장을 관리하기 위해 그곳에 남아 있었다.

나는 영국에 도착하자마자 오랜 친구인 에르큘 포와로를 찾아갔다.

그는 런던의 한 고급 아파트에 살고 있었다. 나는 그가 단지 기하학적인 외관 때문에 그 특이한 건물에서 사는 것에 대해서 몇 마디 핀잔을 주었다.

「하지만 이 건물은 멋진 대칭 구조를 하고 있잖나. 자네 생각은 어떤가?」

나는 이 건물에는 네모꼴의 장식이 너무 많은 것 같다고 말하고, 이러한 집에서는 암탉에게 네모난 달걀을 낳게 할 수도 있겠다고 농담을 했다.

포와로는 내 말을 듣고 크게 웃으면서 말했다.

「허——하지만 아직까지 과학은 암탉에게까지 현대식 취향에 따르도록 할 수가 없지. 지금까지 그런 달걀을 낳은 닭이 없지 않은가!」

나는 애정어린 눈빛으로 그를 바라보았다. 그는 아직도 건강해 보였다——전에 보았을 때보다 조금도 늙지 않은 것 같았다.

「아직도 젊어 보이는군요, 포와로. 전혀 나이를 먹지 않는 모양입니다. 전에 보았을 때보다도 오히려 흰 머리카락이 더 줄어든 것 같습니다.」

포와로는 이 말을 듣고 미소를 지으면서 말했다.

「그것은 사실일세.」

「그럼, 당신의 머리카락은 검은색에서 흰색으로 바뀌지 않고 흰색에서 검은색으로 바뀐단 말입니까?」

「그렇다네.」

「아니, 그것은 과학적으로 불가능한 일이 아닙니까!」

「전혀 그렇지만도 않다네.」

「이거 정말 믿을 수 없는 일이군요. 자연의 순리에 역행되는 일입니다.」

「헤이스팅스, 자네는 의심하지 않는 아름다운 마음씨를 가졌지. 세월도 자네의 천성을 바꾸어 놓지 못했네그려. 자네는 어떤 사실을 알아차리면, 그렇다는 내색도 없이 그 해답을 말하곤 했지!」

나는 당황해서 그를 바라보았다.

그는 말없이 침실로 들어가더니 병을 하나 들고 나와서 나에게 건네주었다. 나는 어리둥절해 하며 그것을 받았다.

그 병에는 다음과 같은 글이 쓰여 있었다.

레비비트——머리카락의 자연색을 되돌려 줍니다. 레비비트는 단순한 염색약이 아닙니다. 회색, 고동색, 황갈색, 갈색, 검은색의 다섯 가지가 있습니다.

「포와로, 머리를 염색했군요!」
「맞아, 이제야 알았나?」
「그래서 머리카락이 전보다 더 검게 보인 거군요.」
「맞았어.」
「거참!」
나는 조금 전에 받은 충격에서 차츰 회복되었다.
「다음번에는 가짜 수염을 달고 있겠군요——아니, 지금 달고 있는 수염도 혹시 가짜가 아닙니까?」
포와로는 이 말에 얼굴을 찡그렸다. 그는 항상 자신의 수염을 자랑스럽게 여기고 있었다. 나의 이 말은 그를 몹시 당황하게 만들었다.
「아닐세, 이것은 진짜야. 맹세하네만, 이 수염만은 진짜일세.」
그는 나에게 그 수염이 진짜라는 것을 보여 주려는 듯이 그것을 잡아당겼다.
「아직도 매우 무성하군요.」 나는 이렇게 말했다.
「온 런던을 다 뒤져도 이 수염만큼 훌륭한 것은 찾지 못할 걸세.」
나는 속으로 그렇지 않다고 생각했다. 하지만, 그런 말을 해서 포와로의 기분을 상하게 하고 싶지는 않았다.
그 대신에 나는 그가 아직도 그전에 하던 일을 계속하고 있는지 물어 보았다.
「몇 년 전에 은퇴했다는 말이 들리던데요——.」
내가 말했다.
「사실일세. 완전히 손을 떼었었지. 하지만 은퇴를 하자마자 바로 살인 사건이 하나 발생해서 그만 그것을 맡게 되었지. 그리고 나서부터는 마치 간간이 고별 출연을 하는 것처럼 되어 버렸다네! 그런데 그 고별 출연이란 게 무한정 계속되더구먼!」

나는 웃었다.

「사실 일이란 것이 대개가 그렇더군. 이것이 마지막이라고 결심을 해도 그렇지가 않은 걸세. 자꾸만 생기는걸! 그래서 이보게, 나는 은퇴와는 거리가 멀다는 것을 받아들여야만 하나 보네. 이 작은 회색 뇌세포는 활동을 안 하면 무디어지고 말거든.」

「적절히 두뇌를 훈련시키고 있군요.」

내가 말했다.

「그렇다네. 요즈음은 마음에 드는 사건만 맡고 있지.」

「그럼, 당신 마음에 드는 사건도 있나요?」

「조금 있었지. 얼마 전에는 가까스로 빠져 나온 적도 있었는걸.」

「그럼 실패했단 말입니까?」

「아닐세.」

포와로는 약간 당황하며 말을 계속했다.

「하마터면 이 에르큘 포와로가 꼼짝없이 당할 뻔했지.」

나는 이 말을 듣고 휘파람 소리를 냈다.

「무척 대담한 범인이었던 모양이군요!」

「대담하기보다는 경솔한 편이었지.」

포와로는 이렇게 말했다.

「맞았어——경솔했지. 자, 이제 그 이야기는 그만하세. 그런데 역시 자네는 행운의 사나이일세.」

「무슨 뜻입니까?」

나는 좀 어리둥절해서 물었다.

포와로는 내 질문에는 대답하지 않고 말을 이었다.

「나는 자네가 온다는 소식을 들었을 때 어떤 사건이 일어날 것 같은 예감이 들었다네. 옛날처럼 우리 둘이서 수사를 할 것 같은 예감 말이지. 만일 내 예감이 맞는다면 그건 틀림없이 평범한 사건은 아닐 걸세.」

그는 손을 흔들면서 이렇게 말했다.

「마치 저녁식사를 주문하는 것처럼 말하는군요.」

내가 말했다.

「하지만 죄를 주문할 수는 없지 않은가? 나는 단지 행운을 믿고 있다네——운명 같은 것 말일세. 자네가 옆에서 내가 실수하는 것을 막아 줄 것 같은 운명 말이야.」

「실수라니요?」

「명백한 사실을 그냥 지나치는 실수라네.」

나는 그의 말을 대수롭지 않게 여겼다.

「그럼, 그런 대단한 사건이라도 일어났단 말입니까?」

나는 웃으면서 말했다.

「아직은. 하지만…….」

그는 말을 멈추었다. 그리고는 약간 당황했는지 이마에 주름이 잡혔다. 그는 내가 소홀히 놔두었던 내 옷을 정돈했다.

「확실하지는 않네만…….」

그는 천천히 입을 열었다.

그의 목소리에는 이상한 느낌이 담겨 있었다. 이마의 주름은 아직까지도 지워지지 않았다.

갑자기 그는 머리를 끄덕이고는 창문 옆에 있는 책상으로 다가갔다. 책상 위에는 서류와 책들이 깨끗하게 정리되어 있었기 때문에 그는 자기가 원하는 것을 곧 찾을 수 있었다.

그는 편지 한 통을 가지고 천천히 나에게로 돌아왔다. 그리고는 대충 훑어보고 나서 내게 건네주었다.

「이것을 읽어 보게. 자네는 이것을 어떻게 생각하나?」

나는 흥미를 가지고 그 편지를 받았다.

희고 두꺼운 편지지에 인쇄체로 다음과 같이 쓰여 있었다.

에르큘 포와로——멍청이 같은 우리 영국 경찰이 미스터리를 풀기에는 너무 어렵다고 생각하지 않습니까? 글쎄요, 현명하신 포와로 씨는 어떨는지요? 아마 당신에게도 쉬운 문제는 아닐 겁니다. 이 달 21일, 앤도버(Andover)를 조심하십시오.

ABC

나는 봉투를 조사해 보았다. 역시 인쇄체 글씨였다.

「W.C.(런던 서우체국) 1이라는 소인이 찍혀 있네.」

내가 봉투의 소인을 조사하고 있을 때 포와로가 말했다.

「자네는 그 편지를 어떻게 생각하나?」

나는 어깨를 으쓱하고는 편지를 그에게 돌려주었다.

「미친 사람의 짓 같은데요.」

「정말로 그렇게 생각하나?」

「그럼, 당신은 그렇게 생각하지 않습니까?」

「그렇다네.」

그의 목소리는 신중했다. 나는 호기심을 가지고 그를 바라보았다.

「당신은 그 편지를 매우 심각하게 생각하고 있군요, 포와로?」

「미친 사람의 짓이라면 심각하게 여겨야 할 것 아닌가? 미친 사람은 위험한 법이라네.」

「물론 그것도 그렇겠지만——내가 말하려는 것은 그것이 아니고——이 편지는 단순한 장난이 아닐까 하는 겁니다. 어쩌면 술취한 사람의 소행일지도 모르고요.」

「헤이스팅스, 자네 말대로 그럴지도 모르지…….」
「그럼 당신은 그렇게 생각하지 않는다는 겁니까?」
나는 약간 불만 섞인 투로 물었다.
포와로는 의심스럽다는 듯이 고개를 흔들고는 입을 다물었다.
「그럼 어떻게 할 작정입니까?」
나는 다시 물었다.
「나는 이 편지를 재프에게도 보여 주었네. 그도 역시 자네 생각과 비슷하더군——그는 이것이 어리석은 장난일 거라고 했다네. 런던 경시청에서는 매일같이 이런 편지를 받고 있다고 하더군. 이것도 마찬가지 경우일 거라고 하면서…….」
「그렇지만 당신은 지금 무척 심각하게 생각하고 있질 않습니까?」
포와로는 천천히 대답했다.
「이 편지에는 마음에 걸리는 데가 있다네.」
그의 목소리에는 어딘지 모르게 강한 느낌이 들어 있었다.
「무엇이 말입니까?」
그는 고개를 흔들면서 편지를 책상 위에 다시 놓았다.
「당신이 정말로 심각하게 생각한다면 무슨 조치를 취해야 되지 않겠습니까?」
나는 이렇게 물었다.
「하지만 무슨 방법이 있겠나? 지방 경찰도 이것을 보더니, 역시 심각하게 생각하지 않더군. 편지에는 지문도 없고, 누가 보냈는지 알 만한 단서도 없다네.」
「그렇다면, 단지 당신의 예감뿐이군요?」
「예감이 아니라네. 예감이란 별로 좋은 말이 아니야. 그것은 나의 지식이고 경험이네——그것이 이 편지에는 무엇인가 의미가 있을 거라는 암시를 주고 있어.」

그는 이렇게 말하면서도 약간 의심스럽다는 듯한 몸짓을 하고는 다시 고개를 흔들었다.

「어쩌면 내가 조그만 언덕을 산처럼 과장해서 생각하는 것인지도 모르지. 어쨌든 아직까지는 뾰족한 수가 없으니 기다려 볼 수밖에 없네만.」

「그렇다면 금요일——21일에 어떤 끔찍한 강도사건이 앤도버 근처에서 일어날지도 모르겠군요.」

「그런 거라면 위안이 되겠네.」

「위안이 된다고요?」

나는 그를 바라보았다. 그 말은 매우 이상하게 들렸다.

「강도사건이 스릴이 있다면 모르지만, 위안이라는 말은 어울리지 않는데요!」

나는 이렇게 말했다.

포와로는 고개를 옆으로 흔들었다.

「자네는 내 말을 이해하지 못하는군. 내가 염려하는 것은 다른 것일세.」

「그것이 무엇입니까?」

「살인일세.」

포와로는 이렇게 말했다.

제 2 장
헤이스팅스 대위가 모르는 이야기

알렉산더 보나파르트 커스트는 의자에서 일어나 초라한 침실을 둘러보았다. 그는 갑갑한 곳에서 오래 앉아 있었기 때문에 온몸이 뻣뻣해졌다. 그가 몸을 죽 펴자 키가 상당히 큰 사람이라는 걸 알 수 있었다. 그래서 그런지 그의 구부정한 자세와 근시안은 어쩐지 속임수 같은 인상을 풍겼다.

그는 문 안쪽에 걸려 있는 낡은 외투에서 값싼 담배와 성냥을 꺼냈다. 그는 담배에 불을 붙이고는 지금까지 앉아 있던 탁자로 돌아왔다. 그리고는 철도 안내서를 집어 들고 들여다본 뒤에 타이프로 친 명단을 펼쳤다. 그리고 펜을 들고서 그 명단의 첫부분에 있는 이름들 중 하나에 표시를 했다.

6월 20일, 목요일이었다.

제 3 장
앤도버

나는 포와로가 받은 그 알 수 없는 편지를 보고, 그의 예감에 대한 이야기를 들었을 때는 상당히 강한 인상을 받았으나, 막상 21일이 되어서는 그만 까맣게 잊고 있었다. 런던 경시청의 주임 경감인 재프가 포와로를 찾아왔을 때야 비로소 그 일이 생각났던 것이다. 그 수사과 형사는 오래 전부터 우리와 아는 사이였다. 그는 나에게 따뜻한 인사를 건넸다.

「오! 이거 헤이스팅스 대위 아닙니까? 농장에서 돌아오신 모양이군요. 오랜만에 포와로 씨와 함께 이곳에서 보게 되는군요. 여전히 건강해 보이십니다. 머리 윗부분이 조금 벗겨지셨군요. 그야 나이가 들면 누구나 그런 거지요. 나도 마찬가지랍니다.」

나는 이 말에 약간 위축되었다. 그렇지 않아도 나는 머리 윗부분이 보일까 봐 신중하게 머리를 빗어 넘겨서 그곳이 보이지 않을 거라고 자신하고 있었기 때문이었다. 그러나 재프 경감이 더 이상 그것에 대해서는 언급하지 않았기 때문에, 나는 그에게 미소를 보내서 우리들은 어차피 다시는 젊어질 수 없다는 사실을 인정했다.

「하지만 포와로 씨는 전혀 다르군요. 발모제의 좋은 광고가 되겠습니다. 전보다 훨씬 좋아 보이는데요. 나이와는 관계 없이 남의 눈길을 끌겠습니다. 게다가 요즘에는 유명한 사건들 속에서 지내셨잖습니까? 열차사건, 비행기사건, 상류 사회의 살인사건 ——오, 포와로 씨는 정말 어느 곳에든지 모습을 나타낸답니다. 은퇴한 뒤에 축하도 못 받으시고요.」

「나도 헤이스팅스에게 은퇴한 프리마 돈나가 자꾸만 무대에 서는 기분이라고 말했답니다.」

포와로는 웃으면서 말했다.

「그러다가 당신 자신의 죽음까지도 수사하게 되는 건 아닌지 모르겠습니다.」

재프 경감은 농담조로 웃으면서 말했다.

「틀림없이 그럴 겁니다. 그렇게 되면 혹시 책으로라도 펴내야 되는 거 아닙니까?」

「아마 그 일은 헤이스팅스가 해줄 겁니다.」

포와로는 나에게 윙크를 하며 말했다.

「하하! 농담입니다.」

재프는 이렇게 말하며 웃었다.

나는 그런 농담이 재미있는 이유를 알 수 없었다. 그런 농담은 별로 마음에 들지 않았다. 포와로는 계속했지만, 나는 죽음에 관한 농담은 별로 내키지가 않았다.

나의 이러한 기분이 재프에게 전달되었는지 그는 화제를 바꾸었다.

「포와로 씨가 가지고 있는 편지를 보셨습니까?」

「벌써 며칠 전에 보여 주었답니다.」 하고 포와로가 말했다.

「그렇지만 잘 생각이 나지 않는군요.」 하고 내가 말했다.

「글쎄, 거기에 쓰여 있던 날짜가 언제였지요?」
「21일이죠. 어제가 바로 21일이었잖습니까? 나는 호기심에서 어젯밤에 앤도버에 전화를 걸어 보았습니다. 그랬더니 결국 그 편지는 장난이었다는 것이 밝혀졌어요. 그곳에서는 어제 아무 일도 일어나지 않았습니다. 단지 아이들이 돌을 던져 유리창을 깬 것하고, 주정뱅이가 조금 소란을 피운 것뿐이더군요. 그러니까 포와로 씨, 당신이 잘못 생각하신 것 같습니다.」
「정말 다행이오. 내가 잘못 생각한 모양이군요.」
포와로는 순순히 시인했다.
「무척 걱정했던 모양이지요? 하고 재프가 말했다.
「우리는 매일같이 그런 편지를 받고 있답니다. 하릴 없는 사람들이 괜히 쓸데없이 그런 짓을 하는 거지요. 해는 끼치지 않고 단지 재미로 말입니다.」
「그런 것을 괜히 심각하게 생각하다니 내가 어리석었군. 쓸데없는 것에 신경을 썼던 것 같소.」 하고 포와로가 말했다.
「당신이 잘못 생각한 것이 분명합니다.」
재프가 이렇게 말했다.
「나는 이만 가 보겠습니다. 다른 곳에 일이 좀 있거든요——보석 강도사건이랍니다. 당신을 안심시키려고 잠깐 들렀습니다. 당신의 머리를 쓸데없는 곳에 낭비하는 것이 아까워서 말입니다.」
재프가 이렇게 말하고는 웃으면서 돌아갔다.
「저 사람은 별로 변한 것 같지 않지?」
포와로가 갑자기 물었다.
「조금 늙은 것 같기도 하군요. 머리카락이 오소리처럼 회색으로 변했잖습니까.」
나는 그가 내 머리를 헐뜯은 것을 복수하겠다는 심사로 이렇게 말했다.

포와로는 잔기침을 하더니 말했다.

「헤이스팅스, 나에게 한 가지 좋은 생각이 있네. 내 단골 이발사의 발명품인데, 벗겨진 머리에 붙일 수 있는 머리카락일세. 그것을 붙이면 진짜 머리카락처럼 빗질도 할 수 있다는군――그것은 가발이 아니야.」

「포와로, 나는 당신 이발사가 발명한 그 고약한 물건에는 관심이 없습니다. 내 머리 윗부분이 어때서 그럽니까?」

「아니, 전혀 아무렇지도 않아.」

「나는 대머리는 결코 되지 않을 겁니다.」

「아, 물론이고말고!」

「더운 여름에는 머리카락이 달라붙어서 벗겨진 부분이 보이기는 하겠지만, 좋은 발모제를 쓰면 괜찮을 겁니다.」

「발모제라면 프레시제망이 좋지.」

「참, 재프가 무슨 일로 왔지요! 그 사람 좀 무례한 편이지요. 유머 감각도 없고. 사람이 앉으려고 할 때 의자를 빼는 것을 보고도 웃을 사람입니다.」

「많은 사람들이 그런 광경을 보면 웃을 걸세.」

「그것은 경솔한 행동이죠.」

「앉는 사람에 따라서 다르지 않겠나?」

「그런데 그 익명의 편지가 싱겁게 끝나다니 유감스럽군요.」

나는 다소 기분을 풀면서 말했다. (물론, 나는 아직도 벗겨진 머리에 신경이 쓰였다.)

「아무래도 내가 잘못 생각한 것 같아. 어쩐지 그 편지에서 피비린내가 난다고 생각했는데 말이야. 나도 이제 늙어가는가 보군. 아무것도 아닌 일을 보고도 짖어 대는 멍청한 개처럼 되는 것이나 아닌지 모르겠어.」

「이제 내가 당신과 함께 일을 하려면 다른 일거리를 찾아야겠군요.」

나는 웃으면서 이렇게 말했다.

「요전에 자네가 한 말을 기억하나! 사람이 음식을 주문하는 것처럼 죄를 주문할 수 있다면 자네는 무슨 사건을 선택하겠나?」

나는 그의 농담에 끼여들었다.

「글쎄, 강도사건! 문서위조사건! 아니, 그런 것은 너무 시시합니다. 살인사건이 괜찮겠네요——피를 보는 살인사건——아주 극적인 것 말입니다. 그렇다면 희생자는 누가 좋을까요——남자, 아니면 여자? 내 생각엔 남자가 괜찮을 것 같습니다. 아마 거물이거나 백만 장자, 아니면 정부 관료라든가 신문사 사장쯤. 그렇다면 범행 장소는 유서 깊은 도서관쯤이 어떨까요? 범행에 사용한 흉기는 날카로운 단검——아니면 조각된 석고상——.」

포와로는 한숨을 쉬었다.

「아니, 독약을 사용했을지도 모르지요——그것은 매우 교묘한 방법이거든요. 그렇지 않다면, 한밤중에 울리는 총성으로! 그리고 그곳에는 아름다운 아가씨가 있겠지요.」

「다갈색 머리의 아가씨 말이지?」

포와로가 말했다.

「물론 그 아가씨는 부당하게 혐의를 받게 될 겁니다. 그리고 그녀와 희생자 사이에는 갈등이 있었겠지요. 그리고 또 다른 희생자들도 있을 겁니다. 늙은 부인과, 피해자의 친구나 경쟁자들——혹은 비서나 내쫓긴 하인——이런 모든 것들이 재프 같은 사람을 혼란스럽게 만들겠지요.」

「그것이 자네가 즐기는 공상인가?」

「왜 당신 마음에 들지 않는 모양이군요.」

포와로는 나를 가련하다는 듯이 바라보았다.

「자네가 말하는 것은 추리소설에서 너무 흔히 등장하는 내용들이야.」

「그렇다면 당신은 무엇을 주문하겠습니까?」

포와로는 눈을 감고 등을 의자에 기대었다. 그리고는 얼마 후 나직하게 말했다.

「나는 매우 단순한 범죄를 상상하겠네. 집안 내부에서의 범행——매우 조용하고 내적인 범죄.」

「범죄가 어떻게 내적일 수가 있겠습니까?」

「가령, 한 방 안에 카드놀이를 하는 네 사람과, 불 옆에 놓인 의자에 앉아 있는, 즉 카드놀이에 끼지 않은 또 한 사람이 있었네. 저녁 늦게 불 옆에 앉아 있던 사람이 죽었다는 것이 발견되었지. 결국 카드놀이를 하던 네 사람 중의 한 명이 그 사람을 살해하고는 다른 사람들이 눈치채지 못하게 카드놀이에 끼였던 거지. 과연 그 네 사람 중에 누가 범인일까?」

「누가 그런 사건에 홍미를 느끼겠습니까? 하고 내가 말했다.

포와로는 나에게 힐책하는 눈빛을 보냈다.

「날카로운 단검이 없기 때문인가, 아니면 보석이 등장하지 않아서인가? 그렇지 않으면 독약이 사용되지 않아서? 자네는 너무 낭만적인 마음을 가지고 있는 것 같군. 한 가지 살인에는 만족하지 않고 연속 살인사건을 좋아하는 모양이지?」

「그렇지요. 소설에서도 두 번째의 살인이 더욱 홍미를 끄는 법입니다. 만일 소설의 1장에서 살인이 일어나면 마지막 장까지 단지 그것만을 염두에 두고 사건을 추적해야 하지 않습니까? 그것은 매우 지루하지요.」

그때 전화벨 소리가 울렸다. 포와로는 수화기를 들었다.
「여보세요. 예, 내가 바로 포와로입니다.」
그는 수화기를 들고 잠시 있더니 점차 안색이 변해 갔다.
「알겠소. 곧 가지요.」
그는 수화기를 내려놓고 나에게 다가왔다.
「재프일세.」
「그래요?」
「방금 경시청으로 돌아왔는데, 앤도버에서 급한 연락이 와 있었다는군.」
「앤도버?」
나는 흥분해서 외쳤다.
포와로는 천천히 입을 열었다.
「담배와 신문을 파는 애셔라는 노파가 살해된 채 발견되었다고 하네.」
나는 좀 맥이 빠졌다. 앤도버라는 소리에 흥미를 느꼈지만, 그 다음 말을 듣고 다소 실망한 것이다. 나는 좀더 굉장한 것을 기대했었다. 그런데 단지 조그만 담배 가게를 하던 노파가 살해되었다니 맥이 빠지지 않을 수 없었다.
포와로는 천천히, 그리고 무거운 목소리로 말을 이었다.
「앤도버 경찰은 범인을 쉽게 찾을 수 있을 것 같다고 하더군.」
나는 더욱 실망했다.
「그 노파는 남편과 사이가 좋지 않았다고 하네. 그 남편은 술주정뱅이에다가, 여러 번 그 노파를 죽이겠다고 협박한 모양이야. 그리고 경찰이 내가 받은 편지를 보고 싶어한다더군. 그래서 내가 자네와 함께 그곳으로 곧 가겠다고 했네.」
내 기분은 아까보다는 좀 풀렸다. 아무리 시시하다고 해도 사건은 역시 사건인 것이다. 나는 오랫동안 사건하고는 거리가 멀었던 사람이기 때문이다.

나는 포와로가 한 다음 말을 흘려 버렸다. 그러나 나중에서야 그 말이 중대한 의미를 가졌다는 것을 알게 되었다. 그는 이렇게 말했던 것이다.

「이것이 시작일세.」

제 4 장
애셔 부인

우리가 앤도버에 도착하자, 키가 크고 금발인 글렌 형사가 미소를 지으며 우리를 맞이했다.

좀더 분명하게 하기 위해서 이 사건을 간단하게 설명하겠다. 시체는 22일 새벽 1시에 도버 경관에 의해 발견되었다. 그는 순찰중에 그 가게 문이 잠겨 있는가를 확인하다가 문이 열려 있는 것을 보고 안으로 들어갔다. 그는 아무도 없을 거라고 생각하고 무심코 전등을 비추어 보다가 계산대 뒤에 어떤 노파가 쓰러져 있는 것을 발견했다. 경찰이 도착해서 조사해 본 결과, 그 노파는 머리 뒤쪽에서 세게 얻어맞았다는 것이 밝혀졌다. 계산대 뒤에 있는 선반에서 담배 꾸러미를 꺼내다가 범인에게 당한 모양이다. 범행은 약 7~9시간 전에 저질러진 것으로 보인다.

「하지만 그 시간보다 약간 이를 수도 있습니다.」

형사가 우리에게 설명해 주었다.

「어제 저녁 5시 30분에 이 가게에서 담배를 산 사람과, 6시 5분에

이 가게가 텅 비어 있었다는 것을 증언한 사람이 있습니다. 그것으로 미루어 보아, 범행 시간은 21일 오후 5시 30분에서 6시 5분 사이라고 추정됩니다. 그리고 아직까지는 이 가게 근처에서 애셔 부인의 남편을 보았다는 사람이 없습니다. 하지만 정확한 것은 아닙니다. 그는 저녁 9시쯤에 드리 크라운즈라는 술집에 있었다고 합니다. 우리는 그를 좀더 조사하기 위해서 구류시킬 예정입니다.」

「그 남편이란 사람은 성격이 고약한 모양이던데요?」

포와로가 물었다.

「예, 아주 기분 나쁜 사람입니다.」

「그 사람은 부인과 함께 살고 있지 않소?」

「그들은 몇 년 전에 헤어졌습니다. 그 남편이란 사람은 독일인인데, 한때 웨이터로 일한 적도 있었다는군요. 그런데 술을 너무 많이 마셔서 아무데서도 일자리를 주지 않자, 그 부인이 일하러 다니게 되었지요. 그 부인이 마지막으로 일했던 곳은 로즈라는 노부인의 집이었는데, 그곳에서 가정부로 있었답니다. 그리고 그 부인은 남편에게 자기의 월급에서 꽤 많은 액수의 돈을 떼어 주었다는군요. 하지만 그 남편은 매일 술만 마셔대고, 그녀가 일하는 곳에까지 찾아와서 행패를 부리곤 했답니다. 그래서 그 부인은 앤도버에서 3마일(약 4.8km)쯤 떨어진 그레인즈에 사는 로즈 부인의 집에서 일하게 되었답니다. 그러면 남편이 자주 찾아오지 못하게 될 테니까요. 그리고 로즈 부인이 죽을 때 애셔 부인에게 유산을 조금 남겨 주어 그것으로 담배와 신문을 파는 가게를 시작했다는군요——아주 작은 가게입니다——싼 담배와 신문을 파는 가게죠. 그 부인은 그럭저럭 꾸려 나간 모양입니다. 그런데 그 남편은 여전히 술을 마시고 돌아다니면서 그녀를 욕하고 가게로 찾아와 용돈을 뜯어 갔답니다. 그 부인은 그에게 1주일에 한 번씩 15실링을 주었답니다.」

「그들에게 아이들은 없소?」

포와로가 물었다.

「없습니다. 다만 조카딸이 하나 있더군요. 오버턴 근처에 사는데, 매우 착실한 처녀랍니다.」

「애셔라는 사람이 부인을 어떻게 위협했다고 합니까?」

「그 사람은 술에 취했다 하면 부인을 욕하면서 때렸다고 하더군요. 애셔 부인이 무척 시달렸던 모양입니다.」

「그 부인은 나이가 어떻게 됩니까?」

「60살쯤 되었을 겁니다. 매우 부지런하고 착실한 노파였다고 합니다.」

포와로는 신중하게 물었다.

「당신도 그 남편이 범인이라고 생각합니까?」

글렌 형사는 잔기침을 하면서 조심스럽게 대답했다.

「단정하기에는 아직 이르지만, 어제 오후의 알리바이를 조사해 보면 확실해질 것 같습니다. 그가 확실한 알리바이를 가지고 있다면 문제가 없겠지만, 그렇지 않다면——.」

그는 여기에서 말을 끊었다.

「가게 안에 도난당한 물건은 없소?」

「없습니다. 돈도 그대로 있는 것으로 보아, 강도의 짓 같지는 않습니다.」

「그럼, 그 남편이 술에 취해 가게로 와서 부인과 말다툼을 하다가 죽였을 거라고 생각하는 거요?」

「그렇게 짐작하고 있습니다. 그건 그렇고 당신이 받았다는 그 이상한 편지를 보고 싶습니다. 혹시 애셔가 보낸 것일지도 모르니까요.」

포와로는 그 편지를 건네주었다. 글렌 형사는 다 읽고 나서 이맛살을 찌푸렸다.

「아무래도 애셔가 보낸 것 같지는 않군요. 애셔는 독일인이라 '우리 영국 경찰'이란 말은 쓰지 않을 겁니다——일부러 우리를 속이기 위해 그렇게 썼다고 볼 수도 있겠지만——그는 그런 데까지 머리가 돌아가는 사람이 아니거든요. 자기 정신도 제대로 가누지 못할 정도이니까요. 게다가 수전증(물건을 잡을 때마다 자주 손이 떨리는 병)이 있어서 이렇게 또박또박 글씨를 쓸 수도 없지요. 그리고 이 편지지나 잉크도 너무 고급품입니다. 하지만 이 달 21일이라고 쓴 것이 신기하군요. 물론 우연의 일치일 수도 있겠지만.」

「그럴지도 모르지요.」

「하지만 우연의 일치라고 하기엔 웬지 마음에 걸리는군요. 너무나도 딱 들어맞지 않습니까!」 하고 글렌 형사가 말했다.

글렌 형사는 잠시 동안 입을 다물고 있다가 말했다.

「ABC라——ABC란 도대체 누구일까요? 어쩌면 메리 드로워(애셔 부인의 조카딸)가 뭔가 도움을 줄지도 모릅니다. 아무래도 매우 이상한 사건 같습니다. 어쨌든 애셔를 먼저 조사해 봐야겠습니다.」

「애셔 부인의 과거에 대해서 좀 알고 있소?」

「그녀는 햄프셔 출신입니다. 다 자란 뒤에 일자리를 구하러 런던으로 갔지요. 그녀는 그곳에서 애셔를 만나 결혼했습니다. 하지만 그때는 전쟁중이라 무척 어려운 생활을 한 모양입니다. 그러다가 1922년에 그녀는 남편에게서 도망쳤습니다. 그리고는 남편이 찾지 못하도록 이곳으로 온 거지요. 하지만 애셔는 결국 그녀를 찾아내서 돈을 뜯어내고 못살게 군 겁니다.」

이때 한 경관이 다가왔다.

「브릭스, 무슨 일인가?」

「애셔를 체포했습니다.」

「좋아, 이곳으로 데려오게. 어디 있던가?」

「정거장 구석에 세워 둔 트럭에 숨어 있었습니다.」
「그래! 어서 데리고 오게.」
프랜츠 애셔는 초라해 보이고 인상이 나쁜 사람이었다. 그는 울기도 하고, 고함을 치기도 하면서 두리번거렸다.
「나를 어쩌려는 거요? 나는 아무 짓도 하지 않았소. 나를 이런 곳까지 끌고 오다니! 당신들은 비열한 사람들이야.」
이렇게 소란을 피우다가는 갑자기 태도를 바꾸었다.
「아니, 이 불쌍한 노인을 해치지는 않겠지? 나를 괴롭히지는 않겠지요? 모두들 나를 얼마나 구박하는지 알기나 하쇼? 아, 불쌍한 프랜츠!」
애셔는 이렇게 말하고는 울먹이기 시작했다.
「진정하십시오. 영감님을 괴롭히려는 게 아닙니다. 당신이 죄가 없다면, 아무 일도 없을 겁니다.」
애셔는 이때 비명에 가까운 소리를 질렀다.
「나는 죽이지 않았어! 죽이지 않았단 말이야! 나를 모함하는 자들은 모두 비열한 놈들이야. 나는 결코 죽이지 않았어! 절대로.」
「하지만 영감님은 늘 부인을 협박하지 않았습니까?」
「아니오. 당신들은 모릅니다. 그것은 협박이 아니라, 단순히 장난 섞인 농담이었소. 나와 집사람 사이에만 통하는 농담이었단 말이오. 집사람은 나를 이해해 주었다고.」
「농담이었다고요? 좋습니다, 그러면 당신은 어제 오후에 어디에 있었습니까?」
「예, 예——다 말하지요. 나는 어제 집사람한테 가지 않았소. 친구들과 함께 있었지요——좋은 친구들이오. 우리들은 세븐 스타즈라는 술집에 있다가 레드 도그라는 술집으로 갔소.」
그는 급하게 말을 이었다.

「딕 윌로우즈, 커디, 조지, 그리고 플래트와 그 밖에 친한 친구들 몇 명이랑 함께 있었소. 정말로 집사람한테는 가지 않았다고요. 믿어 주시오.」

그의 목소리는 흥분되어 있었다. 글렌 형사는 고개를 끄덕이고는 말했다.

「이 사람을 데려가서 유치장에 넣도록 하게.」

프랜츠 애셔가 끌려 나가자 글렌 형사가 난처한 표정을 지으며 말했다.

「이거 도무지 어떻게 해야 할지 모르겠군요. 그 편지만 아니라면 범인이 확실한 것 같은데.」

「그가 말한 사람들은 어떤 사람들입니까?」

「아주 좋지 않은 친구들입니다――위증도 밥먹듯이 할 사람들이지요. 나도 그가 어제 오후에 그 사람들과 함께 술집에 있었다는 것은 인정합니다. 하지만 문제는 5시 30분에서 6시 사이에 가게 근처에서 그를 본 사람이 있는가에 달려 있습니다.」

포와로는 잠시 생각에 잠기더니 머리를 흔들었다.

「가게에서 도난당한 물건이 없다는 것은 확실하오?」

글렌 형사는 어깨를 으쓱하고는 말했다.

「글쎄요, 담배 한두 갑 정도는 없어졌을지도 모르지요. 그러나 그것 때문에 살인을 하지는 않았을 겁니다.」

「그리고 가게 안에는 이상한 것이――좀 특별한 것이 없었소?」

「아 참, 철도 안내서가 있었습니다.」 하고 형사가 말했다.

「철도 안내서?」

「예, 펼쳐진 채로 계산대 위에 놓여 있었습니다. 누군가가 기차 시간을 찾아본 것 같더군요. 그 부인이든지, 아니면 손님이.」

「그 가게에서 그런 것도 팔았소?」

형사는 머리를 양옆으로 흔들었다.

「아닙니다. 거기에서는 얇은 시간표 책자만 팔았습니다. 하지만 그 안내서는 커다란 것이었습니다. 큰 상점에서 파는 것 말입니다.」

갑자기 포와로의 눈이 빛났다. 그는 몸을 앞으로 내밀면서 말했다.

「그것은 브래드셔 철도 안내서였소——아니면 ABC 철도 안내서였소?」

형사의 눈도 갑자기 빛났다.

「ABC 안내서였습니다.」

제 5 장
메리 드로워

나는 ABC 철도 안내서라는 말을 듣고 이 사건에 대해 흥미를 느끼기 시작했다. 솔직하게 말해서, 그전까지는 별로 이 사건에 관심이 없었다. 구멍가게의 노파 살인사건 정도는 신문에 자주 보도되는 것이었기 때문에, 나는 별로 대수롭지 않게 여겼던 것이다. 그리고 그 정체 불명의 편지에 쓰여 있는 21일이라는 날짜는 단순한 우연의 일치로 생각했었다. 그래서 애셔 부인은 술주정뱅이 남편에게 살해당한 것이 틀림없다고 생각했었다. 그러나 그 ABC 철도 안내서(철도 역 이름이 알파벳 순서대로 배열되어 있는 안내서)가 나에게 큰 흥미를 불러일으킨 것이다. 이것까지도 우연의 일치라고 할 수는 없을 것이다.

시시한 것 같던 사건이 갑자기 새롭게 느껴졌다.

애셔 부인을 죽이고, 그 ABC 철도 안내서를 남기고 간 범인은 과연 누구일까?」

잠시 뒤에, 우리는 경찰서에서 나와 그 부인의 시체를 보기 위해 시체실로 갔다.

회색 머리카락을 길게 늘어뜨린 채 누워 있는 그 부인을 보았을 때 나는 이상한 감정을 느꼈다. 그 얼굴은 마치 폭력에서 벗어난 듯한 평화스러운 모습이었다.

「커르 박사 말로는 이 부인을 죽인 흉기가 무엇인지 확실하게 알 수가 없다고 합니다. 참 불쌍한 부인입니다. 매우 착실한 사람이었는데.」

한 경관이 말했다.

「젊었을 때는 무척 아름다웠겠군.」

포와로가 나지막이 중얼거렸다.

「그래요?」

나는 믿을 수 없다는 듯이 되물었다.

「그렇네. 저 턱의 윤곽과 몸, 그리고 머리 모양을 보게.」

그는 한숨을 쉬면서 들어 올린 시트를 다시 덮고는 시체실 밖으로 나왔다.

우리는 그곳을 나와서 검시의인 커르를 찾아갔다.

그는 매우 실력 있어 보이는 중년 신사였다. 그는 간단하고도 명확하게 말했다.

「흉기는 아직 발견되지 않았습니다. 정확하게 말하기는 어렵지만 아마 지팡이나 곤봉, 아니면 무거운 모래 자루 같은 것일 겁니다.」

「그렇다면 범인은 힘이 센 사람이었겠군요?」

의사는 포와로를 날카롭게 쏘아보면서 말했다.

「아닙니다. 노인이라도 충분히 가능합니다. 흉기로 머리를 정확하게만 친다면 약한 사람이라도 할 수 있습니다.」

「그렇다면 여자일 가능성도 있겠군요?」

그 말에 의사는 약간 주춤하는 듯했다.

「여자요? 하지만 범행 방법으로 보아 여자가 한 것 같지는 않습니다. 물론 여자의 힘으로도 가능하긴 합니다. 다만, 일반적으로 생각해서 여자의 짓 같지는 않다는 말이죠.」

포와로는 의사의 말에 동의라도 하듯 고개를 끄덕였다.

「그럴지도 모르지요. 하지만 우리는 모든 가능성을 생각해야 합니다. 그런데 그 부인의 시체가 어떤 모습으로 쓰러져 있던가요 ?」

의사는 우리에게 자세히 설명해 주었다. 의사의 말에 따르면 그 부인은 계산대를 등지고(곧, 범인을 등지고) 서 있다가, 흉기로 얻어맞고 계산대 뒤쪽으로 쓰러졌을 것이라고 했다. 그래서 누가 가게 안을 들여다보았다고 해도 부인을 볼 수 없었을 거라고 했다.

우리는 커르 박사에게 인사를 하고 밖으로 나왔다.

잠시 뒤에 포와로가 입을 열었다.

「결국 애셔의 짓은 아니라는 것이 밝혀진 셈이군. 그가 그녀를 욕하고 위협했다면, 두 사람은 계산대를 사이에 두고 마주 서 있었을 거네. 하지만 의사의 말에 따르면, 그녀는 범인을 등지고 서 있었다고 했네——그것은 분명히 범인이 담배를 달라고 해서 부인이 담배를 꺼내려고 뒤쪽으로 등을 돌린 자세였을 거야.」

나는 그의 말에 약간 소름이 끼쳤다.

「이거 정말 등이 오싹하는데요.」

포와로는 심각하게 머리를 흔들었다.

「가엾은 부인이야.」 하고 그는 프랑스 어로 중얼거렸다.

그는 시계를 보고는 입을 열었다.

「오버턴이라면 여기에서 얼마 멀지 않은 곳이군. 죽은 부인의 조카딸을 만나 보러 가세.」

「그것보다는 범행이 일어난 가게에 먼저 가 보는 것이 좋지 않을까요 ?」

「그곳은 나중에 가 보도록 하세. 내게 다 생각이 있네.」

그는 더 이상 그 이유를 설명하지 않았다. 우리는 오버턴을 향해서 자동차를 달렸다.

형사가 가르쳐 준 조카딸의 집은 런던에서 1마일쯤 떨어진 곳에 있는 꽤 큰 집이었다.

현관벨을 누르자 검은 머리카락의 처녀가 나왔다. 그녀는 울고 있었던 모양인지 눈이 새빨갰다.

포와로가 부드럽게 물었다.

「아가씨가 이곳에서 일하는 메리 드로워 양인가요?」

「예, 그래요.」

「집 주인에게 폐가 안 된다면 잠깐 동안 이야기를 나누고 싶은데요. 드로워 양의 아주머니에 관한 일입니다.」

「주인 아주머니는 외출하셨어요. 들어오세요.」

그녀가 문을 열어 주어서 우리는 안으로 들어갔다. 창가 옆에 놓인 의자에 앉은 포와로는 그 처녀의 얼굴을 자세히 쳐다보았다.

「아주머니 소식은 들었지요?」

처녀는 눈물을 글썽이며 고개를 끄덕였다.

「오늘 아침에 경찰이 다녀갔어요. 정말 끔찍한 일이에요. 불쌍한 아주머니! 고생만 하시다가 그렇게 비참하게…….」

「경찰이 앤도버로 오라고 하지 않던가요?」

「심문에 응해야 된다고 하더군요. 월요일에요. 하지만 저는 갈 수가 없어요. 그 가게를 맡을 수도 없고요. 제가 이 집을 그만두면 주인 아주머니가 무척 곤란하실 거예요.」

「아주머니를 좋아했습니까?」

포와로가 부드럽게 물었다.

「그럼요. 아주머니는 저에게 항상 잘해 주셨어요. 제가 11살 때 저의 어머니가 돌아가셨어요. 그때부터 저는 런던에 계신 아주머니와 함께 살았어요. 그러다가 16살 때 일자리를 얻어서 이곳으로 오게 되었지요. 하지만 쉬는 날이면 항상 아주머니에게 놀러 갔어요. 아주머니는 그때 아저씨와 떨어져서 혼자 계셨거든요. 아주머니는 아저씨를 늙은 악마라고 불렀죠. 사실, 아저씨는 아주머니를 한시도 편하게 해주지 않았거든요. 짐승 같은 사람이었어요.」

그 처녀는 격렬하게 말했다.

「아주머니는 법적인 방법으로 그 고통에서 벗어나려고 하지 않았습니까?」

「하지만 그래도 명색이 남편이었기 때문에 그럴 수가 없었겠지요.」

메리는 또렷하게 말했다.

「정말로 아저씨가 아주머니를 위협했었습니까?」

「정말이에요. 정말 생각하기조차 끔찍한 말들이었어요. 목을 자르겠다느니 하면서, 그것도 독일어와 영어로 함께 했어요. 아주머니가 처음 결혼했을 때에는 아저씨가 무척 멋진 분이었대요. 그런 사람이 그렇게 변하다니.」

「그렇게 위협했다는 것을 알고 있었다면, 아가씨는 그 사건을 듣고 별로 놀라지 않았겠군요?」

「아녜요. 아저씨가 진짜 아주머니를 죽이리라고는 생각도 못했어요. 그것은 단지 말뿐이었고, 아주머니도 아저씨를 별로 두려워하지 않는 것 같았어요. 그리고 아주머니가 화를 내면 아저씨는 살금살금 꽁무니를 빼곤 했거든요. 어떻게 생각하면, 아저씨가 도리어 아주머니를 무서워했던 것 같아요.」

「아주머니가 아저씨에게 돈을 주곤 했다던데?」

「예, 그랬어요.」

포와로는 잠시 침묵을 지키다가 이윽고 입을 열었다.

「그렇다면 결국 아저씨가 아주머니를 죽인 것이 아니군요.」

「죽이지 않았다고요?」

메리는 포와로를 가만히 바라보았다.

「만일 아저씨가 아니라면, 달리 짐작이 가는 사람이라도 있소?」하고 포와로가 물었다.

메리는 약간 놀라며 대답했다.

「아니에요, 전혀 없어요.」

「평소에 아주머니가 두려워했던 사람은 없었나요?」

메리는 고개를 저으며 말했다.

「아주머니는 사람들을 두려워하지 않았어요. 언제나 바른말을 하시고, 누구에게나 당당했는걸요.」

「혹시 아주머니에게 원한을 가지고 있는 사람에 대해 들어 본 적은 없습니까?」

「없어요.」

「그렇다면 아주머니가 죽기 전에 어떤 이상한 편지를 받지는 않았나요?」

「이상한 편지라니요?」

「가령 발신인이 쓰여 있지 않은 편지라든지, 아니면 ABC라는 서명만 되어 있는 편지 말입니다.」

그는 메리를 주의깊게 바라보았다. 그녀는 어리둥절해하며 고개를 저었다.

「아주머니는 아가씨 말고는 친척이 없습니까?」

「지금은 없어요. 톰 삼촌은 전쟁에서 돌아가셨고, 또 해리 삼촌은 남아메리카로 이민을 가셨는데, 그 이후로는 소식이 끊겨서 이젠 저만 남은 셈이지요.」

「아주머니가 저축을 해 놓았든가, 아니면 따로 모아 둔 돈은 없습니까?」

「은행에 조금 있을 거예요. 하지만 장례 비용 정도밖에는 안 될 거예요. 아주머니는 항상 자기의 장례 비용쯤은 가지고 있어야 한다고 말씀하셨거든요. 그리고 그 악마 같은 아저씨 등쌀에 돈을 벌어 둘 틈이 없었을 거예요.」

포와로는 깊은 생각에 잠긴 채 고개를 끄덕였다. 그리고는 속으로 중얼거렸다.

'이건 마치 어두운 동굴 속에 있는 것 같군. 사건의 방향도 잡지 못하겠는걸——그럴 듯한 것이 발견되어야 할 텐데——.'

그는 자리에서 일어나며 말했다.

「아가씨의 도움이 필요하게 되면 이곳으로 다시 연락하겠습니다.」

「솔직히 말해서, 저는 이 지방을 별로 좋아하지 않아요. 하지만 아주머니가 가까이 계셨기 때문에 이곳에 있었던 거예요. 그러나 지금은——.」

메리는 다시 눈물을 글썽이며 말했다.

「제가 이곳에 있을 이유가 없어졌어요. 저는 런던으로 돌아가겠어요. 그곳이 제게는 훨씬 더 편안해요.」

「그렇다면 런던으로 갈 때 나에게 그곳 주소를 알려 주시오. 여기 내 명함이 있습니다.」

그는 메리에게 명함을 건네주었다. 그녀는 약간 당황해 하며 그것을 보았다.

「선생님은 경찰이 아닌가요?」

「경찰이 아니라 사립 탐정입니다.」

메리는 잠시 동안 아무 말 없이 그를 바라보았다.

그녀가 마침내 입을 열었다.

「이번 사건에 어떤 이상한 점이라도 있나요?」

「예, 그렇습니다. 아가씨가 큰 도움이 될지도 모릅니다.」

「저는 아주머니를 죽인 범인을 잡기 위해서라면 무엇이든지 하겠어요.」

우리는 다시 앤도버로 돌아갔다.

제 6 장
범죄 현장

사건이 일어난 거리는 큰길에서 좀 들어간 골목이었다. 애셔 부인의 가게는 골목의 오른쪽에 자리잡고 있었다.

우리가 그곳에 도착하자 포와로는 시계를 쳐다보았다. 그제서야 나는 그가 왜 이곳으로 오는 것을 미루었는지를 알 수 있었다. 그때가 5시 30분이었다. 그는 될 수 있는 대로 어제 사건이 일어난 상황과 비슷하게 맞추어 보려고 한 것이다.

그러나 그의 의도는 빗나갔다. 지금 이 시간의 이곳 상황은 어제와 같지 않았다. 가게 주변은 빈민가였다. 나는 보통 때처럼 지나가는 사람 몇 명과 길에서 놀고 있는 빈민가의 아이들이 있을 거라고 예상했었다.

그러나 지금은 많은 사람들이 사건이 일어난 그 비좁은 가게 안을 들여다보고 있었다. 그곳을 지나가는 사람들은 모두――그들은 대개 빈민층 사람들로, 호기심을 가지고 들여다보고 있었다. 그래서 거리에는 드문드문 아이들의 모습만이 눈에 띄었다.

지금 이 순간에도 많은 사람들이 살인 사건이 일어난 어떤 집이나 가게에 몰려 서 있을 것이다. 하지만 그들은 사건의 진상이 무엇인지에 대해서는 거의 추측해 보려고 하지 않을 것이다. 우리가 본 것 역시 한 인간이 죽은 곳을 강한 호기심을 가지고 바라보는 평범한 구경꾼들에 불과했다.

우리가 그 가게 가까이 갔을 때, 그러한 상황은 더욱 확실해졌다. 셔터를 내린 음울한 그 가게 앞에는 젊은 경찰관 한 명이 서서 사람들에게 물러가라고 소리치고 있었다. 하지만 사람들은 여전히 끊이지 않고 모여들었다. 한 무리의 사람들이 왔다가 떠나면, 다른 사람들이 몰려와서 기웃거렸다.

포와로는 사람들에게서 약간 떨어진 곳에 멈춰 섰다. 우리가 서 있는 자리에서도 가게문에 쓰여진 글자가 또렷하게 보였다. 그는 그것을 나직한 소리로 읽었다.

「A 애셔. 그래, 그것이 틀림없어——.」

그는 잠시 입을 다물었다.

「헤이스팅스, 안으로 들어가 보세.」

우리는 사람들을 헤치면서 가게 쪽으로 다가갔다. 포와로는 사람들을 막고 있는 젊은 경찰관에게 형사가 준 소개장을 내 보였다. 이것을 본 경관은 우리가 안으로 들어갈 수 있도록 문을 열어 주었다. 우리는 구경꾼들의 호기심 어린 시선을 받으며 안으로 들어갔다.

셔터가 내려져 있었기 때문에 가게 안은 매우 어두웠다. 우리를 안내해 준 경관이 전등을 켰다. 그러나 전구가 오래 되었는지 불빛이 아주 희미했다.

나는 주위를 둘러보았다.

몇 권의 잡지와 신문이 먼지가 쌓인 채 흩어져 있었다. 계산대 뒤쪽의 벽에는 선반이 세워져 있고, 그 위에는 담배 꾸러미가 놓여 있었다. 싸구려 과자와 사탕을 파는 보통 구멍가게와 다를 바가 없었다.

경관이 느릿한 햄프셔 특유의 말씨로 사건의 상황을 자세히 설명해 주었다.

「계산대 뒤 저곳에 애셔 부인의 시체가 쓰러져 있었습니다. 의사 말로 애셔 부인이 담배를 꺼내려고 선반 쪽으로 몸을 돌리고 있었기 때문에 범인이 흉기로 내리치는 것을 전혀 알아차리지 못했을 거라고 하더군요.」

「혹시 그 부인이 손에 무엇인가를 쥐고 있었소?」

「손에 쥔 것은 없었고, 단지 부인 옆에 플레이어즈라는 담배 한 갑이 떨어져 있었습니다.」

포와로는 고개를 끄덕이며 주위를 둘러보았다.

「철도 안내서는 어디에 놓여 있던가요?」

「바로 여깁니다.」

경관이 계산대 위를 가리켰다.

「앤도버가 나와 있는 쪽이 펼쳐진 채로 엎어져 있었습니다. 만일 그것이 범인의 것이라면, 런던으로 가는 기차를 찾아보았을 겁니다. 그러니까 범인은 앤도버 사람이 아니라는 이야기가 되죠. 하지만 그 안내서는 범인하고는 아무 상관이 없는 다른 손님이 놓아 두고 갔을 수도 있습니다.」

「지문은 없었소?」하고 내가 물었다.

경관은 고개를 저었다.

「샅샅이 조사해 보았지만, 발견하지 못했습니다.」

「계산대 위에도 없었나요?」

포와로가 물었다.

「계산대 위에는 너무 많은 지문이 섞여 있어서 도저히 찾을 수가 없었습니다.」

「남편의 지문을 찾을 수가 없었단 말이죠 ?」

「그렇습니다.」

포와로는 고개를 끄덕이고는, 부인이 이 가게에서 숙식도 했느냐고 물어 보았다.

「예, 그렇습니다. 저 뒤쪽의 문을 열고 들어가면 그 부인이 지냈던 방이 있습니다. 죄송합니다만, 저는 안내해 드릴 수가 없습니다. 이곳에서 사람들을 막아야 하거든요.」

포와로는 그 문을 열고 들어갔다. 나도 그의 뒤를 따라갔다. 그곳은 조그만 거실과 부엌이 딸려 있는 방이었다. 방 안이 깨끗하게 정리되어 있기는 했지만 가구는 거의 없었다. 벽난로 위에 사진 몇 장이 놓여 있었다. 나는 가까이 다가가서 그것을 바라보았다. 포와로는 나를 따라왔다.

사진은 세 장이었다. 하나는 조카딸인 메리 드로워의 것이었다. 사진 속의 그녀는 예쁜 옷을 입고 있었지만, 흔히 사진을 찍을 때 하는 그런 어색한 미소를 짓고 있었다.

두 번째의 것은 머리가 하얀 나이 많은 여자의 사진이었다. 그녀는 훌륭한 모피 옷의 깃을 세우고 있었다.

나는 이 사람이 애셔 부인에게 유산을 조금 남겨 주었다는 로즈라는 노파일 거라고 생각했다.

다른 하나는 매우 오래 된 것인지 색이 바래 있었다. 그것은 구식 옷을 입고 팔짱을 끼고 있는 젊은 남녀의 모습이었다. 남자는 가슴에 꽃을 꽂고 있었는데, 무슨 예식을 할 때 찍은 것 같았다.

「결혼 사진인가 보군.」

포와로가 말했다.

「이것 보게, 헤이스팅스, 그 부인이 젊었을 때는 예뻤을 거라는 내 말이 맞지 않은가 ?」

그의 말은 옳았다. 비록 구식 복장과 머리 모양 때문에 약간 이상해 보이긴 했어도, 사진 속의 여자는 매우 아름다웠다. 나는 그 옆에 팔짱을 끼고 있는 남자를 자세히 보았다. 군인 제복을 입은 잘생긴 이 젊은이가 바로 지금의 술주정뱅이인 애셔라고는 도저히 믿어지지가 않았다.

나는 비틀거리는 술주정뱅이 애셔와 근심에 찌들린 그 부인의 얼굴을 머리에 떠올려 보았다——그리고는 온몸을 떨었다. 세월이란 얼마나 냉혹한 것인가!

거실에는 2층으로 통하는 계단이 하나 있었다. 2층에는 방이 두 개 있었는데 하나는 가구 한 점 없이 텅 비어 있었고, 다른 하나는 죽은 부인의 침실이었다. 경찰이 방을 조사한 뒤에 그대로 내버려둔 모양이었다.

침대 위에는 낡은 담요가 놓여 있었다. 서랍 속에는 잘 꿰맨 내의와 요리책, 그리고 '녹색의 오아시스'라는 문고판 소설, 양말, 장신구 몇 가지, 인형, 그리고 검은 우비 등이 들어 있었다. 이것들이 죽은 애셔 부인의 전재산이었다.

만일 개인적인 편지나 메모 같은 것이 있었다 해도 이미 경찰에서 가지고 갔을 것이다.

「가엾은 부인이로군. 헤이스팅스, 가세. 이곳에는 우리에게 도움이 될 만한 게 없는 것 같군.」

거리로 나오자 포와로는 잠시 서성거리다가 길을 건넜다. 애셔 부인의 가게 맞은편에 한 잡화점이 있었다. 밖에다 물건을 진열해 놓고 파는 가게였다.

포와로는 낮은 목소리로 나에게 몇 가지 주의를 주고는 그 가게로 들어갔다. 나는 조금 기다렸다가 그를 따라 들어갔다. 그는 상추를 사려고 흥정하고 있었다. 나는 그곳에서 딸기를 조금 샀다.

포와로는 그 가게의 주인인 뚱뚱한 여자와 이야기를 하고 있었다.

「저기 맞은편 가게에서 살인사건이 일어났지요? 참으로 끔찍한 일입니다. 충격이 크셨겠습니다.」

주인은 오늘 하루 종일 그 문제로 사람들에게 시달렸는지 그 사건에 관해서 이야기하는 것을 별로 좋아하지 않는 것 같았다.

가게 여주인이 얼굴을 찡그리며 말했다.

「저기 모여 있는 사람들이나 어서 가 버렸으면 좋겠어요. 무슨 구경거리가 있다고 저렇게…….」

「어제 저녁때는 저렇지 않았을 텐데요. 혹시, 범인이 저 가게 안으로 들어가는 것을 못 보셨습니까? 범인은 키가 크고 수염을 기른 사람이 아니었나요? 내가 듣기에는 러시아 인 같다고 하던데요.」 하고 포와로가 넌지시 말했다.

「그게 무슨 말씀이죠? 범인이 러시아 인이란 말인가요?」

주인 여자는 날카로운 시선으로 포와로를 올려다보며 말했다.

「경찰이 그런 사람을 체포했다는 말을 들었습니다.」

「그것이 정말인가요? 그럼 범인이 외국인이었군요?」 하고 주인 여자는 흥분해서 말했다.

「아주머니도 어제 오후에 그 사람을 보았을 텐데요?」

「아니, 나는 보지 못했어요. 정말이에요. 어제 오후는 매우 바빴어요. 게다가 지나가는 사람들도 무척 많았거든요. 하지만 수염을 기르고 키가 큰 사람은 도무지 본 기억이 없어요. 그런 사람은 금방 눈에 띄잖아요.」

나는 포와로와 미리 짜놓은 대로 그 대화에 끼여들었다.

「실례합니다만, 당신이 잘못 들은 것 같습니다. 내가 듣기론 범인은 키가 작고 피부가 검은 사람이라고 하던데요.」 하고 나는 포와로를 전혀 모르는 사람처럼 말을 걸었다.

이렇게 해서 마침내 주인 여자의 남편과 점원 아이까지도 그 대화에 끼여들게 되었다. 키가 작고 검은 피부의 사람을 네 명 정도 보았다는 말도 나왔고, 점원 아이는 키가 큰 백인을 보았다고 했다.

「하지만 그 사람은 수염을 기르지 않았어요.」 하고 그 아이는 덧붙였다.

이윽고 우리는 각자 물건을 사들고 그 가게를 나왔다. 물론 그들이 우리의 관계를 눈치채지 못하게 하고서 말이다.

「왜 이런 연극을 꾸미는 겁니까?」

길모퉁이를 돌아서자 내가 포와로에게 물었다.

「나는 그 잡화점에서 사건이 발생한 저 가게로 들어가는 사람을 볼 수 있는지를 알고 싶었다네.」

「그런 거라면 이런 속임수를 쓰지 않고서도 충분히 알아낼 수 있잖습니까?」

「그렇지 않아. 내가 자네 말처럼 물어 보았다면, 내가 알고 싶은 대답을 듣지 못했을 거네. 자네는 영국인이면서도 영국인의 기질을 모르고 있구먼. 만일 내가 이런 방법을 쓰지 않고 직접적으로 질문했다면, 그들은 입을 다물고 제대로 말도 하지 않았을 거야. 자네가 내 말에 반박했기 때문에 그들이 자연스럽게 우리의 대화에 끼여들었던 걸세. 이렇게 해서 우리는 한 가지 사실을 알아낸 셈이야. 어제 그 시간은 매우 바쁘고, 또 지나가는 사람들도 많은 때였네. 범인은 그것을 알고 그러한 시간을 이용한 거야.」

그는 잠시 말을 멈추고는 고개를 끄덕이면서 다시 입을 열었다.

「자네는 그렇게도 생각이 없나 그래? 내가 평범한 물건을 사라고 했는데, 하필 딸기를 고르다니! 벌써 딸기에서 물이 새어 나와서 옷에 묻었잖나 글쎄.」

나는 실수했다는 것을 알고는 기분이 언짢아졌다.

나는 서둘러서 그 딸기를 어떤 꼬마 아이에게 주어 버렸다. 그 아이는 깜짝 놀라서 의심스러운 눈길로 나를 바라보았다.

곧 이어 포와로가 그 아이에게 상추를 주자, 그 아이는 당황한 나머지 뻣뻣하게 굳어 버렸다.

「저런 조그만 가게에서 사는 딸기는 좋지 않네. 신선한 것이 아니라서 금방 딸기물이 새어 나오거든. 바나나도 마찬가지야——다른 과일들도——심지어 상추도——딸기는 말할 것도 없고.」

「나도 내가 잘못했다고 생각하고 있습니다.」

「하지만 대수롭지 않은 일이니까.」

그는 잠시 걸음을 멈추었다.

애셔 부인의 가게 오른쪽에 있는 가게는 텅 비어 있었다. 단지 창문에 세를 놓는다는 표시만이 있을 뿐이었다.

애셔 부인의 가게 왼쪽에는 어두운 색깔의 커튼이 내려져 있는 집이 있었다.

그 집에는 벨이 없었기 때문에 포와로는 큰소리가 나게 문을 두드렸다.

잠시 뒤에 지저분한 아이가 콧물을 훌쩍이면서 나와 문을 열어 주었다.

「안녕, 꼬마야. 어머니 계시니 ?」

「예?」

아이는 우리를 의심스럽게 바라보고 이렇게 되물었다.

「어머니가 계시냔 말이다.」 하고 포와로가 덧붙였다.

그 아이는 잠시 머뭇거리더니 안을 향해서 크게 소리쳤다.

「엄마, 누가 찾아왔어요 !」

잠시 뒤에 날카롭게 생긴 여자가 나타났다.

「공연히 시간 낭비 하지 마시고——.」

포와로가 그녀의 말을 가로막았다.

「안녕하세요, 부인. 나는 이브닝 플리커 신문사에서 나온 사람입니다. 죽은 애셔 부인에 대해서 기사거리를 제공해 주시면 사례금으로 5파운드를 드리겠습니다.」

포와로는 모자를 벗으면서 공손하게 말했다.

이 말에 그 부인은 머리와 치마를 매만지고는 미소를 지으면서 말했다.

「어머, 그렇다면 어서 들어오세요. 저쪽으로 앉으시죠.」

그 방은 매우 작고 옷가지들이 너저분하게 널려 있었지만, 우리는 그럭저럭 앉을 수 있었다.

「처음에는 실례되는 말을 해서 죄송합니다. 하지만, 워낙 이것저것 팔러 오는 사람이 많아서요. 진공 청소기, 양말, 라벤더 가방, 뭐 또 별별 물건들을 다 팔러 오지요. 게다가 아주 그럴 듯하게 점잖게 둘러댄답니다. 그 사람들은 이름까지도 다 아는 거예요. 파울러 부인이시죠? ——뭐 어쩌고저쩌고 하면서 말이에요.」

포와로는 그 부인의 이름을 곧 알아차리고는 말했다.

「파울러 부인, 우리 질문에 대답해 주시면 고맙겠습니다.」

「하지만 저는 별로 아는 것이 없는데 어떡하죠?」

하지만 파울러 부인의 마음에는 5파운드의 돈 이외에는 아무 관심도 없는 것 같았다.

「물론 애셔 부인을 알고 있기야 하죠. 하지만, 기사거리가 될는지 모르겠어요.」

포와로는 얼른 그녀를 안심시켰다. 그녀로서는 아무런 할 일이 없었다. 단지 포와로가 그 부인에게서 사실을 끌어내서 자신의 머릿속에 기록할 것이다.

그 부인은 용기를 얻었는지 이것저것 기억해 내고, 추측도 해보고 또 소문에 들리는 이야기도 해주었다.

그녀의 말에 따르면, 애셔 부인은 매우 외롭게 지낸데다가 고생도 많이 해서 주위 사람들이 가엾게 여겼다고 했다. 그리고 남편인 프랜츠 애셔는 오래 전에 감옥에 갔어야 할 사람이라고 했다. 애셔 부인은 남편을 두려워하지는 않았으며——그녀가 화를 내면 정말 무서웠다고 한다——그녀는 늘 남편에게 쉽게 돈을 내주었다. 그러다가 드디어는 일이 터진 것이라고 했다. 파울러 부인은 여러 번 그녀에게 이야기했다고 한다. '그러다간 정말 그 사람이 부인에게 어떤 일을 저지를지도 몰라요. 내 말 명심하세요.' 그런데 그만 일이 이렇게 된 거라고——그 일이 있었을 때 파울러 부인은 집에 있었지만 아무 소리도 듣지 못했다.

포와로는 잠시 말을 멈추었다가 질문을 했다.

「혹시, 애셔 부인이 죽기 전에 이상한 편지를 받았다는 이야기는 못 들었습니까? 가령 서명이 없는 편지나, ABC라고 서명된 편지 같은 거 말입니다.」

파울러 부인은 잠시 생각해 보더니 대답했다.

「무슨 말씀을 하시는지 짐작하겠어요——익명의 편지를 말하는 거죠?——남에게 말하기 부끄러운 말들로 가득차 있는 거 말이에요. 하지만 저는 프랜츠 애셔가 그런 편지를 쓸 수 있으리라고는 믿지 않아요. 설혹, 그 사람이 그랬다고 해도 애셔 부인은 그런 걸 저에게 이야기하지 않았을 거예요. 어머 참——ABC 철도 안내서라고 하셨죠? 아녜요, 그런 건 본 적이 없어요. 애셔 부인이 그런 걸 받았다면 제가 모를 리가 없었을 거예요. 저는 그 이야기를 들었을 때 너무 놀랐어요. 우리 딸 에디가 저에게 뛰어와서 이렇게 말했답니다. '엄마, 옆집에 경찰이 굉장히 많이 왔어요.' 저는 그 말을 듣자마자 이렇게 말했죠. '그녀는 집에 혼자 있는 게 아니었어. 조카딸애와 함께 지냈어야 하는 건데. 남자들은 술에 취하면 먹이를 찾아다니는 늑대같이 되어 버린단 말이야. 아무리 들짐승이라고 해도 아마 그 늙은 악마 같지는 않을 거야. 내가 그렇게 주의를 주었건만——결국에는 내 말처럼 되고 말았군. 그 사람이 무슨 짓을 할지 모른다고 몇 번이나 말해 주었는데도.' 하고 말이에요. 그 사람은 결국 일을 저질렀잖아요! 당신은 그 사람이 술에 취하면 어떻게 되는지 상상도 못 할 거예요. 범인은 뻔하잖아요?」

부인은 말을 마치고 크게 숨을 내쉬었다.

「하지만 그 남편이 가게로 들어가는 것을 본 사람이 없더군요.」 하고 포와로가 말했다.

파울러 부인은 약간 빈정거리듯이 말했다.

「그거야 당연하지요. 그 사람은 몰래 들어갔을 거예요.」

하지만 그 부인은 애셔가 어떻게 몸을 숨기고 가게로 들어갈 수 있었는지 말하지 못했다.

그녀는 애셔 부인의 가게에는 뒷문이 없다는 것과, 그 남편이 눈에 잘 띄는 사람이라고 한 포와로의 말에 동의했다.

「하지만 그 사람도 교수형을 당하는 것은 두려웠을 거예요. 그러니까 당연히 발각되지 않으려고 했겠지요.」

포와로는 몇 마디 더 물어 보고는, 이제 그 부인이 알고 있는 것을 모두 털어놓았다고 생각했는지 이야기를 끝내고 부인에게 약속한 돈을 건네주었다.

「5파운드는 너무 비싸지 않습니까, 포와로?」

나는 거리로 나왔을 때 그에게 말했다.

「그럴지도 모르지.」

「그 부인은 더 많은 것을 알고 있는데도 일부러 이야기하지 않는 것 같지 않습니까?」

「여보게, 우리는 지금 무엇이 옳은 말인지 모르는 상황이야. 이를테면 마치 어둠 속에서 숨바꼭질 놀이를 하는 어린이들과 같은 상황에 있는 거지. 우리는 여기저기 손을 뻗쳐야 하는 처지란 말일세. 파울러 부인은 자신이 알고 있는 것은 모두 이야기한 것 같네. 게다가 도움이 될 만한 추측까지도 곁들여서 말이야. 언젠가 그녀의 증언이 유용할 때가 있을 걸세. 나는 미래를 위해 그녀에게 5파운드를 투자한 것이라네.」

나는 그의 말을 이해할 수가 없었다.

그때 우리는 글렌 형사를 만났다.

제 7 장
패트리지와 리델

글렌 형사는 좀 우울해 보였다. 그는 오후 내내 그 담배 가게에 드나든 사람들의 명단을 작성했다.

「아무도 보지 못했다고 합니까? 하고 포와로가 물었다.

「아니, 너무 많아서 문제입니다. 수상한 얼굴을 가진 키 큰 사람이 세 명, 콧수염을 기른 키 작은 사람이 네 명——턱수염을 기른 사람이 두 명——뚱뚱한 사람이 세 명——이들이 모두 낯선 사람들이었다고 합니다. 도대체 이런 증언들을 믿어야 하는 건지 모르겠습니다. 얼굴을 가리고 권총을 든 강도를 보았다고 한 사람이 없는 것이 이상할 정도입니다.」

포와로는 형사를 바라보며 동정하듯이 미소를 지었다.

「애셔를 보았다는 사람은 없었소?」

「없었습니다. 하지만 웬지 사람들이 애셔를 두둔하는 것 같았습니다. 그리고 방금 서장님에게도 말하고 왔지만, 이번 사건은 런던 경시청에서 해결해야 할 것 같습니다. 이런 작은 마을에서 처리할 사건이 아닌 것 같아요.」하고 글렌 형사가 말했다.
포와로는 신중하게 말했다.
「나도 동감이오.」
글렌 형사가 말했다.
「이번 사건은 골치 좀 썩이겠는데요――아주 골치 아픈 사건입니다――나는 아무래도 별로 마음에 내키지 않아요…….」
우리는 런던으로 돌아가기 전에 두 사람을 더 만났다.
한 사람은 제임스 패트리지였다. 그는 애셔 부인이 죽기 전에 그녀를 가장 마지막으로 본 사람이었다. 그는 사건이 있던 날 오후 5시 30분에 그 가게에 물건을 사러 갔었다.
패트리지는 몸이 작고 가냘픈 사람으로 은행원이었다. 그는 안경을 코에 걸치고 있었고, 매우 차갑게 보이는 인상이었으나 말투는 또렷했다. 그는 자신의 인상처럼 작고 깨끗한 집에 살고 있었다.
그는 내 친구가 건네준 명함을 보고 말했다.
「포와로 씨, 글렌 형사에게 내 이야기를 들으셨다고요? 무엇을 도와 드릴까요?」
「당신이 애셔 부인을 가장 마지막으로 보았다고 들었습니다.」
패트리지는 손가락 끝을 모으면서 포와로를 바라보았다.
「하지만 그것은 확실한 것이 아닙니다. 내가 물건을 산 뒤에도 다른 사람이 왔을지도 모르잖습니까?」
「아직까지는 그런 신고가 들어오지 않았다고 하는군요.」
패트리지는 잔기침을 했다.
「하기야 시민 정신을 잊고 사는 사람들이 많으니까요.」
그는 올빼미처럼 안경 너머로 우리를 바라보았다.
「그것은 사실입니다. 그런데 당신은 자진해서 경찰에 신고했다고 들었습니다만.」

「당연하지요. 나는 그 사건을 듣자마자 내 말이 도움이 될 것이라고 생각하고 즉시 경찰을 찾아갔습니다.」

「아주 잘하셨습니다. 그럼 내게 그 이야기를 해주겠습니까?」하고 포와로는 정중하게 말했다.

「그러니까 나는 그날 집으로 돌아오다가 정확히 5시 30분에 그 가게에 들렀습니다.」

「실례지만, 어떻게 그렇게 정확하게 시간을 알고 있습니까?」

패트리지는 이야기를 방해받은 것에 약간 짜증을 냈다.

「그것은 그때 교회 종소리가 들렸기 때문이죠. 그래서, 나는 시계를 보고 내 시계가 1분이 느리다는 것을 알았습니다. 그것이 애셔 부인의 가게에 막 들어가려는 순간이었거든요.」

「당신은 언제나 그 가게에서 물건을 삽니까?」

「예, 그래요. 집에 오는 길에 일주일에 한두 번 순한 존코톤 담배를 사러 들르곤 합니다.」

「애셔 부인에 대해 아는 것이 있습니까? 가령 그 부인의 환경이라든가 집안 같은 것들 말입니다.」

「전혀 모릅니다. 나는 내가 사는 물건이나 날씨 이야기 외에는 그녀와 대화해 본 적이 없으니까요.」

「그렇다면 그 부인에게 그녀를 괴롭히는 술주정뱅이 남편이 있다는 것을 알고 있었습니까?」

「아니, 몰랐습니다. 그 부인에 관해선 아는 것이 하나도 없으니까요.」

「혹시 어제 가게에 들렀을 때 그 부인의 표정에서 이상한 점을 발견하지 못했습니까? 가령, 당황한 빛이라든가 하는 것 말입니다.」

패트리지는 잠시 생각에 잠겼다.

「내가 보기엔 평상시와 다름이 없었던 것 같은데요.」

포와로는 자리에서 일어섰다.

「협조해 주셔서 감사합니다. 참, 혹시 ABC 철도 안내서를 가지고 있습니까? 런던으로 가는 기차 시간을 알고 싶어서요.」

「뒤쪽 선반 위에 있습니다.」 하고 패트리지가 말했다.

선반 위에는 브래드셔 철도 안내서, 증권 거래소 연감, 켈리 상공(商工) 인명록, 지방 인명록 등과 함께 ABC 철도 안내서가 놓여 있었다.

포와로는 그 책을 집어 들어, 기차 시간을 알아보는 체하고는 다시 제자리에 내려놓았다. 우리는 그에게 인사를 하고 밖으로 나왔다.

우리는 다음에 앨버트 리델을 만났다. 그는 좀 별난 성격을 가진 선로공이었다. 우리는 신경질적인 리델 부인이 접시를 덜거덕거리고, 개가 으르렁거리는 가운데서 우리에게 노골적으로 적대감을 나타내는 리델과 이야기를 했다.

그는 몸집이 크고 넓은 얼굴에 작고 음흉한 눈을 가지고 있었다. 리델은 차를 마시면서 화가 난 듯이 우리를 노려보았다.

「나는 이미 모든 것을 이야기했소. 도대체 왜 이러는 겁니까? 경찰에게 내가 알고 있는 것을 모두 이야기했단 말입니다. 그런데 또 당신들에게 똑같은 이야기를 하란 말입니까?」

포와로는 약간 난처한 표정을 지으며 말했다.

「당신의 입장은 충분히 이해하지만, 사람이 죽은 사건이라서 신중을 기해야 하기 때문입니다.」

「버트, 저 사람들이 원하는 것을 모두 말해 줘요.」 하고 그의 부인이 신경질적으로 말했다.

「조용히 못 해!」

리델이 소리를 버럭 질렀다.

「경찰에 따르면 당신은 자진해서 신고하지 않았다고 하던데요?」 하고 포와로가 또렷하게 말했다.

「그게 어쨌단 말이오? 그것은 나와 상관없는 일이오.」

「그럴지도 모르지요.」 하고 포와로가 무관심하게 말했다.

「살인이 일어났습니다. 경찰은 그 가게에 들어갔던 사람들을 모두 조사하고 있습니다. 그러니까 당신도 그 중의 한 사람으로서 당연히 자진해서 경찰에 찾아갔어야 하지 않을까요?」

「나는 할 일이 많은 사람이오. 자진해서 갈 만큼 여유가 있는 사람이 아닙니다.」

「그렇지만 경찰에서는 당신을 보았다는 목격자가 있었기 때문에 당신을 찾아왔을 거요. 경찰이 당신의 이야기를 듣고 만족해 하던가요?」

「당연하죠.」 하고 리델은 의기 양양하게 말했다.

포와로는 어깨를 으쓱했다.

「아니, 도대체 무엇을 알고 싶은 겁니까? 나는 아무 죄도 없소. 그리고 범인이 그녀의 남편이라는 것은 세상 사람들이 다 아는 일이오.」

「하지만 그 부인의 남편은 사건이 일어났던 시간에는 그 근처에 없었습니다. 그리고 당신은 그 가게에 들어갔었잖습니까?」

「그럼 나에게 혐의가 있다는 거요? 터무니없는 소리 그만하고 돌아가시오. 내가 무엇 때문에 그런 짓을 합니까? 그 가게에서 담배를 훔치려고? 아니면, 내가 살인광이라도 된단 말이오? 내가――?」

그는 흥분하여 자리에서 벌떡 일어섰다. 그러자 그의 부인이 큰 소리로 외쳤다.

「버트, 버트――그런 식으로 말하지 말아요. 버트――저 사람들은 단지――.」

「진정하십시오. 우리들은 당신이 그 가게에 들어갔을 때의 상황을 알고 싶을 뿐입니다. 그런데 당신이 그 이야기를 해 주기를 거절하는 것은 좀——뭐랄까——이상하지 않습니까?」
「내가 언제 말하지 않겠다고 했습니까?」하고 리델은 자리에 다시 앉으면서 말했다.
「사실 못 할 것도 없지.」
「당신이 그 가게에 들어간 것은 6시경이었습니까?」
「그렇소——정확히 말해서, 1~2분 지나서였을 겁니다. 나는 골드 플레이크라는 담배를 사려고 가게 문을 밀었습니다.」
「그 때 가게 문은 닫혀 있었습니까?」
「그렇소. 나는 문이 닫혀 있어서 잠긴 줄 알았지요. 그러나 잠기지는 않았더군요. 하지만 안에 아무도 없어서 계산대를 두드리고 잠시 기다렸지만 아무도 나타나지 않기에 그냥 밖으로 나왔습니다. 그것이 전부요.」
「그럼, 당신은 계산대 뒤쪽에 쓰러져 있던 시체는 못 보았단 말입니까?」
「보지 못했소. 일부러 찾기 전에는 아마 당신도 볼 수가 없었을 거요.」
「그럼, 철도 안내서는 보았습니까?」
「보았습니다. 계산대 위에 펼쳐진 채로 엎어져 있더군요. 나는 그것을 보고 가게 주인이 갑자기 급한 일로 기차를 타게 되어 가게 문을 잠그는 것도 잊어버린 모양이라고 생각했습니다.」
「그 철도 안내서에 손을 댔습니까?」
「만져 보지도 않았습니다.」
「그렇다면 혹시 당신이 가게로 들어갈 때 그 가게에서 나오는 사람을 보지 못했습니까?」
「아무도 못 보았소. 그런데 나에게 혐의를 두고 있는 겁니까?」
포와로는 자리에서 일어섰다.

「그런 건 아닙니다. 안녕히 계십시오, 리델 씨.」

우리는 입을 벌리고 멍청하게 서 있는 리델을 남겨 두고 밖으로 나왔다.

거리에서 포와로는 시계를 보았다.

「서두르면 7시 2분 기차를 탈 수 있겠군. 빨리 가세.」

제 8 장
두 번째 편지

「어떻습니까 ?」

나는 간절하게 물었다.

우리는 텅 빈 1등실에 앉아 있었다. 급행 열차는 막 앤도버를 빠져나가고 있었다.

「범인은 빨강 머리에, 왼쪽 눈이 사팔뜨기인 중간 키의 남자야. 그는 오른쪽 다리를 조금 절고, 어깨 밑에 점이 있어.」 하고 포와로가 대답했다.

「뭐라고요 ?」

나는 깜짝 놀라서 외쳤다.

잠시 동안이나마 나는 완전히 속았다. 그러나 그가 눈을 깜박거려서 알아차리게 되었다.

「포와로 !」

이번에는 비난이 섞인 말투로 외쳤다.

「이 친구야, 왜 그러나? 자네는 내가 셜록 홈즈처럼 이번 사건을 해결해 주기를 바라고 있구먼! 하지만 솔직하게 말해서, 나는 범인의 인상이나 그가 어디에 살고 있는지는 물론, 도대체 어떻게 수사를 시작해야 될지조차도 모르고 있다네.」

「실마리라도 남겨 놓았으면 좋았을 텐데.」

나는 중얼거렸다.

「오, 실마리 —— 자네는 언제나 실마리에 매력을 느끼더군. 하지만 슬프게도 범인은 담배를 피우지도 않았고, 재를 떨어뜨리지도 않았네. 그리고 징이 박힌 아주 독특한 모양의 구두를 신고 가게 안에 들어가지도 않았단 말이야. 친절한 구석이라고는 하나도 없는 녀석일세. 하지만 여보게 —— 그래도 다행히 철도 안내서만은 남겨 놓지 않았나? ABC 철도 안내서 —— 그것이 바로 자네가 바라던 실마리가 아닌가!」

「범인이 실수로 그 책을 두고 갔다고 생각합니까?」

「아니야. 범인은 일부러 그것을 두고 간 것일세. 지문을 보면 알 수 있지.」

「하지만 지문은 없었잖습니까?」

「바로 그 점일세. 어제 저녁이 어땠는 줄 아나? 아주 무더운 6월이었어. 누가 그런 날에 장갑을 끼고 있겠나? 그러다간 사람들의 눈에 띄기 십상이지. 그러니까, 그 안내서에 지문이 없었다는 것은 범인이 닦아냈다는 말이 되는 거야. 즉, 손님이 실수로 놓고 간 것이라면 지문이 있을 텐데, 그렇지 않다는 것은 범인이 고의적으로 놓고 간 것이 틀림없다는 말일세. 하지만 이것이 거꾸로 중요한 실마리가 될 수 있네. 왜냐하면 그 안내서는 누군가가 어디서 샀을 테고, 또 누군가가 가지고 다녔을 게 아닌가? 바로 거기에서 사건 해결의 가능성을 찾아볼 수 있는 거지.」

「그런 식으로 단서를 알아낼 수 있다고 생각합니까?」

「헤이스팅스, 솔직히 말해서 나도 자신이 있는 것은 아니네. 이 수수께끼의 범인은 자신의 능력을 과시하고 있는 거야. 그러니까, 곧바로 추적당하도록 단서를 남겨 놓지는 않았을 거란 말일세.」

「그럼, ABC 철도 안내서는 전혀 도움이 안 되겠군요.」

「자네는 잘못 생각하고 있군.」

「무슨 말입니까 ?」

포와로는 바로 대답하지 않고 천천히 입을 열었다.

「우리는 지금 전혀 알 수 없는 인물과 맞서고 있다네. 그는 어둠 속에 숨어서 나타나려고 하지 않을 걸세. 그러나 모든 사물의 속성대로 언젠가는 그도 자기 자신의 모습을 드러내고 말 거야. 지금 우리는 범인에 대해서 아무것도 모른다고 하지만——달리 생각해 보면 꽤 많이 알고 있다고도 할 수 있지. 나는 희미하게나마 범인의 모습을 그려 볼 수 있어——또렷하고 멋있게 글씨를 쓸 수 있는 사람, 고급 종이를 살 수 있는 사람, 그리고 자기를 자랑하고 싶어하는 사람이라네. 범인은 어렸을 때 소외되고 무시당한 채 자란 것이 틀림없어——열등감과 부당한 대우를 받으면서 말일세. 자기 과시욕과 자만심이 점점 커져서 작은 일을 일으켰다가, 나중에는 커다란 사건으로 비화시키도록 충동질하는 내부의 유혹——그것은 결국 자기 자신을 파괴하고 더욱 큰 좌절 속으로 몰아넣게 되겠지. 이것은 자신도 모르는 사이에 화약을 실은 기차에 성냥을 그어 대는 것과 같다네.」

「하지만 당신 말은 추측일 뿐입니다. 그것은 실제적으로 도움이 되지는 않을 거예요.」

「자네는 확실한 증거를 바라고 있겠지. 가령 성냥개비나 담뱃재, 또는 지문 같은 것 말일세. 하지만 최소한 우리는 몇 가지 의문점을 생각할 수 있네. 왜 ABC 철도 안내서가 사건 현장에 있었는가? 왜 애셔 부인이 살해되었는가? 그리고 사건이 왜 앤도버에서 일어났는가 ?」

「살해된 부인은 아주 평범한 사람입니다. 그리고 우리가 만나 본 두 사람은 아무런 도움도 되지 못했습니다. 그들도 우리가 아는 것 이상은 말해 주지 못했지요.」

내가 중얼거리듯이 말했다.

「사실 나도 그 사람들에게 크게 기대하지는 않았네. 하지만 그 두 사람도 범인일 가능성이 있다는 것을 잊어서는 안 돼.」

「당신은 그렇게 생각하지 않는 것 같은데요——.」

「어쨌든 범인이 앤도버나 그 근처에 살고 있을 가능성도 있어. 그것이 앤도버에서 사건이 일어난 이유에 대한 대답이 될 수도 있지. 그 두 사람은 사건 당일 그 시간에 가게에 있었던 것이 확실하고, 또 그들 두 사람이 범인이 아니라는 증거도 없으니까 아직은 가능성이 있는 셈이지.」

「그렇다면 그 몸집이 큰 리델이 좀 유력하겠군요.」

나는 포와로의 말에 동의하면서 말했다.

「오, 나는 그 사람은 제외시키고 싶네. 그는 신경질적이고 사나운데다가, 불안한 것처럼 보였으니까.」

「하지만 그것은 단지 그렇게 보였을 뿐이지요.」

「하지만 그 사람은 ABC 같은 편지를 쓸 사람이 아니야. 우리가 찾아야 할 사람은 자부심과 자만심으로 가득찬 사람이라고.」

「자신의 권력을 휘두르는 사람은 어떻습니까?」

「가능하지. 하지만 대개 신경이 예민하고 자신을 내세우지 않는 사람들이 허영과 자만을 감추게 마련이야.」

「설마 패트리지를 말하는 것은 아니겠지요?」

「오히려 그 사람이 가능성이 더 많지. 하지만 그 이상은 말할 수 없네. 그는 편지를 보낸 ABC와 비슷한 행동을 했거든. 곧바로 경찰에 신고한 점이나, 또 자신을 자랑하는 것이——그는 그런 것들을 즐긴단 말일세.」

「정말로 그 사람이 범인이라고 생각합니까?」

「그런 뜻이 아니야, 헤이스팅스. 나는 범인이 앤도버가 아닌 다른 지방 사람일 거라고 생각하고 있어. 그러나 앤도버를 소홀히 해서는 안 될 걸세. 그리고 내가 항상 범인을 '그'라고 표현했지만, 범인이 여자일 가능성이 있다는 것도 염두에 두어야 하네.」

「그럴 리가!」

「물론 범행 방법으로 보아 남자의 짓인 것 같지만, 편지는 여자가 보냈을 가능성이 더 많지. 그것을 잊어서는 안 돼.」

나는 잠시 동안 침묵을 지키다가 입을 열었다.

「이제 무엇을 해야 하지요?」

「오, 저런――헤이스팅스!」

포와로가 웃으면서 말했다.

「아니, 우리가 뭘 해야 하느냐고요?」

「아무것도 없네.」

「아무것도 없다고요?」

나는 실망해서 소리쳤다.

「내가 마술사나 요술쟁이라도 되는 줄 아는 모양이군! 자네는 내가 뭘 했으면 좋겠나?」

나는 잠깐 생각해 보았지만, 뭐라고 대답할 말이 없었다. 그렇지만, 우리는 무엇인가를 해야 할 것 같은 생각이 들었다. 그리고 우리 발밑에서 풀이 자라게 해서는 안 된다고 느꼈다.

「ABC 편지와 봉투가 있지 않습니까?」

「자연히 모든 것이 그것에 집중될 걸세. 그런 조사는 경찰에게 맡겨 두는 게 좋아. 뭔가가 있다면 밝혀내겠지. 그런 건 걱정하지 말게.」

나는 그것으로 만족해야 했다.

그리고 나서 며칠 동안 포와로는 사건에 대해서 말하기를 꺼려했다. 내가 말을 걸어도 그는 손을 흔들며 귀찮아 했다.

나는 그의 마음속을 알게 되는 것이 두려웠다. 포와로는 애셔 부인의 살인사건에서 자신의 패배를 인정하고 있었다. ABC가 도전을 해왔다――그리고 그는 이긴 것이다. 실패를 모르는 내 친구에게는 큰 충격이었을 것이다. 그래서 그런지 그는 사건에 대해서 말하기조차 귀찮아했다. 그것은 아마 유능한 사람에게는 하찮은 것일지도 모른다. 그러나, 매우 침착한 사람도 자신의 성공에 우쭐하기가 쉬운 일이다. 포와로의 경우에는 그런 상태가 몇 년이나 계속되어 왔다. 그것이 명백하게 보일지라도 별로 놀라울 것은 없다.

나는 그의 기분을 상하지 않게 하려고 사건에 대해서는 한 마디도 하지 않았다. 나는 신문에서 그 사건에 대한 기사를 읽었다. 그 기사는 매우 간단했고, ABC 편지에 대해서는 한 마디도 언급하지 않았다. 그리고 그 사건은 정체 불명의 범인에 의한 살인이라는 의견으로 결론을 내리고 있었다. 그 사건은 사람들의 주의를 집중시킬 만한 특별한 사건이 아니었다. 한 골목의 구멍가게 노파가 피살되었다는 기사는 다른 흥미 있는 기사에 밀려 신문에서도 별로 대수롭지 않게 다루었다.

사실 나도 그 사건에 대해서 점점 흥미를 잃어가고 있었다. 또한 포와로가 낙담하고 있는 모습을 생각하고 싶지도 않았다. 그러나 7월 25일――그 사건이 갑자기 재생된 것이다.

나는 주말을 요크셔에서 지냈기 때문에 며칠 동안 포와로와 떨어져 있었다. 나는 월요일 오후에 포와로에게 돌아왔으며, 바로 그날 오후 6시에 어떤 편지가 도착했다. 나는 포와로가 그 특별하게 보이는 봉투를 뜯은 뒤 갑자기 거칠게 내쉬던 숨소리를 지금도 생생하게 기억하고 있다.

「드디어 왔군.」 하고 그가 말했다.

나는 어리둥절해 하며 그를 바라보았다.

「무엇이 왔단 말입니까 ?」

「ABC의 두 번째 편지가 왔네.」

나는 멍청하게 그를 바라보았다. 그 사건은 이미 내 기억 속에서 사라졌기 때문이다.

「읽어 보게.」

포와로는 그 편지를 내게 건네주었다.

편지지는 처음 것과 마찬가지로 역시 질이 좋은 종이였다.

친애하는 포와로 씨, 어떻습니까? 첫번째는 내가 승리했다고 생각하는데요. 앤도버 사건은 훌륭하지 않았습니까 ?」

그러나 이제부터 시작입니다. 다음은 벡스힐(Bexhill) 해안입니다. 날짜는 이번 달 25일. 일이 무척 재미있게 되었습니다 !」

ABC

「오, 이런! 이 녀석이 또 다른 범죄를 저지르겠다는 소리 아닙니까 ?」

「그렇다네, 헤이스팅스. 자네는 다른 생각을 했었나 보군. 앤도버 사건으로 끝났다고 생각했던 모양이지? 내가 전에 한 말을 기억하겠지? 이것이 시작이라고 한 것 말일세.」

「하지만 이건 너무나 무서운 사건입니다!」

「그렇지. 아주 무서운 사건이지.」

「우리는 지금 살인광을 상대하고 있는 거라고요 !」

「맞았어.」

그의 침묵은 다른 영웅들이 했던 것보다 훨씬 인상적이었다. 나는 몸서리를 치면서 편지를 그에게 돌려주었다.

다음날 아침에 경찰 회의가 열렸다. 서섹스 주의 경찰서장, C.I.D.(범죄 경찰국)의 부국장, 앤도버의 글렌 형사, 서섹스 주 경찰의 카터 총경, 재프와 크롬 형사, 그리고 유명한 정신과 의사인 톰슨 박사가 참석했다.

두 번째 편지의 소인은 햄프스테드로 되어 있었다. 그러나 포와로는 그것이 별 의미가 없는 것이라고 했다.

회의에 참석한 사람은 충분히 토론했다. 톰슨 박사는 훌륭한 중년 신사였다. 그는 풍부한 지식을 가지고 있었지만, 겸손하게 전문적인 용어는 피하면서 될 수 있는 대로 쉬운 말로 설명했다.

「의심할 것도 없이 두 편지는 같은 사람이 쓴 겁니다.」 하고 부국장이 말했다.

「물론, 편지를 쓴 사람이 앤도버 사건의 범인이라고 단정해도 좋을 겁니다.」

「맞습니다. 그리고 우리는 지금 범인으로부터 25일에 일어날 범죄를 예고받았습니다——내일——벡스힐에서, 어떤 조치를 취하면 좋겠습니까?」

서섹스 주 경찰서장이 총경을 바라보았다.

「카터 총경님, 어떻게 하면 좋을까요?」

총경은 침통한 표정으로 머리를 흔들었다.

「무척 어려운 일이군. 희생자가 누구일 거라는 실마리가 아무것도 없으니. 솔직히 말해서, 나도 어떻게 해야 할지 모르겠소.」

「한 가지 말할 게 있습니다.」 하고 포와로가 말했다.

사람들의 시선이 모두 그에게 쏠렸다.

「내 생각으로는, 이번에 희생될 사람은 B로 시작되는 이름을 가진 사람일 것 같습니다.」

「그게 무슨 말입니까 ?」
총경이 의심스럽다는 듯이 물었다.
「그것은 알파벳 콤플렉스입니다.」하고 톰슨 박사가 생각에 잠기며 말했다.
「나는 단지 가능성을 말한 것뿐입니다——그 이상은 아닙니다. 지난달에 살해된 부인의 가게 표지판에서 애셔라는 이름을 보았을 때 문득 생각해 본 거지요. 그리고 두 번째 편지를 받았을 때 그 장소가 벡스힐이라는 것을 보고 이번 희생자는 알파벳 순서에 의해서 B로 시작되지 않을까 하는 생각을 해보았습니다.」
「물론 가능한 일입니다. 그렇지만 애셔라는 이름은 우연일 수도 있습니다. 이번 희생자도 이름에 상관없이 혼자 가게를 운영하는 노부인일지도 모르지요. 우리는 지금 미치광이를 상대하고 있는 겁니다. 지금까지 범인은 범행 동기에 관해서는 아무런 실마리도 남겨 놓지 않았습니다.」
박사가 말했다.
「미친 사람에게도 동기가 있습니까 ?」
총경이 의심스럽다는 듯이 물었다.
「물론이지요. 지나치게 논리적이라는 것도 미친 사람의 특징 중 하나입니다. 더군다나, 자기 자신을 신성하다고 생각하는 어떤 정신병자는 목사나 의사, 담배 가게의 노파를 죽이라는 신의 명령을 받았다고 생각하기도 하지요——게다가 그런 행동 뒤에는 대개 일관된 이유가 있지요. 하지만 알파벳의 연관성을 너무 의식할 필요는 없습니다. 앤도버 다음에 벡스힐은 우연의 일치일 수도 있으니까요.」
「우리는 적어도 몇 가지 조치를 취할 수는 있습니다. 카터 총경, 우선 B로 시작되는 이름을 가진 사람들의 명단을 작성해 주십시오. 특히 작은 가게를 하고 있는 사람을 중심으로 말입니다. 그리고 혼자서

운영하는 작은 담배 가게나 신문 가게를 잘 감시해 주십시오. 우리가 할 수 있는 일은 그것밖에 없는 것 같습니다. 그리고 가능한 한 낯선 사람들을 잘 감시해 주십시오.」

총경은 낮은 신음 소리를 냈다.

「지금은 학교가 방학을 했고, 또 휴가철이기 때문에 이번 주에는 사람들이 꽤 많이 그곳으로 몰릴 겁니다.」

「그래도 하는 데까지는 해봐야죠.」

경찰서장이 날카롭게 말했다.

글렌 형사도 한마디했다.

「우리는 애셔 부인 사건에 관계된 사람들을 감시하겠습니다. 그 사건의 목격자인 패트리지와 리델, 그리고 애셔 말입니다. 그들이 앤도버를 떠난다면 미행을 하겠습니다.」

몇 가지 제안이 나오고, 산만하게 이런저런 이야기를 나눈 뒤에 회의는 끝났다.

「포와로, 이번 범행은 미리 막을 수 있겠지요?」 하고 강을 따라 걸으면서 내가 물었다.

그는 수척해진 얼굴을 나에게 돌렸다.

「수많은 사람들 속에서 한 명의 미친 놈이 하는 짓을 막을 수 있을까? 나는 두렵다네——너무 두려워. '살인마 잭'의 연속 살인을 생각해 보게.」

「그 사건은 정말 끔찍했지요.」

「헤이스팅스, 미치광이의 짓도 무서운 거야——나는 두렵다네……정말 두려워.」

제 9 장
벡스힐 해변의 살인

나는 아직까지도 7월 25일 아침을 잊을 수 없다. 그것은 7시 30분쯤이었다.

포와로가 침대 옆에서 내 어깨를 부드럽게 흔들어 깨웠다. 나는 몽롱한 눈으로 멍청하게 그의 얼굴을 바라보았다.

「무슨 일입니까?」

나는 얼른 침대에서 일어나 앉으며 물었다.

그의 대답은 간단했지만, 많은 감정이 섞여 있는 목소리였다.

「발생했어.」

「뭐라고요? 아, 오늘이 25일이군요.」

「어제 저녁이 아니면 오늘 새벽에 일어난 것 같네.」

내가 침대에서 일어나 대충 몸단장을 하는 동안, 그는 전화로 들은 상황을 간단하게 이야기해 주었다.

「오늘 아침에 벡스힐 해안에서 젊은 여자의 시체가 발견되었다네. 엘리자베스 바너드라고 하는 찻집에서 일하는 처녀인데, 최근에 지은 집에서 부모와 함께 살고 있었다고 하더군. 검시 결과, 사망 시간은 어젯밤 11시 30분에서 새벽 1시 사이라고 하네.」

「그 사건도 ABC의 짓입니까?」하고 나는 면도를 하기 위해 얼굴에 비누를 칠하면서 물었다.

「ABC 철도 안내서가 벡스힐행 열차 안내가 있는 쪽이 펼쳐진 채로 시체 밑에 있었다고 하더군.」

나는 몸을 떨었다.

「무서운 일이군요!」

「조심하게, 헤이스팅스. 정말 두 번째 사건 소식은 듣고 싶지 않았다네.」

나는 면도를 하다가 실수해서 턱에서 흘러내리는 피를 닦았다.

「우리가 할 일은 뭐지요?」

「조금 있으면 차가 올 걸세. 내가 커피를 가져다 주지. 늦지 않으려면 서둘러야 하네.」

20분쯤 뒤에 우리는 경찰차를 타고 런던을 빠져나가 템스 강을 건너고 있었다.

전에 경찰 회의에 참석했던 크롬 형사가 우리와 동행했다. 그는 공식적으로 이번 사건을 맡고 있는 사람이었다.

그는 재프 경감과는 다른 면이 많았다. 그보다 약간 더 젊었고, 말이 없으며 유능해 보였다. 그리고 교양 있고, 학식 있는 사람이지만, 너무 잘난 체하는 버릇이 있었다. 그는 최근에 어린아이의 살해범을 끈질기게 추적해서 잡은 공로가 있었다.

그는 확실히 이번 사건을 맡기에 적당한 인물이었다. 그러나 너무 잘난 체하는 것이 흠이었다. 포와로를 대하는 태도도 마치 그에게 은혜를 베풀고 있다는 식이었다. 그는 포와로에게 단지 젊은 사람이 늙은 사람을 대하듯이 행동했다.

「나는 톰슨 박사와 많은 이야기를 나누었습니다. 그분은 연속 살인에 매우 관심이 많더군요. 그것은 정신 분열증 환자들이 잘하는 짓이랍니다. 법관에게는 의학적인 견해를 제시하는 것 이상 더 좋은 방법이 없지요.」

그는 기침을 했다.

「사실——지난번에 내가 다룬 사건도——들으셨는지 모르겠지만——마벨 호머 사건인데, 머스웰 힐이라는 여학생이 살해당했죠——그 사건에서 캐퍼라는 남자는 특이한 사람이었습니다. 아무도 그가 범인이라고는 생각지 않았어요. 그런데 그것이 그의 세 번째 살인이었답니다. 겉으로 보기에는 당신이나 나처럼 정상적인 사람과 다를 바가 없었어요. 하지만 요즘엔 그런 것을 알아보는 검사가 많습니다——구두 검사 등——매우 현대적이지요. 물론 당신이 젊었을 때는 그런 검사가 없었겠지만요. 또한 스스로 자신의 모습을 드러내게 할 수도 있습니다.」

「내가 젊었을 때도 그런 것은 있었소.」하고 포와로가 말했다.

크롬 형사는 그를 바라보며 중얼거렸다.

「오, 그렇습니까?」

얼마 동안 우리 사이에는 침묵이 흘렀다. 뉴 크로스 역을 지나갈 때 크롬이 입을 열었다.

「이번 사건에 대해서 알고 싶은 것은 없습니까?」

「혹시 죽은 처녀에 관해서 알고 있는 것이 있소?」

「그녀는 '진저 캣'이라는 찻집에서 일하던 스물세 살 난 처녀입니다.」

「얼굴이 예쁜가요?」

「그건 잘 모르겠습니다.」하고 크롬 형사는 별 이상한 질문을 다한다고 생각했는지 맥빠진 대답을 했다. 그리고 그는 이렇게 말하는 듯했다.

'이런 ——외국인 같으니라고 모두 똑같아!'

포와로는 그를 흥미롭게 바라보면서 말했다.

「당신은 그것이 중요하지 않다고 생각하는군요. 하지만 여자에게는 가장 중요한 것이지요. 때때로 그것이 운명을 결정해 주기도 하니까 말이오.」

크롬 형사는 침묵을 지키다가 정중하게 물었다.

「오, 그렇습니까 ?」

다시 침묵이 흘렀다.

세븐오크스 근처에 왔을 때야 비로소 포와로가 입을 열었다.

「그 처녀는 어떻게, 또 무엇으로 목이 졸렸는지 알고 있소 ?」

「그녀의 허리띠입니다——두껍고 실로 짠 것이라고 합니다.」

포와로의 눈이 커졌다.

「오, 드디어 제법 확실한 단서를 하나 잡은 것 같군요. 그렇게 생각하지 않소?」 하고 포와로가 말했다.

「글쎄요. 아직 그런 것 같지는 않습니다.」

크롬 형사는 냉담하게 말했다.

나는 그 대답을 듣고, 크롬은 상상력이 무척 부족한 사람이라고 생각했다.

「그것은 범인의 성격을 말해 준다고 할 수 있지요. 그 처녀의 허리띠라……그것은 범인이 잔인한 성격을 가졌다는 것을 말해 주는 겁니다.」 하고 내가 말했다.

포와로가 묘한 시선으로 나를 바라보았다. 그의 표정을 보고 내가 형사 앞에서 너무 노골적으로 말을 늘어놓았다는 것을 깨달았다.

그래서 나는 얼른 입을 다물었다.

벡스힐에서 우리는 카터 총경을 만났다. 그는 명랑하고 지적인 얼굴의 켈시라는 젊은 형사와 함께 있었다. 그는 크롬과 함께 이번 사건을 맡은 사람이었다.

「수사 진행 과정이 궁금하겠군, 크롬 형사.」 하고 총경이 말했다.

「내가 중요한 점을 설명해 주겠네. 그래야 자네가 조사에 착수할 수 있을 테니까.」

「감사합니다.」 하고 크롬이 말했다.

「이 소식을 그 처녀의 부모에게 알렸네. 그들은 너무 놀라서 어쩔 줄을 모르더군. 그래서 질문은 다음 기회로 미루기로 하고 그냥 돌아왔네. 그러니 자네는 그것부터 시작하는 것이 좋을 걸세.」

「그 처녀의 부모 외에 다른 가족은 없습니까?」

포와로가 물었다.

「런던에서 타이피스트로 일하는 언니가 한 명 있습니다. 그녀와는 종종 연락을 했다더군요. 그리고 남자 친구도 한 명 있습니다. 그런데 사건이 있던 날 밤에 그 두 사람이 함께 외출을 한 모양입니다.」

「ABC 철도 안내서에서는 알아낸 것이 없습니까 ?」하고 크롬 형사가 물었다.

「거기에는——.」 총경은 탁자 쪽으로 몸을 돌리며 고개를 끄덕였다. 「지문이 전혀 없었네. 벡스힐이 나와 있는 쪽이 펼쳐진 채로 있었어. 그리고 새 책이었네——몇 번 펼쳐 보지도 않은 거야. 내가 이 지방의 가게들을 조사해 보았지만, 그것을 판 곳은 없더군.」

「누가 시체를 발견했습니까 ?」

「제롬이라는 퇴역 대령이 발견했네. 그는 아침 6시쯤에 개를 데리고 쿠든 쪽으로 산책을 나갔다가, 바닷가까지 내려갔다는군. 그런데 개가 무슨 냄새를 맡았는지 마구 뛰어가더라는 거야. 대령이 아무리 불러도 돌아오지 않기에 이상한 생각이 들어 쫓아가 보았더니 시체가 있었다고 하더군. 그는 현명하게 시체를 만지지도 않고 곧 우리에게 전화를 걸었다네.」

「사망 시간은 언제쯤입니까?」

「어제 한밤중에서 오늘 새벽 1시 사이야——그것은 확실할 거네. 범인의 편지대로 25일이 틀림없어——비록 24일에서 1~2분 지났지만, 그래도 25일은 틀림없으니까.」

크롬은 고개를 끄덕였다.

「역시 미치광이의 짓답군요. 그 밖에 도움이 될 만한 다른 것은 없습니까?」

「아직까지는 없네. 아마 조금 있으면 어젯밤에 흰옷을 입은 처녀와 남자가 함께 걷고 있는 것을 보았다는 사람들이 몰려올 걸세. 하지만 어젯밤에 하얀 옷을 입은 처녀와 함께 거닌 젊은이는 400~500명은 될걸.」

「차분히 시작하는 것이 좋겠습니다. 먼저 죽은 처녀가 일하던 찻집과, 그녀가 살던 집을 조사해 보아야겠습니다. 켈시 형사와 함께 가겠습니다.」 하고 크롬이 말했다.

「포와로 씨는 어떻게 하시겠습니까?」하고 총경이 물었다.

「나도 가 보겠습니다.」 하고 포와로가 약간 고개를 숙이며 크롬에게 말했다.

크롬은 못마땅한 표정을 지었고, 포와로를 처음 보는 켈시는 어색하게 이를 드러내며 씩 웃었다.

포와로를 처음 보는 사람들은, 불행히도 대개 그를 1급 농담꾼 정도로밖에 생각지 않았다.

「죽은 처녀가 목이 졸린 허리띠는 어디에 있습니까? 포와로 씨는 그것이 중요한 단서가 될 거라고 하던데요. 이분은 그것을 보고 싶어 하십니다.」 하고 크롬 형사가 비꼬듯이 말했다.

「천만에요.」

포와로가 재빨리 말했다.

「당신은 내 말을 잘못 이해한 것 같군요.」

「그것에서는 아무것도 얻을 수 없을 겁니다. 가죽 허리띠라면 지문이라도 있을 텐데, 명주실로 짠 두꺼운 허리띠였다고 하지 않았습니까?——그런 종류가 범행에는 가장 적당한 것이지요.」하고 카터 총경이 말했다.

나는 약간 몸을 떨었다.

「이제 출발하는 것이 좋겠습니다.」하고 크롬이 말했다.

우리는 함께 출발했다.

우리는 먼저 죽은 처녀가 일하던 진저 캣이라는 찻집으로 갔다. 그곳은 바닷가 근처에 있는 평범하고 작은 찻집이었다. 찻집 안에는 오렌지 빛깔의 체크 무늬 천으로 덮인 탁자가 몇 개 있었고, 의자에는 오렌지빛의 푹신한 방석이 깔려 있었다. 아침 커피를 전문으로 하는 집이었고, 다섯 가지 종류의 차와 삶은 달걀, 새우, 마카로니 등의 간단한 음식을 팔고 있었다.

찻집의 여주인이 급하게 우리를 지저분한 거실로 안내했다.

「메리온 양이죠?」하고 크롬이 물었다.

그 여자는 약간 높고 고민스러운 목소리로 말했다.

「예, 맞아요. 너무 끔찍한 일이에요. 정말 끔찍해요. 우리 가게 매상에 지장이 많을 거예요. 정말 생각할 수도 없는 일이에요!」

메리온 양은 숱이 적은 오렌지빛 머리카락을 가진 40대의 매우 마른 여자로, 진저 캣(ginger cat : 붉은 털의 고양이)이라는 찻집 이름의 분위기와 아주 비슷한 인상이었다. 그녀는 신경질적으로 자기 옷의 장식과 주름을 만지작거렸다.

「아닙니다. 오히려 손님이 더 많아질 겁니다. 두고 보십시오. 무척 바빠질 테니까요.」하고 켈시가 주인 여자를 격려했다.

「정말 끔찍한 일이에요. 인간성에 대해 실망할 정도예요.」하고 메리온이 말했다.

그러나 그녀의 눈은 밝게 빛나고 있었다.

「죽은 처녀에 대해서 말해 주겠습니까 ?」

「없어요. 정말 아무것도 몰라요.」하고 메리온은 단호하게 말했다.

「그 처녀가 얼마 동안 이곳에서 일했습니까 ?」

「이번 여름으로 2년이 되지요.」

「그 처녀는 당신 마음에 들었습니까 ?」

「똑똑한 아가씨였어요——행동도 바르고 말도 잘 들었지요.」

「얼굴이 예쁜가요 ?」하고 포와로가 물었다.

메리온은 이상하다는 듯이 포와로를 쳐다보면서 말했다.

「매우 예쁘고 단정한 처녀예요.」

「어젯밤에는 몇 시에 퇴근했습니까 ?」하고 크롬이 물었다.

「8시에요. 우리 가게는 8시에 문을 닫거든요. 저녁식사는 팔지 않아요. 대개 7시쯤이면 손님이 거의 오지 않으니까요. 바쁜 시간은 6시 30분까지예요.」

「혹시, 그 처녀가 어젯밤에 퇴근할 때 어디를 간다고 하지 않던가요 ?」

「그런 말은 안 했어요.」

메리온은 단호하게 말했다.

「사실 그녀와 나는 그런 말까지 하는 사이는 아니에요.」

「그렇다면 누가 찾아와서 그녀를 불러낸 일은 없습니까 ?」

「없었어요.」

「어제 그녀의 기분은 어땠습니까? 흥분하거나, 풀이 죽어 있지는 않았나요 ?」

「잘 모르겠는데요.」

「이 찻집에서 일하는 여자 점원은 모두 몇 명입니까 ?」

「고정 점원은 두 명이고, 7월 20일부터 8월 말까지는 임시로 두 명을 더 고용해요.」

「엘리자베스 바너드는 임시 점원이 아니었지요 ?」

「물론이죠, 그녀는 정식 점원이었어요.」

「또 한 사람은 누구입니까 ?」

「히글리 양이라고, 매우 예쁜 처녀예요.」

「그녀와 바너드 양은 친하게 지냈습니까 ?」

「그건 잘 모르겠어요.」

「히글리 양과 이야기를 해도 될까요 ?」

「지금이오 ?」

「괜찮으시다면.」

「곧 이리로 보내 드리죠.」 하고 메리온은 자리에서 일어서면서 말했다.

「하지만 지금은 바쁜 시간이니까 가능하면 빨리 끝내 주세요.」

그녀는 불만스러운 표정을 지으면서 밖으로 나갔다.

「매우 세련된 여자군요.」 하고 켈시 형사가 말했다. 그는 메리온의 목소리를 흉내냈다.

「잘 모르겠는데요.」

잠시 뒤에 검은 머리에 장미빛 볼, 그리고 검은 눈을 가진 처녀가 흥분된 모습으로 숨을 헐떡이며 들어왔다.

「메리온 양이 가 보라고 해서…….」 하고 그녀가 말했다.

「히글리 양인가요 ?」

「예, 그래요.」

「바너드 양을 알고 있죠 ?」

「오, 그럼요. 잘 알아요. 너무 끔찍한 일이에요! 저는 믿을 수가 없어요. 매일 아침마다 이야기하던 베티(엘리자베스의 애칭)가 죽다니! 저는 이렇게 이야기했어요. '애들아, 이것은 거짓말 같아.' 언제나 함께 있던 베티가! 저는 그 소식을 들었을 때, 혹시 제가 꿈을 꾸고 있는 것은 아닌가 하고 몇 번이나 제 몸을 꼬집어 봤어요. 베티가 죽다니……정말 믿을 수가 없어요.」

「아가씨는 죽은 처녀에 대해서 잘 알고 있나요?」

크롬이 물었다.

「그녀는 저보다 오랫동안 이곳에서 일했어요. 저는 올 3월에 왔는데, 베티는 재작년부터 있었죠. 그녀는 조용한 편이었어요. 농담이나 웃음이 별로 없었어요. 하지만 사실은 조용한 애가 아니에요——그녀는 우리들이 모르게 재미를 보고 다녔어요. 뭐랄까! 그녀는——우리가 잘 모르는 것을——자기 혼자서만 즐기는 것 같았어요. 제가 말하는 뜻을 아시겠지요?」

크롬 형사는 놀라울 정도로 참으면서 그녀의 이야기를 듣고 있었다. 히글리는 흥분해서 이야기를 계속했다. 그녀는 똑같은 말을 여러 번 되풀이했다. 하지만 그녀의 말에서는 얻은 것이 별로 없었다.

그녀는 죽은 처녀와 별로 친했던 것 같지는 않았다. 바너드는 히글리에게 선을 긋고 지냈던 것 같았다. 그녀는 근무 시간에는 친하게 행동했으나, 다른 사람에게 자기의 속마음을 드러내는 일은 거의 없었다. 베티 바너드에게는 역 부근에 있는 '코크 앤드 브런스킬'이라는 부동산 회사에서 일하는 남자 친구가 있었다. 히글리는 그의 이름은 모르지만, 얼굴은 잘 알고 있다고 했다. 매우 잘생겼고, 언제나 멋진 옷을 입고 다니는 사람이었다고 한다. 히글리는 질투를 하고 있는 것 같았다.

결국, 어젯밤에 베티 바너드는 퇴근하면서 그 찻집에 있는 누구에게도 어디에 간다는 말을 하지 않은 것이 밝혀졌다. 히글리는 그녀가 말은 안 했지만, 분명히 그 남자 친구를 만나러 갔을 것이라고 했다. 왜냐하면, 어젯밤에 그녀는 하얀 새 옷과 목걸이를 하고 나갔기 때문이다.

우리는 임시로 고용된 두 처녀와도 이야기를 해보았지만, 아무 성과도 없었다. 결국 바너드의 이야기를 들은 사람도 없고, 그날 밤에 벡스힐에서 그녀를 본 사람도 없었다.

제 10 장
바너드 양의 가족

베티 바너드의 부모는 그 도시의 변두리에서 살고 있었다. 그 집은 얼마 전에 투기꾼이 급하게 세운 50채 중의 한 채였다. 그 집의 문에는 란두드노라는 문패가 붙어 있었다.

베티 바너드의 아버지는 우람한 체구에 약간 불안한 표정을 지닌 쉰다섯 살쯤 되어 보이는 사람이었다. 그는 우리가 오는 것을 보고 집 입구에 나와서 맞아 주었다.

「어서 오십시오.」 하고 그가 말했다.

켈시 형사가 우리를 소개했다.

「이분은 런던 경시청의 크롬 형사입니다. 이 사건 때문에 이곳으로 오셨지요.」

「런던 경시청이오? 오, 무척 좋은 곳이지요. 이번 사건의 범인은 꼭 잡아야 합니다. 아, 불쌍한 내 딸――.」

바너드 씨의 얼굴은 슬픔으로 일그러졌다.

「그리고 이분은 런던에서 온 포와로 씨입니다. 그리고 또――.」

「헤이스팅스 대위입니다.」

포와로가 말했다.

「뵙게 되어서 반갑습니다.」

바너드 씨가 기계적으로 인사했다.

「안으로 들어오십시오. 아내가 지금 몹시 슬픔에 잠겨 있으니 이해해 주십시오.」

우리가 거실로 들어갔을 때, 바너드 부인이 나타났다. 그녀는 몹시 울어서 눈이 충혈되어 있었고, 걸음걸이마저 이상했다.

「이제 그만해 둬요.」 하고 바너드 씨가 말했다.

「좀, 괜찮아졌소?」

바너드 씨는 부인의 어깨를 두드려 주며 그녀를 감싸 안았다. 그리고는 그녀를 의자에 앉혔다.

「총경님은 매우 친절하신 분이더군요.」

바너드 씨가 말했다.

「사건 소식만 전해 주시고는, 나중에 우리가 진정된 다음에 질문하러 오겠다며 그냥 가셨지요.」

「너무 잔인해요. 오, 어쩌면 그럴 수가 있지요! 정말 이렇게 잔인한 일은 없을 거예요.」

바너드 부인은 울음 섞인 소리로 말했다.

그녀의 목소리는 마치 노래를 부르는 것처럼 들렸다. 나는 문득 문패에 쓰인 이름을 머릿속에 떠올렸다. 그리고는 그녀가 다른 지방 사람이라는 사실을 알아차렸다. 그녀의 발음으로 보아, 웨일스 사람이 틀림없을 것이다.

「매우 슬픈 일이죠, 부인. 하지만, 범인을 잡기 위해서는 우리가 모든 사실을 알아야 합니다.」

크롬 형사가 말했다.

「그렇지요.」
바너드 씨가 고개를 끄덕이며 말했다.
「따님은 스물세 살이고, 이 집에서 함께 살았으며, 진저 캣이라는 찻집에서 일했다고 들었는데 사실입니까?」
「예, 그렇습니다.」
「이곳은 새로 지은 집 같은데, 그전에는 어디에 사셨습니까?」
「케닝턴에서 철물업을 했지요. 하지만 2년 전에 그만두었습니다. 그전부터 늘 바닷가 근처에서 살고 싶었기 때문에 이곳으로 이사온 겁니다.」
「따님이 둘이라고 들었습니다만?」
「예, 큰 아이는 런던에 있는 한 사무실에서 일하고 있지요.」
「어젯밤에 따님이 집에 들어오지 않았는데 왜 신고를 하지 않았습니까?」
「우리는 그 애가 안 들어왔는지도 몰랐어요.」
바너드 부인이 말했다.
「이 양반과 나는 항상 일찍 잠자리에 들거든요. 대개 9시쯤이면 잠이 들어요. 우리는 경찰이 찾아온 뒤에야 그 사실을 알았어요.」
그녀는 울음을 터뜨렸다.
「따님은 항상 늦게 들어왔습니까?」
「요즈음 젊은 애들 다 그렇잖습니까! 독립이니 뭐니 들먹이면서 일찍 집으로 들어오려고 하지 않지요. 더군다나 요즈음 같은 여름에는 더욱 그렇습니다. 내 딸아이도 마찬가지였어요. 베티는 11시 정도에 들어오곤 했어요.」
「어떻게 안으로 들어옵니까? 문을 열어 놓습니까?」
「신발닦개 밑에다 열쇠를 숨겨 놓지요——항상 그렇게 했습니다.」

「소문에 의하면, 따님이 약혼했었다고 하던데요?」

「하지만 요즈음 젊은 아이들은 그렇게 공식적인 약혼을 하지 않아요.」

바너드 씨가 대답했다.

「도널드 프레이저라는 사람인데, 꽤 괜찮아요. 불쌍한 사람, 이번 일로 커다란 충격을 받을 거예요——아니, 어쩌면 벌써 알고 있는지도 모르겠군요.」

바너드 부인이 말했다.

「그가 코크 앤드 브런스킬 회사에서 일한다고 들었습니다만?」

「맞아요. 부동산 회사예요.」

「두 사람은 매일밤 만났었습니까?」

「그렇지 않아요. 1주일에 한두 번 정도였어요.」

「어젯밤에 두 사람이 만났습니까?」

「그런 말은 안 했어요. 베티는 자기가 무엇을 하는지, 어디에 가는지 통 말하지 않았거든요. 하지만 좋은 애였어요. 베티, 오, 정말 믿을 수가 없어요——.」

바너드 부인은 다시 흐느끼기 시작했다.

「진정해요. 빨리 범인을 잡아야지.」하고 바너드 씨가 말했다.

「도널드는 절대 그런 끔찍한 짓을 저지를 사람이 아니에요——절대로——.」

부인이 흐느끼면서 말했다.

「이제 그만 진정해요.」하고 바너드 씨가 되풀이했다.

그는 우리를 바라보았다.

「나도 힘껏 도와 드리겠습니다——하지만 사실 내가 알고 있는 건 아무것도 없습니다——도무지 누가 한 짓인지를 모르겠습니다. 베티는 명랑하고 행복한 애였어요——그 애는 훌륭한 남자 친구도 있어요. 누구든지 그 애를 죽일 이유는 없을 겁니다. 도무지 이해할 수 없어요.」

「협조해 주신다니 감사합니다. 먼저 베티 바너드 양의 방을 조사해 보고 싶습니다. 거기에 편지나 일기가 있을지도 모르니까요.」하고 크롬 형사가 말했다.

「좋습니다.」

바너드 씨가 자리에서 일어서면서 말했다.

그는 우리를 안내했다. 크롬과 포와로, 켈시, 그리고 내가 맨 뒤에서 따라갔다. 나는 구두끈을 매려고 잠시 동안 뒤에 멈추어 있었다. 그때 집 앞에 택시가 서더니, 한 처녀가 내려서 운전사에게 요금을 지불하고는 작은 여행 가방을 가지고 급하게 집 안으로 들어왔다. 그녀는 문을 열고 나를 보더니, 갑자기 멈추어 섰다.

그녀의 태도에는 어딘지 매력적인 데가 있었다.

「누구시죠?」하고 그녀가 물었다.

나는 그녀 쪽으로 조금 다가갔다. 그러나 나는 어떻게 대답해야 할지 몰라서 망설이고 있었다. 이름을 말해야 할지, 아니면 경찰과 함께 온 사람이라고 말해야 할지……그런데, 그녀는 내가 대답을 결정할 시간을 주지 않았다.

「아, 알겠어요.」하고 그녀가 말했다.

그녀는 하얀색 모자를 벗어서 바닥에 내려놓았다. 그녀가 약간 몸을 돌렸을 때, 빛이 그녀에게 비추었기 때문에 나는 그녀의 모습을 똑똑히 볼 수 있었다.

그녀는 어렸을 때 내 누이들이 가지고 놀던 네덜란드 인형 같았다. 검은색 머리카락을 단정하게 단발로 잘랐으며, 앞머리도 이마까지 내려오도록 깔끔하게 다듬었다. 그리고 약간 튀어나온 광대뼈와 조금 뻣뻣한 자세에서 현대적인 매력을 느낄 수 있었다. 얼굴은 예쁜 편은 아니었지만, 깨끗한 인상을 주었다. 게다가 그녀는 사람들이 함부로 접근할 수 없는 도도함을 풍기고 있었다.

「바너드 양인가요?」하고 내가 물었다.

「예, 제가 메건 바너드예요. 경찰이신가요?」

「그렇지 않습니다. 사실은——.」하고 내가 말을 채 잇기도 전에 그녀는 나의 말을 가로막았다.

「저는 이번 사건에 대해서 할 말이 없어요. 제 동생은 남자 친구도 없는 착한 애였어요.」

그녀는 가볍게 미소를 짓고는 도전적으로 나를 바라보았다.

「문장이 맞았나요?」하고 그녀가 덧붙였다.

「나는 기자가 아닙니다. 아가씨가 잘못 생각했군요.」

「그러면 누구죠?」

그녀는 주위를 둘러보았다.

「어머니와 아버지는 어디에 계시죠?」

「아가씨의 아버지는 경찰에게 베티의 방을 보여 주고 있어요. 어머니도 그곳에 있고요. 어머니가 몹시 슬퍼하고 있습니다.」

그녀는 무언가 결심한 듯이 말했다.

「이쪽으로 오세요.」

그녀는 문을 열고 들어갔다. 나는 그녀의 뒤를 따라갔다. 그곳은 작고 깨끗한 부엌이었다.

내가 문을 닫으려고 할 때, 포와로가 조용히 따라 들어와서는 문을 닫았다.

「바너드 양이죠?」

포와로가 가볍게 인사를 하면서 물었다.

「이 사람은 에르큘 포와로라고 합니다.」하고 내가 말했다.

메건은 존경하는 듯한 눈빛으로 포와로를 바라보면서 말했다.

「당신에 대해서는 많이 들었어요. 유명한 사립 탐정이시죠 ?」

「오, 정확한 표현은 아니지만, 대강 그렇습니다.」 하고 포와로가 말했다.

그녀는 부엌에 있는 탁자의 가장자리에 앉았다. 그리고는, 가방에서 담배를 꺼내어 불을 붙였다. 그녀는 두 모금 정도 빨고는 입을 열었다.

「그런데, 당신 같은 분이 이런 시시한 사건에 끼여들다니 이해할 수가 없군요.」

「세상에는 아가씨가 알지 못하는 것이 많고, 또한 내가 알 수 없는 것도 많이 있습니다. 하지만 그것은 중요한 것이 아닙니다. 중요한 것은 우리가 알아낼 수 없는 다른 것이지요.」

「그것이 무엇인데요 ?」

「죽음이죠. 불행하게도 죽음은 편견을 갖게 합니다. 조금 전에 아가씨가 내 친구 헤이스팅스에게 한 말을 들었습니다. 동생은 남자 친구도 없는 착한 애라고 했죠 ! 물론 아가씨는 그를 신문 기자로 착각하고 한 말이었습니다. 그리고 그 말은 사실일지도 모르죠. 하지만 그런 것은 젊은 처녀가 죽고 나면 으레 하는 말이지요. 그 아가씨는 행복했고 착했다느니, 걱정거리도 없었고, 나쁜 친구들도 없었다느니 하는 것들 말이오. 하지만 그런 것은 죽은 사람을 감싸 주는 말밖에 되지 않는답니다. 지금 내 말이 무슨 뜻인지 알겠어요 ?나는 지금 범인을 찾고 있습니다. 사건 해결에 필요한 것은 진실이죠. 나는 그것을 듣고 싶습니다.」

메건은 담배를 피우면서 잠시 동안 그를 바라보았다. 그리고는, 놀랍게도 이렇게 말했다.

「그 애는 바보였어요.」

제 11 장
메건 바너드

메건의 그 말은 너무 사무적이었기 때문에 나는 더욱 놀랐다.

그러나 포와로는 심각하게 고개를 끄덕였다.

「좋습니다.」 하고 그는 프랑스 어로 말했다.

「아가씨는 정말 현명하군요!」

메건은 똑같은 어조로 계속했다.

「저는 베티를 무척 좋아했어요. 하지만 그 애는 정말 바보처럼 굴 때가 많았지요. 그래서 가끔 타이르곤 했어요.」

「동생이 충고를 듣지 않았나 보군요 ?」

「예, 그래요.」 하고 메건은 빈정거리듯이 말했다.

「좀더 자세하게 말해 주겠소?」 하고 포와로가 말했다.

그녀는 잠시 동안 망설였다.

포와로는 입가에 미소를 띠면서 말했다.

「괜찮습니다. 나는 당신이 헤이스팅스에게 한 말을 들었습니다. 그녀는 명랑하고 행복했고, 남자 친구들도 없었다고 했죠? 그것은——

사실은——정반대가 아닌가요,그렇지 않습니까?」

메건은 천천히 입을 열었다.

「베티는 나쁜 아이는 아니었어요. 그것만은 믿어 주세요. 그 애는 아주 고지식했어요. 하지만 주말이면 밖을 나돌아다니면서 춤추러 가곤 했지요. 그리고 누가 조금만 자기를 추켜세워 주면 금방 기분이 으쓱해지는 애였어요. 그래서 어리석게도 남자들과 자주 어울려 다니곤 했지요.」

「동생은 얼굴이 예뻤나요?」

나는 이 질문을 세 번째 들었다. 그런데 이번에 처음으로 도움이 될 만한 대답을 얻었다.

메건은 탁자에서 일어나 자기가 가지고 온 여행 가방을 열고 무엇인가를 꺼내어 포와로에게 건네주었다.

그것은 금발 머리의 처녀가 웃고 있는 모습의 사진이었다. 퍼머 머리가 유난히 인상적이었다. 하지만 그 웃음은 억지로 꾸민 것 같은 느낌을 주었다. 빼어난 미인이라고는 할 수 없었지만, 그런 대로 예쁜 편이었다.

포와로는 그것을 돌려주면서 말했다.

「아가씨하고는 별로 닮지 않았군요.」

「오,저는 우리 집 식구 중에서 가장 못났어요.」

그녀는 별로 중요하지 않다는 듯이 말했다.

「동생이 어리석다고 했는데, 구체적으로 말해 주겠소? 약혼자였던 도널드 프레이저 씨와의 관계를 말한 것인가요?」

「그래요. 도널드는 매우 온순한 사람이에요. 그런데 그는 동생에게 못마땅하게 생각하고 있던 점이 있었어요.」

「그것이 무엇입니까?」

그는 메건의 눈을 뚫어지게 쳐다보았다.

메건은 망설이는 것 같았다.

「저는 그 사람이 동생에게서 멀어질까 봐 두려웠어요. 그것은 생각만 해도 가엾은 일이에요. 그는 성격이 곧고 부지런한 사람이에요. 아마, 동생에게는 좋은 남편이 되었을 거예요.」

포와로는 그녀를 계속해서 바라보고 있었다. 메건도 그의 시선에 조금도 개의치 않고 그를 쏘아보았다. 그런 모습이 내가 그녀를 처음 보았을 때 받았던 도도하고 오만한 인상을 상기시켜 주었다.

「정말 그렇습니까?」

그가 마침내 입을 열었다.

「당신은 진실을 말하고 있지 않군요.」

그녀는 어깨를 으쓱하고는 문 쪽으로 돌아섰다.

「저는 제가 알고 있는 대로 말씀드렸어요.」

포와로는 밖으로 나가려는 그녀를 멈추게 했다.

「잠깐만, 당신에게 해줄 말이 있소. 이리로 와보세요.」

그녀는 내키지 않는 것 같았지만, 그의 말에 따랐다.

놀랍게도 포와로는 ABC의 편지와 앤도버 살인사건, 그리고 시체 옆에 놓여 있었던 철도 안내서에 관해서 이야기해 주었다.

그는 그녀가 흥미를 느끼도록 조리있게 말했다. 그녀는 입술을 벌리고 눈을 반짝이면서 그의 이야기에 귀를 기울였다.

「그것이 사실인가요, 포와로 씨?」하고 그녀가 말했다.

「사실입니다.」

「그렇다면 제 동생이 그 미친 살인마에게 살해되었다는 이야기인가요?」

「틀림없습니다.」

그녀는 깊은 한숨을 내쉬었다.

「오, 불쌍한 베티! 어떻게 그럴 수가!」

「내가 이런 이야기를 하는 이유는, 당신이 모든 걸 솔직하게 말해 주었으면 하기 때문입니다. 나는 당신이 다른 사람에게 해를 끼칠까 두려워서, 사실대로 이야기하지 않는다는 것을 알고 있소.」

「무슨 말씀인지 알겠어요.」

「그럼 이야기를 계속해 봅시다. 솔직히 말해서, 도널드 프레이저 씨는 격렬하고 질투심이 많은 사람이 아닙니까?」

메건은 이 말을 듣고 조용하게 입을 열었다.

「그렇다면 선생님을 믿고 솔직하게 말하겠어요. 도널드는 제가 말한 대로 온순한 사람이에요——화가 나더라도 참는 사람이지요. 그는 내성적이기 때문에 밖으로 표현을 잘 안 하는 편이에요. 불만이 있더라도 마음속에 쌓아두는 사람이죠. 그리고 질투심이 많았어요. 그는 항상 베티에게 많은 질투심을 느끼곤 했어요. 그 애에게 모든 정성을 쏟았으니까요——그리고 물론 베티도 그를 매우 좋아했어요. 하지만 베티는 그 사람 하나만으로 만족지 못했어요. 그 애는 잘생긴 남자들은 모두 좋아했거든요. 베티는 진저 캣에서 일하면서 많은 남자들을 알게 되었지요——특히 여름 휴가철이면, 그 애는 말도 유창하게 잘해서, 남자들이 집적거리는 것을 모두 받아 주곤 했어요. 그리고 그들과 영화를 보러 가기도 했지요. 하지만 그런 남자들과는 그 이상 심각하게 사귀지 않았어요. 그 애는 얼마 안 있으면 도널드와 결혼하게 될 테니까 그전까지는 재미나 실컷 봐야겠다고 말하곤 했어요.」

메건이 잠시 말을 멈추자, 포와로가 입을 열었다.

「그랬군요, 계속하세요.」

「하지만 도널드는 베티의 그런 마음을 이해하지 못했어요. 만일 자기를 사랑한다면 베티가 그렇게 다른 남자들과 어울려서는 안 된다고 생각한 거지요. 그 문제로 그들은 한두 번 다툰 모양이에요.」

「그렇다면, 프레이저가 조용하게 있지는 않았겠군요?」

「대개 온순한 사람이 한번 이성을 잃으면 매우 난폭해지지요. 베티는 도널드의 그런 격렬한 성격을 두려워했었어요.」

「그들은 언제 다투었습니까?」

「1년 전에 한 번 크게 다투었고, 또 몇 번 좋지 않은 일이 있었어요. 그리고 한 달 전쯤에 또 그런 일이 있었지요. 그때 저는 주말을 지내려고 집에 와 있었어요. 그래서 저는 두 사람을 화해시키려고 했지요. 베티에게 그런 행동은 그만두라고 충고도 했습니다——그런 행동은 어리석은 짓이라고 말이에요. 그러자 그 애는 도리어 자기의 행동이 무엇이 잘못이냐고 대들더군요. 그 애와 도널드는 점점 싸움이 잦아졌어요. 게다가 1년 전의 그 큰 싸움 이후로 그 애는 도널드에게 거짓말을 하곤 했어요. 한 달 전에 있었던 싸움은, 동생이 여자 친구를 만나러 헤이스팅스에 간다고 하고는 다른 남자와 함께 이스트본에 간 것이 발각되어서 일어난 것이에요. 그 남자는 결혼한 사람이었어요. 그 일 때문에 그들은 매우 심하게 다투었어요. 그리고 둘 사이가 아주 나빠졌지요. 베티는 그때 도널드와 결혼하지 않겠다고까지 했거든요. 그 애는 자기 마음대로 할 권리가 있다고 소리치면서……하여튼 굉장했어요. 그러자 도널드는 얼굴이 파랗게 질려 온몸을 떨면서 말했어요. '언젠가는——언젠가는——'이라고요.」

「계속해요.」

「도널드는 언젠가는 그 애를 죽여 버리겠다고 했어요.」 하고 메건은 낮은 목소리로 중얼거렸다.

그녀는 말을 멈추고 포와로를 바라보았다.

그는 심각하게 여러 번 머리를 끄덕였다.

「그래서 당신은 도널드가 동생을 죽였을 거라고 생각했소?」

「저는 그가 죽이지 않았다고 확신할 수 있어요. 하지만 베티와 다툰 일과 그가 베티에게 한 말이 알려지면 그가 곤경에 빠질까 두려워요——몇몇 사람은 그 사실을 알고 있거든요.」

포와로는 다시 심각하게 고개를 끄덕였다.

「그럴 가능성도 있지요. 만일 살인광의 과시욕만 없었다면, 프레이저가 혐의를 받았을 거요. 하지만 ABC의 자만에 찬 행동 덕분에 그런 오해는 없을 겁니다.」

그는 잠시 동안 침묵을 지키다가 말을 이었다.

「동생이 최근에 그 유부남이나 다른 남자를 만난 사실이 있습니까?」

메건은 고개를 흔들었다.

「그것은 모르겠어요. 저는 요즈음 계속 런던에 있었으니까요.」

「그렇다면, 당신의 생각은 어떻소?」

「그 애는 그 사람을 다시는 만나지 않았을 거예요. 어쩌면 그 사람 쪽에서 소동이 일어날 것이 두려워 베티를 피했을지도 모르지요. 그리고 혹시 베티가 그를 만났다고 해도 도널드에게 거짓말을 했을 거고요. 하지만 그 애는 영화나 춤추는 것을 좋아했으니까, 만났을 가능성도 있긴 하지요. 그리고 도널드가 항상 그 애를 감시할 수는 없는 일이니까요.」

「혹시 동생이 비밀을 털어놓을 만한 친구는 없습니까? 예를 들면 찻집에서 일하는 처녀라든가?」

「아마 없을 거예요. 베티는 히글리 양을 좋아하지 않았어요. 그녀를 그저 평범한 여자라고 했으니까요. 그리고 다른 점원들은 새로 온 사람들이었죠. 그런데다가 베티는 남에게 자기 생각을 털어놓는 성격이 아니었어요.」

그때 메건의 머리 위에서 벨소리가 날카롭게 울렸다. 그녀는 창문 쪽으로 가서 밖을 내다보았다. 그리고는 재빨리 고개를 이쪽으로 돌렸다.

「도널드예요.」

「이리로 데려오십시오.」

포와로가 빠르게 말했다.

「형사들이 만나기 전에 그와 할 이야기가 있습니다.」

메건은 재빨리 부엌을 나가더니, 잠시 뒤에 도널드 프레이저의 손을 끌고 들어왔다.

제12장
도널드 프레이저

나는 그 청년을 보고는 불쌍한 생각이 들었다. 그의 새파랗게 질린 얼굴과 멍청해진 눈을 보고 그가 얼마나 큰 충격을 받았는지 짐작할 수 있었다.

그는 6피트(약 182㎝) 정도의 키에 균형잡힌 체격을 갖고 있었다. 잘생긴 편은 아니었으나 인상이 좋았으며, 빨간 머리에 광대뼈가 조금 나온 청년이었다.

「이 사람들은 누구입니까, 메건? 왜 나를 이리로 데려온 겁니까? 자세하게 말해 봐요. 조금 전에 들었는데——베티가…….」

그의 목소리는 떨렸다.

포와로는 의자를 권하여 그를 앉게 했다.

그리고는 호주머니에서 작은 술병을 꺼내어, 찬장에서 꺼낸 컵에다 술을 약간 따르고는 말했다.

「마셔 봐요, 프레이저 씨. 좀 진정이 될 겁니다.」

청년은 그의 말에 따랐다. 잠시 뒤에 그의 얼굴빛이 정상으로 돌아왔다. 그는 자세를 바르게 하고 메건을 바라보았다. 그의 태도는 조용했고, 진정되어 있었다.

「그것이 사실입니까? 믿을 수가 없어요. 베티가——베티가 죽다니——.」

「사실이에요, 도널드.」

그녀는 냉정하게 말했다.

「런던에서 오는 길인가요?」

「예, 아버지가 전화를 하셨어요.」

「9시 20분 차를 탔겠군요?」

도널드가 말했다.

그는 너무나도 흥분되어 있었기 때문에 자신을 진정시키려고 하는지, 별로 중요하지 않은 이야기를 했다.

「예.」

잠시 침묵이 흐르다가 도널드가 입을 열었다.

「경찰은? 그들은 지금 무엇을 하고 있죠?」

「지금 위층에서 베티의 방을 조사하고 있는 모양이에요.」

「경찰도 범인이 누구인지 모르고 있나요? 경찰도——?」

그는 말을 멈추었다.

그는 폭력적인 사실을 말하기 부끄러워하는 것 같았다.

포와로는 천천히 그에게 다가서며 질문을 했다. 그는 자기의 질문이 별로 대수롭지 않은 것처럼 평범하고 사무적으로 말했다.

「죽은 바너드 양이 어젯밤에 당신에게 어디에 간다고 말하지 않던가요?」

도널드는 기계적으로 대답했다.

「여자 친구와 함께 세인트 레너스에 간다고 했습니다.」

「당신은 그 말을 믿었나요?」

「제가 믿다니요 ?」
그의 무미 건조한 목소리에 갑자기 생기가 돌았다.
「그게 도대체 무슨 뜻입니까?」
그의 얼굴은 갑작스런 감정으로 인해 험악하게 변했다. 나는 베티가 그의 화가 난 모습을 두려워했다는 것이 조금 이해가 갔다.
포와로는 여전히 사무적으로 말했다.
「베티 바너드 양은 살인광에 의해 살해되었소. 범인을 잡기 위해서는 솔직하게 말해 줘야 합니다.」
도널드는 잠시 메건을 쳐다보았다.
「포와로 씨의 말씀이 옳아요. 지금 다른 생각을 할 시간이 없어요. 숨김없이 말하는 게 좋을 거예요.」하고 메건이 말했다.
도널드는 의심스럽다는 듯이 포와로를 바라보았다.
「당신은 누구죠?경찰이 아닌가요?」
「나는 경찰보다 괜찮은 사람입니다.」하고 포와로는 의식적인 자만심 없이 자연스럽게 이야기했다. 그것은 그에게는 아주 단순한 사실이었다.
「말하세요.」하고 메건이 말했다.
도널드는 잠시 주저하다가 알았다는 듯이 이야기를 시작했다.
「저는 처음에는 베티의 말을 의심하지 않았습니다. 설마 저를 속이지는 않을 것이라고 믿었기 때문이지요. 그런데 아무래도 베티의 태도가 이상했어요.」
「그렇습니까?」하고 포와로가 말했다.
그는 도널드의 맞은편에 앉아 있었다. 그는 도널드에게 최면을 거는 것처럼 뚫어지게 바라보았다.
「저는 부끄러운 일인 줄 알면서도 의심을 했습니다. 그래서 그녀를 감시하기 위해 찻집에 갔었습니다. 그렇지만 베티가 자기를 감시한다는 것을 알면 화낼 것 같아서 걱정스러웠죠.」

「그래서 어떻게 했습니까?」

「저는 직접 세인트 레너스로 갔습니다. 8시쯤 거기에 도착해서, 버스에서 내리는 사람들을 주의해서 지켜보았습니다. 하지만 베티의 모습은 보이지 않았어요…….」

「그래서요?」

「전 무척 화가 났습니다. 그녀는 틀림없이 다른 남자와 함께 있을 거라는 생각이 들었죠. 그 녀석이 자기 차로 베티를 헤이스팅스로 데려갔을 것 같았습니다. 그래서, 즉시 그곳으로 갔습니다. 그리고 거기에 있는 호텔, 식당, 극장들을 모두 뒤졌습니다. 하지만 그것은 어리석은 짓이었죠. 설사 그녀가 그곳에 있다고 해도, 내가 그녀를 찾는다는 것은 불가능한 일이었을 테니까요. 그곳은 워낙 넓은데다가, 또 그녀가 다른 곳으로 갔을지도 모르니까요.」

그는 말을 멈추었다. 그의 말은 또렷했지만, 나는 그의 말 속에서 그 당시에 그가 느꼈던 슬픔과 노여움을 느낄 수 있었다.

「그래서 결국 포기하고 돌아왔지요.」

「그때가 몇 시였습니까?」

「잘 모르겠습니다. 그저 정처 없이 걸었으니까요. 자정이 조금 넘어서 집에 도착했을 겁니다.」

「그리고——.」

그때 부엌문이 열렸다.

「여기 계셨군요.」 하고 켈시 형사가 말했다.

크롬 형사도 그의 뒤를 따라 들어와서는, 포와로와 낯선 두 사람을 쏘아보았다.

「이쪽은 메건 바너드 양이고, 저쪽은 도널드 프레이저 씨입니다.」 하고 포와로가 그들을 소개했다.

「그리고 이쪽은 런던에서 온 크롬 형사입니다.」 하고 포와로는 덧붙였다.

그는 크롬을 보며 말했다.

「당신이 위층에서 조사하고 있는 동안 수사에 도움이 될 만한 것이 있을 것 같아서 메건 바너드 양과 프레이저 씨와 이야기를 나누고 있었소.」

「오, 그렇습니까 ?」

크롬 형사는 포와로에게는 신경도 쓰지 않고 낯선 두 사람을 바라보았다.

포와로가 거실 쪽으로 걸어갈 때, 켈시 형사가 그에게 정중하게 말을 걸었다.

「무엇을 좀 알아냈습니까 ?」

그러나 그때 크롬이 끼어들었기 때문에 그는 포와로의 대답을 들을 수 없었다.

나는 포와로를 따라 거실로 갔다.

「그래, 뭣 좀 알아낸 것이 있습니까, 포와로?」하고 내가 물었다.

「범인은 놀라울 정도로 대담한 녀석이야.」

나는 그의 말 뜻을 잘 이해할 수 없었지만, 그에게 다시 물어 볼 용기가 나지 않았다.

제 13 장
회 의

회의 !

ABC 사건 때문에 여러 차례 회의가 열렸다.

런던 경시청 회의, 포와로 방에서의 회의, 공식적인 회의, 비공식적인 회의 등.

이번에 열린 회의는 ABC가 보낸 편지나 기타 자세한 내용을 신문에 보도할 것인가 아닌가를 결정하는 회의였다.

벡스힐 사건은 앤도버 사건보다는 많은 주의를 끌었다.

그 이유는 벡스힐 사건의 희생자가 예쁜 처녀였고, 또 범행 장소가 유명한 바닷가 휴양지였다는 사실에 있었다.

벡스힐 사건은 조금씩 바뀌어서 매일 신문과 방송에 자세히 보도되었다. 그 중에서도 ABC 철도 안내서에 관한 이야기가 큰 주목을 끌었다. 그 안내서는 범인이 다른 지방에서 샀을 것이라는 추측과, 범인의 정체를 밝혀내는 데 중요한 실마리가 될 것이라는 말이 나돌았다. 또한, 범인은 사건 현장까지 기차를 타고 왔다가 다시 기차를 타고 도망갔을 것이라는 추측도 나돌았다.

앤도버 사건은 대수롭지 않게 보도되었으며, 또한 철도 안내서에 관한 이야기도 언급되지 않았기 때문에 시민들은 두 사건이 서로 연관되어 있다는 것은 알아차리지 못했다.

「우리는 이제 방침을 결정해야 합니다. 어떤 방법이 우리에게 가장 큰 도움을 주는 것인가를 말입니다. 시민들에게 모든 사실을 알리고 그들의 도움을 구한다면, 설마 수백만 명이 한 명의 미친 놈을 놓치기야 하겠습니까?」하고 부국장이 말했다.

「범인은 정신병자 같지는 않습니다.」하고 톰슨 박사가 말했다.

「ABC 철도 안내서의 출처 등을 조사해 봅시다. 그리고 비밀리에 수사하는 방법이 좋을 것 같습니다. 범인이 우리의 계획을 알지 못하게 말입니다. 하지만 범인과 우리가 서로 확실하게 알고 있는 사실이 하나 있죠. 그것은 범인이 우리의 주의를 끌기 위해 편지를 보냈다는 사실입니다. 크롬 형사, 당신의 의견은 어떻습니까?」

「나는 이렇게 생각합니다. 우리가 모든 사실을 시민들에게 발표하게 되면, 결국 우리는 ABC의 작전에 말려드는 결과가 되는 겁니다. 범인이 노리는 것은 세상을 깜짝 놀라게 하는 것입니다. 그것이 그가 바라는 것이지요. 박사님, 내 말이 맞지 않습니까? 범인은 자신이 유명해지기를 바라고 있습니다.」

톰슨 박사는 고개를 끄덕였다.

부국장이 생각에 잠기면서 말했다.

「결국 범인의 의도를 꺾어 보자는 이야기로군. 범인이 바라는 것은 시민에게 자신을 알리는 것이므로, 그러한 의도를 만족시켜 주어서는 안 된다는 말이지? 포와로 씨는 어떻게 생각하십니까?」

포와로는 잠시 침묵을 지키며 곰곰이 생각하다가 신중하게 입을 열었다.

「그것은 어려운 문제입니다, 라이오넬 부국장. 범인은 나에게 도전을 해 왔습니다. 만일 우리가 이번 사건을 발표하지 않는다면, 범인은 내가 세상의 평판을 두려워해서 그럴 거라고 생각하겠지요. 그것은 정말 어려운 문제입니다! 또한 발표를 하게 되면 시민들에게 경고는 줄 수 있을지 몰라도, 크롬 형사의 말대로 범인의 의도를 만족시켜 주는 결과가 되겠지요.」

「흠!」

라이오넬 부국장은 턱을 문지르면서 톰슨 박사를 바라보았다.

「만일 우리가 그런 사실을 발표하지 않는다면 범인은 어떻게 나올까요?」

「계속해서 다음 범죄를 저지르겠죠.」

박사가 재빨리 말했다.

「그럼, 발표를 하면 어떻겠습니까?」

「마찬가지일 겁니다. 그렇게 되면 한편으로는 범인의 과대 망상을 만족시켜 주는 것이 되고, 다른 한편으로는 범인을 실망시키는 셈이 될 테니까요. 아마, 범인은 다른 범죄를 또 저지를 겁니다.」

「포와로 씨의 생각은 어떻습니까?」

「톰슨 박사의 말에 동의합니다.」

「이거, 어쩔 도리가 없군요——그렇다면 앞으로 얼마나 더 범죄를 저지를 것 같습니까?」

톰슨 박사는 포와로를 바라보았다.

「A에서부터 Z까지겠죠.」 하고 박사는 농담조로 말했다.

「물론 거기까지는 가지 못할 겁니다. 그러기 전에 우리가 붙잡을 테니까요. 그런데 X에서는 범인이 어떻게 처리할지 궁금하군요.」 하고 박사가 계속 농담조로 말했다. 그러다가 갑자기 살인을 장난으로 생각하고 있는 자신에게 죄의식을 느꼈는지 심각한 어조로 바꾸었다.

「하지만 적어도 G나 H 정도에서는 잡을 수 있을 겁니다.」
그때 갑자기 부국장이 주먹으로 탁자를 내리쳤다.
「그럼, 아직도 다섯 사람 정도가 더 죽어야 한단 말입니까?」
「절대로 그렇게 못 하도록 막겠습니다. 저를 믿으십시오.」하고 크롬 형사가 단호하게 말했다.
「어디쯤에서 잡을 수 있다고 생각합니까?」하고 포와로가 말했다.
그의 목소리에는 약간 비꼬는 투가 섞여 있었다. 크롬은 포와로의 명성을 깔보듯이 증오하는 눈빛으로 그를 바라보았다.
「다음번에 잡도록 노력하겠습니다. 최소한 F가 되기 전에는 범인을 잡아내겠습니다.」
그는 부국장을 바라보았다.
「지금 범인은 이렇게 생각하고 있을 겁니다. 제가 잘못 생각하고 있는 것이 있으면, 톰슨 박사께서 말씀해 주십시오. 범인은 범죄를 저지르면서 자만심이 극도로 커질 것입니다. 그는 범행이 성공할 때마다 자신은 절대로 잡히지 않을 것이라고 생각하겠지요. 그러면 자신을 과신하게 되고, 조심성이 점점 적어지게 됩니다. 그리고 세상 사람들은 모두 어리석고, 오직 자기만이 영리하다고 생각하게 될 겁니다. 박사님, 그렇지 않습니까?」
톰슨 박사는 고개를 끄덕였다.
「그것이 일반적인 경우입니다. 아주 정확하게 말씀했소. 포와로 씨, 당신도 심리에 대해서는 잘 알고 있지 않습니까?」
크롬은 톰슨 박사가 포와로에게 동의를 구하는 것을 못마땅해 하는 눈치였다. 그는 단지 자기와 박사만이 이 방면의 전문가라고 생각하고 있는 것 같았다.
「크롬 형사의 말이 맞는 것 같습니다.」하고 포와로도 동의했다.
「그런 것을 편집증이라고 하죠.」하고 박사가 중얼거렸다.

포와로가 크롬을 바라보았다.

「벡스힐 사건에서 뭣 좀 알아냈소?」

「뚜렷한 것은 없습니다. 하지만 죽은 바너드 양의 사진을 보고 신고가 몇 건 들어왔습니다. 이스트본에 있는 스플렌디드라는 음식점에서 일하는 웨이터는 그 사진과 비슷한 모습의 처녀가 그곳에서 안경을 낀 중년 남자와 함께 식사를 했다고 하더군요. 또, 그날 밤에 벡스힐과 런던의 중간쯤에 있는 스칼레트 러너라는 술집에서 사진과 비슷한 처녀가 해군 장교로 보이는 남자와 함께 있는 걸 보았다는 신고도 들어왔습니다. 이것은 잘못 본 것일 수도 있지만, 사실일 수도 있습니다. 물론 다른 신고도 많이 있었습니다만, 별로 도움이 될 만한 것은 없었습니다. 그리고, ABC 철도 안내서에 대해서는 아무것도 알아내지 못했습니다.」

「좋아, 자네 아주 열심히 뛰고 있군. 포와로 씨는 짐작이 가는 것이 없습니까?」하고 부국장이 말했다.

포와로는 천천히 입을 열었다.

「이번 사건에서 가장 중요한 것이 하나 있다고 생각합니다——범인의 동기를 알아낼 수 있는——.」

「그거야 당연하지요. 박사님이 알파벳 콤플렉스라고 말씀하지 않았습니까?」

「물론 그렇습니다. 하지만 정신병자라도 범행에 대한 이유는 항상 가지고 있게 마련이지요.」하고 포와로가 말했다.

「잠깐만요, 포와로 씨.」하고 크롬이 말했다.

「1929년의 스톤맨 사건을 기억해 보십시오. 범인은 그 당시에 조금이라도 자기 마음에 들지 않는 사람은 닥치는 대로 죽이지 않았습니까?」

포와로는 그에게 얼굴을 돌리면서 말했다.

「물론 알고 있죠. 하지만 당신이 훌륭하고 중요한 사람이라면, 당신의 조그마한 잘못은 용서받을 수 있습니다. 만일 파리가 당신의 이마 위에서 당신을 괴롭힌다면, 어떻게 하겠습니까? 당신은 아마 화가 나서 그 파리를 죽이려고 할 것입니다. 그리고 전혀 양심의 가책을 받지 않을 것입니다. 왜냐하면 파리는 하찮은 것이고, 당신은 중요하다고 생각하기 때문이지요. 결국 파리는 죽고 당신의 화는 풀어지겠지요. 그리고 당신의 행동은 당신에게는 정당화될 겁니다. 또, 파리를 죽이는 다른 이유는 공중 위생 때문일 겁니다. 파리는 이리저리 날아다니면서 질병을 옮기기 때문에 없어져야 하거든요. 범인의 생각도 이럴 수가 있습니다. 하지만 이번 사건은 그것과는 다르다고 생각합니다. 알파벳 순서대로 사람을 죽이는 것으로 보아, 이것은 개인적인 감정 때문 같지는 않습니다. 마음에 거스르는 사람이 알파벳 순서대로 있다는 것은 우연치고는 너무나 이상하니까요.」

「그것이 문제입니다.」

톰슨 박사가 말했다.

「얼마 전에 이런 사건이 있었습니다. 사형된 남자의 아내가 그 사형에 찬성한 배심원들을 하나씩 살인한 사건이었죠. 그 범죄는 겉으로 보기에는 닥치는 대로 죽이는 것처럼 보였습니다. 하지만 사실은 그런 동기가 있었던 것이지요. 결국 동기가 없이는 살인을 하지 않는다는 것입니다. 대개는 자기를 방해한 사람이나 앙심을 품고 있는 사람을 죽이지요. 또, 세상에서 없어져야 한다고 주장하며 성직자나 경찰 등을 죽이는 수도 있습니다. 하지만 이번 사건은 그런 종류가 아닌 것 같습니다. 애셔 부인과 바너드 양은 서로 연결지을 수가 없습니다. 물론 둘 다 여자니까 여성 혐오증을 가진 범인의 짓이라고 할 수도 있을 테지만——하여튼 다음 사건이 일어나면 좀더 명확해지겠지요.」

「제발 다음 사건이 일어난다는 말씀은 하지 마십시오, 톰슨 박사. 다음 사건이 일어나게 해서는 안 됩니다.」 하고 라이오넬 부국장이 화를 내며 말했다.

톰슨 박사는 침묵을 지키고 있다가, 격렬하게 코를 풀었다.

「당신 마음대로는 안 될 거요. 현실을 직시해야지——.」 하고 톰슨 박사가 말하는 것 같았다.

부국장은 포와로를 바라보며 말했다.

「포와로 씨가 한 말은 이해하겠는데, 그렇다면 범인의 동기는 무엇일까요?」

「나도 지금 그것을 생각중입니다. 범인이 편지를 보낸 것으로 보아서는, 자기 만족을 위한 범행일 수도 있습니다. 하지만 거기에는 석연치 않은 점이 있습니다. 즉, 그렇다면 범인이 구태여 알파벳 순서대로 사람을 죽일 이유가 없지 않겠습니까? 또 단순히 자기 만족을 위해서 범행을 저질렀다면, 그 사실을 아무에게도 알리지 않았을 겁니다. 그러면 좀더 안전하게 해치울 수 있을 테니까요. 그러나 범인은 자신의 행동을 세상 사람들에게 알리고, 또 자기의 성공을 인정받고 싶어했습니다. 그렇다면 그의 억압받은 성격과 두 희생자 사이에 무슨 관계가 있었을까를 생각해 보아야 합니다.

그리고 또 한 가지 염두에 두어야 할 것은, 범인이 나에게 직접적인 혐오감을 가지고 있다고 볼 수도 있습니다. 내가 직업적인 일로 과거에 그를 괴롭혔기 때문에 공식적으로 나에게 도전한 것일 수도 있습니다. 또한 자기와는 직접적인 관계가 없다고 해도, 나에게 증오심을 품을 수도 있지요——가령 외국인에 대한 증오일 수도 있습니다. 그렇다면 범인은 외국인에게 무슨 피해를 입었기에 나에게 도전을 하는 것일까요?」

「그럴 듯한 이야기로군요.」 하고 톰슨 박사가 말했다.

크롬 형사가 목청을 가다듬었다.
「오, 그렇습니까? 하지만, 지금은 해결책이 없군요.」
포와로는 그를 똑바로 쳐다보며 말했다.
「그렇지만 크롬 형사——문제가 있는 곳에는 항상 해답이 있는 법이오. 우리가 범인의 동기만 확실히 알아낸다면——우리에게는 좀 추상적이겠지만——범인에게는 논리적인 그 동기 말이오. 그럼 다음 희생자가 누가 될지도 알아낼 수 있을 겁니다.」
크롬은 고개를 흔들었다.
「범인은 지금 닥치는 대로 죽이고 있다고 생각되는데요.」
「그렇다면 범인은 매우 아량이 넓은 사람이겠군요.」하고 포와로가 말했다.
「그게 무슨 뜻이죠?」
「아량이 넓은 범인이라고 했소. 만일 범인이 편지를 보내지 않았다면, 프랜츠 애셔는 자기 부인을 살해한 혐의로 체포되었을지도 모릅니다. 또한 도널드 프레이저도 베티 바너드 양을 살해한 혐의로 그렇게 되었을지도 모르고요. 그렇다면, 범인은 무고한 사람이 체포되는 것을 가엾게 생각하는 아량이 넓은 사람이 아니겠소?」
「나는 이런 이야기를 들은 적이 있습니다.」
톰슨 박사가 말을 이었다.
「어떤 범인은 희생자 중의 단 한 사람이 곧 죽지 않고 고통을 받다가 죽었기 때문에 수많은 사람을 살해했습니다. 하지만 이번 사건의 범인은 그런 이유 때문이라고는 생각지 않습니다. 그는 주목을 끌기 위해서 이런 짓을 하고 있다고 보는 것이 좋을 겁니다.」
「결국, 이 사건의 발표 문제는 결정하지 못했군요.」
부국장이 말했다.
「제 생각으로는 다음 편지를 받은 뒤에 발표하는 것이 좋을 것 같습니다. 그렇게 하면, 그 도시의 C로 시작되는 이름을 가진 사람은 각별히 조심하게 될 것이고, 범인은 무슨 수를 써서라도 범행을 성공시키려고 애를 쓰겠지요. 그때, 놈을 붙잡는 겁니다.」

크롬이 말했다.

나는 앞으로의 일이 걱정스러웠다.

제 14 장
세 번째 편지

나는 ABC의 세 번째 편지가 도착한 날을 생생하게 기억하고 있다.

우리는 ABC의 편지에 대한 준비를 게을리하지 않았다. 포와로와 내가 외출했을 때는 런던 경시청의 젊은 경관이 포와로의 집에 와서 편지가 도착하기를 기다렸다. 조금이라도 시간을 아끼기 위해서였다.

시간이 흐를수록 우리는 점점 초조해졌다. 크롬 형사는 확실한 단서가 잡히지 않았는데도 태연한 모습이었다. 아니, 오히려 더 자신만만해 보였다. 베티 바너드와 함께 있던 남자를 보았다는 신고는 많이 들어왔지만, 도움이 될 만한 것은 하나도 없었다. 벡스힐과 쿠든 부근에서 차를 보았다는 신고도 있었지만, 확실한 것이 아니었다. ABC 철도 안내서의 출처 조사는 애매한 사람만 괴롭히는 결과가 되었다.

우편 배달부의 모습만 봐도 나는 걱정과 함께 가슴이 뛰었다. 그것은 아마 포와로도 마찬가지였을 것이다.

그는 이번 사건으로 침통해 있었다. 다른 일은 모두 제쳐놓고 이 사건에만 골몰하여 런던을 떠나지 않고 있었다. 무더운 날씨에도 불구

하고, 그는 턱에 무성히 자란 수염을 깎으려고 하지도 않았다.

ABC 편지가 도착한 것은 금요일 밤 10시였다.

나는 우편 배달부의 낯익은 발소리와 초인종 소리를 듣고 우편함으로 달려갔다. 거기에는 4~5통의 편지가 있었는데, 그 중에서 인쇄체 글자로 쓰여진 편지가 눈에 띄었다.

「포와로!」

나는 소리쳤지만, 내 목소리는 점점 기어들어 갔다.

「왔나? 어서 뜯어보게, 빨리! 1초가 아까운 시간이야. 빨리 조치를 취해야 하니까.」

나는 봉투를 뜯고 편지를 꺼내어 펼쳤다. (나는 포와로가 그렇게 서두르는 모습을 본 적이 없었다.)

「어서 읽게.」 하고 그가 말했다.

나는 큰소리로 편지를 읽었다.

가련한 포와로 씨 ——일이 당신 뜻대로 잘 안 되는 모양이죠? 이제 당신의 전성 시대는 끝난 모양입니다. 하지만 이번에는 잘해 보시오. 이번 사건은 좀 쉬울 테니까. 처스턴에서 30일에. 나 혼자만 재미를 보니까 좀 지루합니다!

ABC

「처스턴이라? 가만 있자, 그게 어디에 있지요? 하고 나는 초조해하면서 말했다.

「헤이스팅스!」

포와로의 날카로운 목소리가 내 생각을 방해했다.

「편지를 언제 썼지? 날짜가 적혀 있나?」

나는 편지에 적힌 날짜를 확인했다.

「27일인데요.」 하고 내가 말했다.
「30일에 범행을 저지르겠다고 했지 ?」
「그렇습니다. 가만 있자, 그러면——.」
「빌어먹을, 오늘이 30일이야.」
그는 벽에 걸려 있는 달력을 손가락으로 가리켰다. 나는 일기 수첩을 꺼내어 그것을 확인했다.
「그렇다면——어떻게 하지요 ? 하고 나는 중얼거렸다.
포와로는 바닥에 떨어진 봉투를 집어 들었다. 나는 편지의 내용에만 신경을 썼기 때문에 봉투에는 눈길이 가지 않았다.
그때 포와로는 화이트해븐 아파트에 살고 있었다. 봉투에는 '화이트호스 아파트, 에르큘 포와로'라고 쓰여 있었다. 그리고 구석에 다음과 같은 글이 휘갈겨져 있었다. 그 글씨는 우체국에서 쓴 것이었다. '화이트호스 아파트(런던 동중앙 우편구 1번지)와 화이트호스 저택에는 포와로란 사람이 없음. 화이트해븐 아파트에 문의 바람.'
「제기랄 !」 포와로가 중얼거렸다.
「범인을 도와준 셈이 되었군. 빨리 런던 경시청에 알려야 해.」
우리는 크롬 형사에게 전화를 걸었다. 그렇게 침착하던 그도 이번에는 '오, 그렇습니까?' 하고 대답하지 않았다. 그는 말이 튀어나오려는 것을 억지로 참는 것 같았다. 그는 중요한 말만 듣고는, 될 수 있는 대로 빨리 처스턴에 연락해야 한다며 전화를 끊었다.
「너무 늦었어.」 하고 포와로가 프랑스 어로 중얼거렸다.
「하지만, 아직은 모릅니다.」
나는 거의 희망이 없는 줄 알면서도 이렇게 말했다.
그는 시계를 쳐다보았다.
「10시 20분이야. 1시간 40분 남았군. ABC가 아직도 그곳에 있을까 ?」

나는 준비해 둔 철도 안내서를 펼쳤다.

「데번 주의 처스턴——.」 나는 읽어 내려갔다. 「패딩턴에서 204.7 마일(약 328km) 떨어져 있음. 인구 544명. 꽤 작은 곳인 것 같군요. 이런 곳이라면 틀림없이 누군가가 범인을 목격했을 겁니다.」

「하지만 또 하나의 생명을 잃게 될 걸세. 참, 기차는 몇 시에 있는가? 자동차보다 기차가 빠르겠지?」하고 포와로가 말했다.

「야간 열차가 있군요—— 뉴튼 애버트까지 가는 침대차입니다. —그러면 아침 6시 8분에 거기에 도착할 테고, 7시 15분이면 처스턴에 도착할 수 있겠군요.」

「그 기차는 패딩턴에서 출발하나?」

「그렇습니다.」

「그러면 그것을 타도록 하세.」

「그곳에 도착하기 전에는 아무런 소식도 들을 수가 없겠군요.」

「오늘밤이나 내일 아침에 좋지 않은 소식을 듣게 되면 어떡하지?」

「그래도 도움이 될 만한 것이 있을 겁니다.」

포와로가 런던 경시청에 전화를 거는 동안 나는 가방을 챙겼다.

잠시 뒤에 그는 침실에 들어와서 말했다.

「이거 자네가 꾸린 건가?」

「시간이 없을 것 같아서 내가 당신 짐도 가방에 넣어 두었습니다.」

「자네의 솜씨도 알 만하군. 코트를 어떻게 이렇게 접었나? 그리고 이 파자마를 보게. 머리빗이라도 부러지면 어떻게 하려고.?」

「그만해 두십시오, 포와로. 지금 사람이 죽고 사는 문제가 달려 있는데 그까짓 옷 따위에 신경쓸 시간이 어디 있습니까?」

「침착하게, 헤이스팅스. 기차는 출발 시간이 정해져 있기 때문에 서두른다고 해서 빨리 도착하는 것이 아니야. 그리고 이렇게 옷을 망쳐 놓는다고 해서 살인사건이 해결되는 것도 아니잖나!」

그는 나에게 여행 가방을 받아 들고는 다시 짐을 챙겼다.

그는 편지와 봉투를 패딩턴으로 가져가야 한다고 말했다. 그리고, 거기에서 우리는 런던 경시청에서 온 사람과 만나도록 되어 있다고 했다.

우리가 역에 도착하자 크롬 형사의 모습이 눈에 들어왔다.

그는 질문하는 듯한 포와로의 표정을 보고 입을 열었다.

「아직까지는 아무 소식도 없습니다. 전 경찰을 동원해서 수사하고 있습니다. C로 시작되는 이름을 가진 사람은 조심하라고 전화를 해 두었습니다. 이번이 절호의 기회입니다. 그런데, 편지는 가지고 오셨습니까?」

포와로는 그것을 그에게 건네주었다.

그는 그것을 주의깊게 살펴보고는 말했다.

「편지가 늦게 도착한 것이 범인에게는 행운이군요. 빌어먹을, 하나님도 범인의 편이라니까.」

「범인이 고의로 그렇게 한 것이 아닐까요?」

내가 물었다.

크롬은 고개를 흔들었다.

「아닐 겁니다. 범인은 철저히 자기의 규칙을 지키고 있습니다. 경고 말입니다. 놈은 그것을 강조했습니다. 그리고 그것에 대해서 자부심을 가지고 있습니다. 범인은 틀림없이 화이트호스라는 위스키를 마시면서 이 편지를 썼을 겁니다.」

「그럴 듯하군.」 포와로는 자기도 모르게 감탄해서 말했다.

「술병을 앞에 놓고 편지를 썼다는 말이지요?」

「바로 그겁니다.」 크롬이 말했다.

「누구든지 한두 번쯤은 경험해 보았을 겁니다. 무의식적으로 눈앞에 있는 것을 베끼는 것 말입니다. 범인은 화이트라고 쓰고는, 해븐 대신에 무의식적으로 앞에 있던 술병을 보고 호스라고 썼을 겁니다.」

그 형사도 역시 같은 열차를 타고 가기로 했다.

「다행히 처스턴에서 아무 일도 일어나지 않았다고 해도, 우리는 그곳을 경계해야 합니다. 범인은 틀림없이 그곳에 있거나, 아니면 오늘 그곳에 갔을 테니까요. 경찰에서 소식이 오면, 우리가 기차를 타기 전에는 이쪽으로 연락해 달라고 했습니다.」하고 크롬 형사가 말했다.

우리가 탄 기차가 움직이려고 할 때, 어떤 남자가 기차를 향해 달려왔다. 그 사람은 크롬 형사가 앉은 자리의 유리창 앞으로 와서 무엇이라고 말했다.

기차가 천천히 움직이기 시작하자, 나와 포와로는 크롬 형사의 자리로 갔다.

「무슨 일이오?」하고 포와로가 물었다.

크롬은 조용하게 대답했다.

「나쁜 소식입니다. 카미클 클라크 경이 머리를 뭔가로 얻어맞고 죽었답니다.」

카미클 클라크 경은 사람들에게 널리 알려지지는 않았지만, 그런대로 유명한 사람이었다. 그는 한때 인후과 전문의사로서 명성을 떨쳤다. 하지만 은퇴한 뒤에는 취미 생활(중국 도자기 수집)에만 전념하며 평온한 나날을 보내고 있었다. 그는 은퇴하고 나서 몇 년 뒤에 삼촌으로부터 상당한 유산을 물려받았기 때문에 여유있게 취미 생활을 즐길 수 있었다. 그래서 지금은 중국 예술품 수집가로 널리 알려져 있었다. 그는 결혼은 했지만 슬하에 자식이 없었다. 데번 주 해안 근처에 살고 있으면서 유명한 예술품 판매가 있으면 가끔씩 런던에 들르곤 했다.

그의 죽음은 젊고 예쁜 베티 바너드 양의 죽음만큼이나 큰 화제거리가 될 것이다. 지금은 8월인데다가 기사거리가 없어서 신문이 크게 고심하고 있을 때이다.

「좋아.」 포와로가 말했다. 「이제 우리들이 실패한 것을 알려도 되겠어. 그러면, 나라 전체가 ABC를 찾게 되겠자.」

「불행한 일이군요. 그것이 바로 범인이 바라는 것일 텐데 말입니다.」 하고 내가 말했다.

「그럴지도 모르지. 하지만 그렇게 해서 범인을 잡게 될 수도 있지 않겠나? 계속 자만에 빠지면 부주의하게 되는 법이지. 그것이 내가 바라는 것이네——그는 지금쯤 자기 도취에 빠져 있을 거네.」

「이건 정말 너무 이상한 사건입니다, 포와로! 이런 사건은 처음이에요. 우리가 맡았던 사건은 모두 개별적인 사건이 아니었습니까?」

나는 갑자기 어떤 생각이 떠올라서 이렇게 말했다.

「그랬었지. 지금까지 우리는 내부에서부터 원인을 찾아냈었는데, 이번 사건은 그게 아닌 것 같군. 항상 수사에서 중요한 것은 피살자의 부근이었지. 즉 피살자가 죽음으로써 누가 이익을 보는가, 또는 피살자의 주변에서 가장 유력한 용의자는 누구인가 하는 것을 중심으로 수사를 펼쳤네. 그런데 이번 사건은 잔인하게도 피살자와 관련이 없는 살인범의 소행 같아. 외부로부터의 살인이라고 할까…….」

나는 몸을 떨었다.

「정말 무서운 일이군요…….」

「맞아. 나는 첫번째 편지를 받았을 때부터 뭔가 섬뜩하고 심상치 않다고 느꼈네.」

그는 초조해 하는 듯했다.

「그렇다고 굴복해서는 안 되지. 다른 사건보다 특별히 심한 것도 아니니까…….」

「그렇지만……그건…….」

「전혀 낯선 사람을 해치는 것이 자기 주변에 있는 사람——자기를 믿고 신뢰하는 사람을 해치는 것보다 덜 나쁘다고 생각하지 않나?」

「하지만 미친 짓은 더욱 나쁜 겁니다.」

「그렇지 않아, 헤이스팅스. 더 나쁜 것은 아닐세. 단지 범인을 잡기가 어려울 뿐이지.」

「나는 그렇게 생각하지 않습니다. 그것은 끔찍할 정도로 무서운 일입니다.」

에르큘 포와로는 심각하게 말했다.

「이번 사건이 미치광이의 짓이라면 범인은 쉽게 잡혔을 걸세. 하지만 영리하고 정신이 멀쩡한 사람의 범행이기 때문에 훨씬 복잡한 거야. 조금만 생각해 보면 이 알파벳 장난에도 모순이 있다는 것을 알 수 있을 거네. 이 모순만 알아낸다면, 모든 것이 수월하게 풀릴 텐데.」

그는 한숨을 쉬면서 머리를 흔들었다.

「더 이상 범행이 계속되어서는 안 돼. 곧 진상을 밝혀내야 할 텐데…… 헤이스팅스, 우선 눈 좀 붙이세. 내일은 할 일이 많을 걸세.」

제 15 장
카미클 클라크 경

처스턴은 브릭스햄과 페인턴, 그리고 토케이 사이에 위치한 곳으로, 토베이와도 근접한 지방이었다. 10년 전만 해도 그 지방은 대부분이 골프장이었고, 그 골프장 아래로 한두 채의 농가가 있는 한적한 목초지였다. 그러나, 최근에 처스턴과 페인턴 사이에 개발이 이루어져서 지금은 큰 건물이 많이 들어섰고, 해안 근처에도 아담한 집과 방갈로, 그리고 새로운 길 등이 생겼다.

클라크 경은 이곳의 바다가 보이는 곳에 자기가 직접 설계해서 현대식 집을 세웠다――그 집은 흰색의 사각형으로 아주 멋있었다. 그 근처에는 그가 수집한 예술품을 소장해 두는 화랑도 두 개나 있었다.

우리는 다음날 아침 8시에 그곳에 도착했다. 그 지방의 경관 한 명이 역에서 우리를 맞아 주었다. 그는 이번 사건의 개요를 간단하게 설명했다.

클라크 경은 매일 저녁식사 뒤에 산책을 하는 습관이 있었다. 사건이 있었던 어젯밤, 경찰에서는 밤 11시가 조금 지나서 전화 연락을 받았는데, 그것은 클라크 경이 산책을 나가서 그때까지 돌아오지 않았다는 것이었다. 클라크 경의 산책길은 정해져 있었기 때문에 수색대는 쉽게 그의 시체를 발견할 수 있었다. 그는 무거운 흉기로 머리 뒤쪽을 얻어맞고 쓰러져 있었다. 그리고 시체 위에는 ABC 철도 안내서가 놓여 있었다.

우리는 8시쯤에 컴비사이드(클라크 경의 저택 이름)를 찾아갔다. 나이 많은 집사가 문을 열어 주었다. 그의 떨리는 손과 침울한 얼굴 표정으로 보아, 큰 충격을 받았다는 것을 알 수 있었다.

「안녕하세요, 데브릴 씨.」 하고 지방 경찰관이 말했다.

「안녕하십니까, 웰스 씨.」

「이분들은 런던에서 오신 분들입니다.」

「오, 그렇습니까? 이쪽으로 들어오십시오.」

그는 우리를 아침식사가 준비되어 있는 식당으로 안내했다.

「프랭클린 클라크 씨를 모셔 오겠습니다.」

잠시 뒤에 키가 크고 금발에, 햇빛에 그을린 얼굴을 한 남자가 들어왔다. 그는 죽은 클라크 경의 하나밖에 없는 동생인 프랭클린 클라크였다.

그는 충격적인 사건에 습관이 된 사람처럼 담담한 표정이었다.

「안녕하십니까?」 하고 그가 말했다.

웰스 경관이 우리를 소개했다.

「이분은 런던 경시청의 크롬 형사이고, 이분이 포와로 씨, 그리고 이분은 헤이터 대위입니다.」

「헤이터가 아니라 헤이스팅스입니다.」 하고 나는 잘못된 소개를 수정했다.

프랭클린은 우리 모두와 악수를 나누었다. 그는 우리들 한 사람과 손을 잡을 때마다 뚫어질 듯이 쏘아보았다.

「먼저 아침식사를 합시다. 식사를 하면서 이야기를 하는 게 좋겠습니다.」

처음에는 아무 말도 하지 않고 식사에 열중했다. 우리는 훌륭하게 요리된 달걀과 베이컨, 그리고 커피를 마셨다.

「그런데——.」 프랭클린 클라크가 말했다. 「어젯밤에 웰스 형사가 한 말이 정말입니까? 그것은 정말 끔찍한 이야기입니다. 우리 형님이 살인광에게 희생당했다고 한 것 말입니다. 그리고 이번 범행이 그 살인광의 세 번째 살인이며, 또 희생자 옆에는 항상 ABC 철도 안내서가 놓여 있었다고요?」

「그렇습니다, 프랭클린 클라크 씨.」

「그렇다면, 도대체 그런 범행의 동기가 무엇입니까——아무리 생각해도 정말 알 수 없는 일입니다.」

포와로는 고개를 끄덕이면서 말했다.

「우리가 함께 알아내야 할 것이 바로 그것입니다.」

「하지만, 범행 동기는 대단하지 않을 겁니다.」

크롬 형사가 말했다.

「단지 사회에서 무시당해 온 범인의 짓일 겁니다. 나는 이런 경우를 많이 보아 왔습니다만, 대개 범행의 동기는 하찮은 것이지요. 무시당해 온 범인은 많은 사람들을 놀라게 하고 자기를 알리고 싶은 욕망에서 범행을 저질렀을 겁니다.」

「그것이 사실입니까, 포와로 씨?」

프랭클린은 믿어지지 않는다는 표정으로 포와로에게 다시 물었다. 그러자 크롬 형사의 얼굴이 일그러졌다.

「사실입니다.」 하고 포와로가 대답했다.

「어쨌든 범인은 멀리 도망치지 못했을 겁니다.」 하고 프랭클린이 심각하게 말했다.

「그렇게 생각합니까?.하지만 범인은 교활한 놈입니다. 그리고 틀림없이 보잘것없는 놈일 겁니다. 그래서 사람들에게 무시당하고 비웃음을 받아 왔겠지요.」

「이번 사건을 해결하기 위해서는 솔직하게 모든 사실을 이야기해 주셔야 합니다, 프랭클린 클라크 씨.」

크롬이 대화에 끼여들며 말했다.

「물론입니다.」

「어제 형님의 건강 상태나 기분은 정상이었습니까? 혹시 이상한 편지 같은 것을 받지는 않았습니까? 아니면 그분의 기분을 상하게 한 일은 없었습니까?」

「형님은 평상시와 다름없었습니다.」

「혹시 걱정스러워하거나, 당황한 빛은 보이지 않았습니까?」

「사실, 형님은 얼굴 표정이나 태도가 늘 똑같았기 때문에 뭐라고 말씀드릴 수가 없군요.」

「그게 무슨 말씀입니까?」

「모르시겠지만, 지금 형수님의 건강 상태가 매우 나쁩니다. 솔직히 말씀드리면, 형수님은 불치의 암에 걸려서 이제 얼마 살지를 못합니다. 그것 때문에 형님은 항상 괴로워하셨지요. 나는 동양에 있다가 이곳에 온 지 얼마 되지 않습니다. 이곳에 와서 형님이 그렇게 변한 것을 보고 깜짝 놀랐습니다.」

포와로는 이야기를 듣고 있다가 갑자기 질문을 했다.

「만일, 클라크 씨, 당신의 형님이 벼랑 끝에서 총에 맞고——옆에 권총이 놓여 있는 채로 발견되었다면 당신은 어떻게 생각하겠습니까?」

「솔직하게 말하면, 자살이라고 생각할 겁니다.」 하고 프랭클린이 말했다.

「역시!」하고 포와로가 프랑스 어로 말했다.

「그게 무슨 말입니까?」

「반복된다는 뜻이죠. 그냥 해본 소리입니다.」

「하지만, 이것은 자살이 아닙니다.」하고 크롬이 냉정하게 말했다.

「형님이 매일 오후에 산책을 나가는 습관이 있다고 들었는데요?」

「그렇습니다. 형님은 매일 그러셨지요.」

「매일 저녁 말인가요?」

「비가 내릴 때를 제외하고는요.」

「이 집에 있는 사람들은 모두 그것을 알고 있겠군요?」

「물론이지요.」

「외부 사람도 알고 있습니까?」

「무슨 뜻으로 말씀하는 건지 모르겠지만, 정원사는 알고 있을 겁니다.」

「마을 사람들은요?」

「엄격히 말해서, 이곳에는 마을이 없습니다. 처스턴 페러스에 우체국과 오두막집은 있지만, 마을이나 상점은 없죠.」

「그럼 이곳 거리에 낯선 사람이 나타난다면, 쉽게 눈에 띄겠군요?」

「오히려 반대입니다. 8월에는 각지에서 많은 낯선 사람들이 모여들지요. 대개 브릭스햄이나 토케이, 그리고 페인턴에서 자동차나 버스를 타고 옵니다. 또, 걸어서 오는 사람들도 있습니다. 저기 아래에 보이는 브레드샌스나 엘버리코브는 유명한 바닷가입니다――경치가 아름답기 때문에 많은 사람들이 모여들지요. 나는 사람들이 많이 모이는 것을 좋아하지 않습니다. 하지만 6월과 7월초에는 정말 아름답고 조용하지요.」

「결국, 낯선 사람이 눈에 잘 띄지 않는다는 말이군요?」

「겉으로 보기에 이상한 사람이 아니라면――가령 정신병자라든가.」

「범인은 그런 정신병자는 아닙니다.」

크롬이 단호하게 말했다.

「범인은 범행을 저지르기 전에 이 지방을 탐색하고, 당신의 형님이 매일 오후에 산책을 나간다는 것을 알아냈을 겁니다. 혹시, 어제 낯선 사람이 이 집에 와서 형님을 만나진 않았습니까?」

「잘 모르겠습니다——그런 것은 데브릴에게 물어 보시지요.」

그는 벨을 울려서 집사를 불렀다.

「그런 일은 없었습니다. 찾아온 사람도 없었으며, 또한 집 주위를 서성거리는 사람도 없었습니다. 다른 하인들에게도 물어 보았지만, 그런 일은 없었다고 합니다.」

그 집사는 잠깐 머뭇거리다가 물었다.

「이제 됐습니까?」

「좋아요. 그만 가 보세요.」

그가 나가고 나서, 어떤 젊은 처녀가 들어왔다.

프랭클린은 자리에서 일어나 그녀를 맞으며 말했다.

「그레이 양입니다. 형님의 비서지요.」

나는 한눈에 그녀가 스칸디나비아 쪽의 사람이라는 것을 알 수 있었다. 그녀는 거의 색깔이 없는 회색의 머리카락과, 밝은 갈색 눈을 가지고 있었다. 그리고 피부는 노르웨이 사람과 스웨덴 사람에게서나 볼 수 있는 그런 하얀색이었다. 나이는 스물일곱 살쯤 되어 보였고, 매우 똑똑해 보였다.

「무슨 일이죠?」하고 말하면서 그녀는 자리에 앉았다.

프랭클린이 그녀에게 커피를 가져다 주었으나, 그녀는 아무것도 먹고 싶지 않다며 거절했다.

「당신이 카미클 클라크 경의 서류와 편지를 책임지고 있다고 들었는데요?」하고 크롬이 물었다.

「예, 맞아요.」

「혹시 그분이 ABC라고 서명이 된 편지를 받은 적은 없습니까?」

「ABC요?」

그녀는 고개를 흔들면서 말했다.

「아뇨, 전혀 없어요.」

「그렇다면 혹시 최근에 그분이 산책하면서 낯선 사람을 만났었다는 이야기를 하신 적은 없었습니까

「없어요. 그런 말씀은 하시지 않았어요.」

「당신이 낯선 사람을 본 적도 없습니까?」

「없어요. 물론 요즈음은 그냥 거리를 서성거리는 사람들이 많으니까, 그들도 낯선 사람이라고 한다면야——골프장을 이리저리 거닐거나, 바닷가로 내려가는 사람들이 많이 있지요. 해마다 이때쯤이면 외부에서 많은 사람들이 모여드니까요.」

포와로는 골똘히 생각하면서 고개를 끄덕였다.

크롬 형사는 죽은 카미클 클라크 경의 산책길을 안내해 달라고 부탁했다. 프랭클린이 프랑스 식 문을 열고 나가 길을 안내했으며, 그레이 양도 동행했다.

그레이 양과 나는 다른 사람들보다 약간 뒤쪽에서 걸었다.

「충격이 컸겠습니다.」하고 내가 먼저 말을 걸었다.

「처음에는 믿을 수가 없었어요. 어젯밤에 경찰이 전화를 걸었을 때, 저는 잠자리에 있었어요. 저는 아래층에서 시끄러운 소리가 들리기에 내려가서 무슨 일이냐고 물어 보았어요. 데브릴과 프랭클린 클라크 씨가 랜턴을 가지고 막 나가려고 하더군요.」

「클라크 경은 대개 몇 시에 산책에서 돌아오십니까?」

「대개 10시 조금 못 되어서 돌아오시곤 했어요. 그분은 옆문으로

들어오셔서 곧장 잠자리로 가거나, 때로는 수집품을 전시해 둔 화랑으로 가실 때도 있었어요. 만일 경찰이 전화를 걸지 않았다면, 오늘 아침까지도 그 사실을 몰랐을 거예요.」

「카미클 클라크 경의 부인께서도 충격이 크셨겠군요?」

「부인은 모르핀을 맞고 있기 때문에, 주위에서 무슨 일이 일어나는지 아무것도 모르고 있을 거예요.」

우리는 정원을 지나서 골프장으로 올라갔다. 옆길로 지나갔기 때문에 우리는 가파르고 구부러진 좁은 길로 가야 했다.

「이 길은 엘버리 코브까지 연결되어 있습니다. 하지만 2년 전에 브레드샌스와 엘러비로 이어지는 새 길을 만들었기 때문에 사실상 지금은 이용되지 않고 있지요.」하고 프랭클린이 설명했다.

우리는 그 좁은 길을 따라 계속 걸어갔다. 그 길의 양옆에는 덤불이 바닷가까지 무성하게 이어져 있었다. 마침내 우리는 바닷가와 반짝이는 흰 모래밭이 환히 보이는 곳에 이르렀다. 주위에는 짙은 녹색의 나무들이 바닷가까지 이어지고 있었다. 그것은 정말 아름다운 풍경이었다——하얀색과 짙은 녹색——그리고 사파이어빛의 푸른색이 환상적으로 어울려 있었다.

「정말 아름답군요!」하고 내가 소리쳤다.

프랭클린이 나를 바라보며 말했다.

「정말 아름다운 곳이지요. 사람들이 이곳을 알게 되면 절대로 리비에라 해안으로 가지 않을 겁니다. 나도 여러 나라를 돌아다녀 보았지만, 이처럼 아름다운 곳을 본 적이 없습니다.」

그는 자기 목소리가 지나치게 흥분되었다는 것을 알았는지, 목소리를 가라앉혀서 계속했다.

「여기가 형님의 산책길입니다. 형님은 이곳까지 와서는, 저기 보이는 좁은 길의 왼쪽이 아닌 오른쪽으로 돌아 농장을 지나고 들판을 지나서 집으로 돌아오곤 했습니다.」

우리는 시체가 발견된 들판의 구석진 곳까지 가 보았다. 크롬은 고개를 끄덕였다.

「범행을 저지르기에 아주 알맞은 곳이로군요. 범인은 여기 어두운 곳에 숨어 있었을 겁니다. 결국, 카미클 클라크 경은 아무것도 모르는 상태에서 당했던 것이지요.」

내 옆에 서 있던 그레이 양이 몸을 떨었다.

프랭클린이 말했다.

「진정해요, 도라 양. 끔찍하지만, 이미 끝난 일입니다.」

도라 그레이――그것이 그녀의 이름이었다.

우리는 시체가 발견된 곳을 사진으로 찍고 시체가 운반되어 있는 집으로 돌아왔다.

우리가 넓은 계단을 올라가고 있을 때, 의사가 검은 가방을 들고 방에서 나왔다.

「어떻습니까, 의사 선생님?」하고 프랭클린이 물었다.

의사는 고개를 저었다.

「아주 간단한 경우입니다. 시체를 면밀하게 검사했습니다. 여하튼 그분은 고통스럽지는 않았을 겁니다. 즉사하셨으니까요.」

의사는 말을 마치고 물러갔다.

「클라크 부인을 보아야겠습니다.」

간호사는 방에서 나와 이미 복도 저쪽까지 걸어가고 있었다. 의사는 그녀에게로 갔다.

우리는 의사가 나온 방으로 들어갔다.

나는 다른 사람들보다 좀 일찍 그 방에서 나왔다. 도라 그레이 양은 계단 앞에 서 있었다.

그녀의 얼굴에는 두려운 기색이 역력했다.

「그레이 양——.」 나는 잠시 말을 멈췄다. 「무슨 생각을 하고 있습니까 ?」

그녀는 나를 바라보았다.

「D에 대해서 생각하고 있었어요.」

「D라뇨 ?」

나는 멍하니 그녀를 바라보았다.

「다음 살인 말이에요. 어떤 조치가 취해져야 되잖아요? 그것을 막아야 해요.」

그때 프랭클린이 방에서 나와서 말했다.

「무엇을 막아야 한다는 말입니까 ?」

「이런 끔찍한 살인 말이에요.」

「맞습니다.」

그는 공격적으로 턱을 앞으로 쑥 내밀었다.

「포와로 씨하고 이야기 좀 하고 싶은데——참, 크롬 형사는 괜찮은 사람인가요 ?」

그는 갑작스럽게 말을 했다.

나는 크롬은 매우 똑똑한 형사라고 대답해 주었다.

하지만 나의 목소리에는 진지함이 없었다.

「그런데 그 사람 좀 무례하더군요.」

프랭클린이 말했다.

「마치 모든 것을 혼자만 알고 있다는 듯이 행동하는 것 같습니다. 그 사람, 무엇을 알기나 합니까? 내가 알기로는, 아직까지 아무것도 알아내지 못한 것 같던데요.」

그는 잠시 침묵을 지키다가 다시 입을 열었다.

「포와로 씨는 매우 훌륭한 분인 것 같습니다. 내게 어떤 생각이 있는데, 나중에 그분과 이 문제를 이야기하고 싶습니다.」

그는 복도를 따라가다가, 조금 전에 의사가 들어갔던 방문을 두드렸다.

나는 잠깐 동안 머뭇거렸다. 그레이 양은 멍하니 앞을 바라보고 있었다.

「무얼 그렇게 생각합니까, 그레이 양.?」

그녀의 시선이 내게로 옮겨졌다.

「지금 그는 어디에 있을까 생각했어요……. 범인 말이에요. 사건이 일어난 지 열두 시간도 안 지났으니까요. 오! 범인이 지금 어디에서 무엇을 하고 있는지 볼 수 있는 천리안을 가진 사람이 있다면……!」

「지금 경찰이 수색중입니다――.」

나의 이러한 평범한 말이 그녀의 흥분을 가라앉혀 준 모양이었다. 그레이 양은 진정하려고 애를 쓰면서 말했다.

「예, 맞아요. 물론이죠.」

그녀는 돌아서서 계단을 내려갔다. 나는 그곳에 서서 그녀의 말을 머릿속에 떠올려 보았다.

ABC…….

그는 지금 어디에 있을까?

제 16 장
헤이스팅스 대위가 모르는 이야기

알렉산더 보나파르트 커스트는 토케이 파빌리언에서 상영하는 '한 마리의 참새도'라는 매우 감상적인 영화를 보고 많은 사람들에 섞여서 밖으로 나왔다.

그는 오후의 햇빛에 눈이 부셔 눈을 깜박거리며 주위를 둘러보았다. 그의 표정과 행동은 마치 길 잃은 개와 비슷했다.

그는 혼자서 중얼거렸다.

「그것은…….」

신문팔이 소년들이 소리치며 지나가고 있었다.

「최신 뉴스……처스턴에서 살인광…….」

그들은 다음과 같이 쓰여 있는 플래카드까지 들고 있었다.

'처스턴에서 살인사건. 최신 뉴스.'

그는 호주머니를 뒤적거려 동전을 꺼내서 신문을 한 부 샀다. 그러나 그는 즉시 그것을 펼쳐 보지 않았다.

그는 프린세스 공원으로 들어가서, 토케이 항구가 바라다보이는 곳에 앉아서 신문을 펼쳤다.
신문에는 큰 활자로 이렇게 쓰여 있었다.

클라크 경이 살해되다.
처스턴의 무서운 비극.
살인광의 범행.

그리고 그 밑에는 다음과 같은 기사가 쓰여 있었다.

우리는 불과 한 달 전에 벡스힐에서 엘리자베스 바너드 양이 살해되어 충격을 받았다. 그때, 바너드 양의 시체 옆에서 ABC 철도 안내서가 발견되었다. 그런데 이번 사건에서도 클라크 경의 시체 옆에 이 책이 놓여 있었다. 경찰은 위의 두 사건이 동일한 범인의 짓이라고 보고 있다. 과연 살인광이 바닷가의 휴양지를 돌아다녔을까……?

플란넬 바지와 밝은 푸른색 셔츠를 입고 커스트 옆에 앉아 있던 한 청년이 그에게 말을 걸었다.
「정말 끔찍한 이야기군요?」
커스트는 그의 말을 듣고 깜짝 놀랐다.
「오, 정말――그렇습니다――.」
그는 어찌나 손을 떨고 있었는지 하마터면 신문을 놓칠 뻔했다.
「미치광이라고 해서 쉽게 구별되는 것은 아니지요.」
청년이 수다스럽게 늘어놓았다.
「그들은 항상 멍청하게 보이지는 않으니까요. 대부분 그런 사람들은 우리처럼 정상적으로 보인답니다.」
「그렇지요.」 하고 커스트가 말했다.

「전쟁이 사람을 미치게 하는 경우도 있습니다——전쟁 이후로 정신이 이상해지는 사람이 많지 않습니까?」 하고 청년이 말했다.
「그렇지요.」
「나는 전쟁을 싫어합니다.」 하고 청년이 말했다.
청년의 시선이 그에게로 향했다.
「나는 전염병, 수면병, 기근, 암 등 모든 병을 싫어합니다. 그런데 그런 것들이 사실은 자주 발생하지요.」
「하지만 전쟁은 막을 수가 있습니다.」 하고 청년은 확신에 찬 목소리로 말했다.
커스트는 웃었다. 그는 잠시 동안 웃고 있었다.
청년은 그의 웃음에 약간 놀란 듯했다.
'머리가 돈 사람인가 보군.' 하고 청년은 속으로 생각했다.
그는 큰소리로 말했다.
「전쟁터에 가 본 적이 있는 모양이군요.」
「그렇소.」
커스트가 말했다.
「전쟁이 나를 불안정한 상태로 만들었소. 그 이후로 머리가 늘 아프답니다. 두통은 당신도 알다시피 진저리가 나지요.」
「오! 정말 죄송합니다.」 하고 청년은 어색하게 말했다.
「가끔은 내 자신이 무슨 일을 하는지도 잘 모를 때가 있습니다.」
「정말입니까? 그것 참 안됐군요. 이제 그만 가 보아야겠습니다.」
청년은 이렇게 말하고는 서둘러서 가 버렸다. 그는 사람들이란 으레 말상대가 있으면 자신의 건강에 대해서 이야기하려고 한다는 것을 알고 있었다.
커스트는 다시 신문을 펼쳤다.
그는 그 기사를 여러 번 읽었다.

사람들이 그의 앞을 지나갔다.

그들의 대부분은 살인사건에 관해서 이야기하고 있었다.

「무서운 일이에요——혹시 중국인과 관계된 일이 아닐까요? 그녀는 중국인 찻집에서 일하던 종업원이 아니었나요……?」

「어떻게 골프장에서…….」

「나는 바닷가라고 들었는데요.」

「우리는 바로 어제 엘버리에서 차를 마셨잖아요…….」

「경찰은 꼭 범인을 잡는다고 장담하고 있대.」

「지금쯤 체포되지 않았을까……?」

「지금 범인은 토케이에 있을지도 몰라요. 그리고 어쩌면 다른 여자가 살해되었을지도 모르고요.」

커스트는 신문을 반듯하게 접어서 의자 위에 놓았다. 그리고는 자리에서 일어나 조용하게 시내 쪽으로 걸음을 옮겼다.

흰색, 분홍색, 푸른색 등의 짧은 치마와 바지를 입은 많은 여자들이 그의 앞을 지나갔다. 그들은 웃고 떠들면서 지나갔다. 하지만 여자들의 눈은 지나가는 남자들을 하나하나 평가했다.

그러나 여자들의 시선은 커스트에게서 1초도 머물러 있지 않았다.

그는 작은 식당에 들어가서 차와 데번셔 크림을 주문했다.

제 17 장
제자리걸음

카미클 클라크 경의 죽음으로 ABC 사건은 매우 유명해졌다.

신문에서도 이 사건을 크게 보도했다. 거기에는 이번 사건에 많은 실마리가 발견되었다고 쓰여 있었다. 사람들 모두 범인이 빨리 체포되어야 한다고 수군거렸다. 희생자와 관계된 모든 사람과 집의 사진도 실렸다. 그리고 많은 사람의 이야기가 실렸으며, 국회에서도 문제로 삼았다.

앤도버 사건과 다른 두 사건이 관계가 있다는 것도 보도되었다.

런던 경시청에서 시민들에게 이번 사건들에 대해 자세하게 알리는 것이 범인을 잡는 데 도움이 될 것이라고 결정한 것이다. 이제는 영국 국민 전체가 범인의 추적에 가담하게 되었다.

'데일리 플리커'라는 신문에서는 다음과 같이 보도했다.

범인은 당신의 도시에 살고 있는지도 모른다 !

포와로는 이번 사건에서도 중심이 되었다. 그가 받은 ABC의 편지도 공표되었다. 어떤 사람은 포와로가 이번 사건을 막지 못했다고 비난했으며, 또 다른 사람은 포와로가 이미 범인의 윤곽을 잡고 있다고 변호했다.

기자들은 계속 포와로에게 인터뷰를 요청했다. 또한, 나에게도 여러 가지 질문을 했다.

오늘 포와로 씨가 말할 것이다.

하지만 이러한 제목 다음에는 대개 적당하지 않은 기사로 가득차 있었다.

포와로 씨가 주요 상황에 대한 견해를 말하다.

포와로 씨는 승리를 눈앞에 두고 있다.

포와로 씨의 친구인 헤이스팅스 대위가 우리 '스페셜 레프리젠터티브' 지에게 말하다…….

「포와로!」 하고 나는 외쳤다.

「제발 나를 믿어 줘요. 나는 신문에 보도된 것처럼 말한 적이 없어요.」

그는 조용하게 말했다.

「나도 알고 있네, 헤이스팅스. 원래 입에서 나온 말과 기사화된 글에는 상당한 차이가 있는 법이지. 어떤 경우는 완전히 반대인 것도 있다네.」

「당신이 그런 것에 신경쓰지 않았으면 좋겠습니다.」

「걱정하지 말게. 그런 것은 별로 중요하지 않으니까. 어쩌면 이러한 것들이 도움이 될지도 모르지.」

「어떻게요?」

「범인이 오늘 '데일리 플리커'에 실린 기사를 읽게 되면, 나를 전혀 적수도 안 되는 사람으로 깔볼 테니까.」 하고 포와로는 우울하게 말했다.

나는 도무지 무엇을 어떻게 해야 할지 아무런 생각이 떠오르지 않았다. 하지만 런던 경시청과 각 지방 경찰은 작은 실마리라도 잡기 위해서 끈질기게 수사를 하고 있었다.

여관이나 호텔을 철저하게 검색했으며, 사건이 일어난 지역에 있는 사람들을 일일이 검문했다.

이상한 사람이 여기저기 둘러보는 것을 보았다는 신고와, 험악한 인상을 가진 사람이 서성거리는 것을 보았다는 신고가 많이 있었다. 그들은 이러한 막연한 신고도 소홀히 하지 않았다. 기차, 버스, 시가 전차, 짐꾼과 안내원, 정거장의 서적 판매소, 문방구 등까지도 끈질기게 검문했다.

사건이 있었던 날 밤에 수상한 행동을 보인 사람은 경찰관의 무죄 확인이 있을 때까지 구류시켜 놓고 심문을 했다.

이러한 것들이 수사에 전혀 도움을 주지 않은 것은 아니다. 하지만 그들이 진술한 것에서 확실한 증거를 찾지는 못했다.

크롬 형사와 그의 동료들은 매우 분주한 것 같은데, 포와로는 이상할 정도로 태연했다. 우리는 가끔씩 이 문제로 논쟁을 벌였다.

「도대체 내게 무엇을 하라는 건가? 그런 검사나 심문은 나보다 경찰이 훨씬 잘하네. 자네는 내가 개처럼 여기저기 뛰어다니기를 바라는 모양이군.」

「이렇게 집에만 앉아 있는 것보다는 낫지 않겠습니까?」

「이것 보게, 헤이스팅스. 내 힘은 다리에 있는 것이 아니라 머릿속에 있어. 자네에겐 내가 게으름을 피우고 있는 것처럼 보일지 모르지만, 사실 나는 지금 끊임없이 생각하고 있는 중이네.」

「생각하고 있다고요? 지금이 생각할 때입니까?」
「물론이지. 지금은 많은 것을 생각해야 할 시기야.」
「하지만, 생각만 한다고 해서 실마리가 밝혀지는 것은 아니잖습니까? 당신은 이미 세 가지 사건에 대해 모두 알고 있습니다.」
「내가 생각하고 있는 것은 범행 자체가 아니라 범인의 마음이야.」
「그 미치광이의 마음이라고요?」
「그렇다네. 좀 어렵지만, 그걸 알아내면 범인이 누군지는 금방 알 수가 있네. 사건이 일어날 때마다 조금씩 밝혀지고 있어. 앤도버 사건 뒤에 우리는 아무것도 몰랐지만, 벡스힐 사건 뒤엔 조금 알게 되었고, 처스턴 사건 뒤에는 조금 더 알게 되지 않겠나? 내가 알고 싶은 것은 범인 얼굴의 윤곽이 아닌, 그의 마음의 윤곽이라네. 곧, 범인이 의도하는 방향 말일세. 다음 사건이 일어나면——.」
「포와로!」
그는 나를 냉정하게 바라보았다.
「하지만, 헤이스팅스, 다음 범죄는 틀림없이 일어날 걸세. 언제든지 기회는 있지 않나! 지금까지는 범인에게 행운이 따랐지만, 다음번에는 그렇지 않을 거야. 어쨌든 다음 사건이 일어나면 더욱 확실히 알 수 있을 거네. 범행은 아주 잔인하게 자행되었어. 자네가 범인이라면 어떻게 하겠나? 어디 한번 생각해 보게. 자네의 취미, 습관, 마음 자세는 자네의 행동에 나타나게 마련이지. 지금까지는 혼란된 상황이었지만——가끔 일을 하는 데 두 가지 지혜가 필요한 것과 같은 것일세——곧 범인의 윤곽이 드러나게 될 거란 말이야. 나는 알게 될 걸세.」
「그렇다면 범인이 누구란 말입니까?」
「헤이스팅스, 나도 아직까지 범인의 이름이나 주소는 몰라. 단지 그가 어떤 부류의 사람인가만을 짐작하고 있을 뿐이지…….」

「그래서요?」

「그래서, 다음에는 낚시질을 하는 거지.」

그는 프랑스 어로 말했다.

그는 내가 어리둥절해 있는 동안 말을 계속했다.

「어부들은 어떤 고기에는 어떤 미끼를 던져야 하는가를 잘 알고 있다네. 나는 범인이 걸릴 만한 미끼를 던질 걸세.」

「그래서요?」

「그래서라니? 크롬 형사가 '오, 그렇습니까?' 하고 끊임없이 되뇌이듯이, 자네는 계속 '그래서? 그래서?' 하고 있군. 그러면 범인은 우리의 미끼에 걸려 잡히게 되는 거야.」

「그렇지만 그 사이에 여기저기에서 많은 사람들이 죽어갈 텐데요?」

「불과 세 사람이야. 일주일에 교통 사고로 죽는 사람이 140여 명이나 되지 않는가?」

「그것하고는 달라요.」

「죽는다는 것은 마찬가지네. 물론 사망자의 친구나 친척 등이 다르기 때문에 모든 죽음이 같다고는 할 수 없겠지. 그건 그렇고, 이번 사건은 매우 흥미가 있네.」

「도대체 무엇이 그렇게 흥미가 있습니까?」

「그렇게 빈정거리지 말게. 이번 사건으로 보아, 정직한 사람을 괴롭히는 죄악은 없다는 생각이 드네.」

「하지만 끔찍한 사건이 아닙니까?」

「아니야, 절대로 아니야. 이번 사건에서는 의심스런 분위기를 만드는 것이 없네――자기와 가까운 사람을 의심하고, 그 의심 때문에 사랑을 두려움으로 바꾸는 분위기는 정말 끔찍한 것이지. 정직한 사람을 의심하는 것이 가장 끔찍한 일이란 말이야. 하지만 이번 사건은

ABC의 이웃에서 수사를 할 필요가 없지 않은가?」

「이러다가 당신은 범인을 변호하겠다고 나서겠군요! 하고 내가 비꼬면서 말했다.

「그럴 수도 있지. 범인은 자신이 정당하다고 믿고 있을 걸세. 어쩌면 우리는 범인의 견해에 동정하게 될지도 모르지.」

「도대체 무슨 말입니까, 포와로!」

「오! 자네 놀란 모양이군——나의 타성과 견해 탓일세.」

나는 아무 말도 하지 않고 머리를 흔들었다.

「하지만 마찬가지일세.」 하고 포와로가 잠시 뒤에 말했다.

「자네가 기뻐할 계획이 하나 있네——그것은 수동적인 것이 아니라 능동적인 것이야. 생각은 전혀 필요없고, 대화만 있으면 되는 계획이네.」

나는 그의 어조가 마음에 들지 않았다.

「그것이 무엇입니까?」 하고 내가 조심스럽게 물었다.

「피살자의 친척, 친구, 하인들에게서 알아낼 수 있는 것을 모두 알아보는 것일세.」

「그렇다면 그들이 무엇을 숨기고 있다는 말입니까?」

「고의로 숨기지는 않았겠지만, 사람들은 대개 간추려서 이야기하네. 만일 내가 자네에게 어제 무엇을 했냐고 물어 본다면, 자네는 아마 이렇게 대답할 걸세. 9시에 일어나서, 9시 30분에 식사를 했고——식사는 달걀, 베이컨, 커피였고——그 뒤에 클럽에 갔다는 식으로. 하지만, 자네는 손톱 깎은 일과 면도하기 위해 물을 가져온 일, 커피를 흘린 일, 그리고 모자를 손질한 일 등은 말하지 않을 걸세. 결국 사람들은 모든 것을 말할 수는 없는 법이지. 살인사건의 경우에서도, 관계자들은 자신이 중요하다고 생각하는 것만 간추려서 이야기한다네. 하지만, 사실 그것들은 대부분 중요하지 않은 경우가 더 많아.」

「그렇다면, 어떻게 중요한 사실을 알아낸다는 겁니까?」

「간단하네. 단지 이야기를 나누어 보면 되는 거야. 서로 어떤 사건이나 인물, 날씨 등에 대해서 이야기하다 보면 많은 사실이 드러날 걸세.」

「어떤 사실이 말입니까?」

「그것은 나도 몰라. 하지만 세 가지 사건이 일어났는데도 아직까지 중요한 사실이 드러나지 않았다는 것은 그것이 감추어져 있다는 것일세. 틀림없이 사소한 일에서 그것을 발견할 수 있을 거야. 물론 짚더미 속에서 바늘을 찾는 격이지만, 틀림없이 바늘은 있을 걸세. 나는 확신하네!」

하지만 그의 말은 나에게는 너무나도 막연하게 들렸다.

「하지만 당신은 아직 모르고 있지 않습니까? 당신의 재치도 이제 보통 사람처럼 무디어졌나 보군요?」

그는 나에게 편지 한 통을 건네주었다. 그것은 학교의 칠판 글씨처럼 깨끗했다.

친애하는 포와로 씨——이렇게 느닷없이 편지를 드려서 죄송합니다. 저는 두 가지 살인사건 이후로 많은 생각을 했습니다. 우리는 모두 같은 배에 탄 사람이라고 생각합니다. 저는 신문에서 벡스힐에서 피살된 처녀의 언니 사진을 보았습니다. 그래서 용기를 내어 그녀에게 편지를 써서 런던에서 만나 이야기를 나누고 싶다고 했지요. 그리고 저는 그녀에게 그녀의 집에서 일하면서 범인을 꼭 찾고 싶다고 했답니다. 물론 많은 임금은 필요없고, 단지 서로 협력하면 더 쉽게 범인을 찾을 수 있을 것이라고 말했지요. 그랬더니, 친절하게도 그녀는 자신이 일하는 곳과 묵고 있는 집을 상세히 알려 주면서 찾아오라고 하더군요. 그러면서 이런 이야기를 선생님에게 편지로 알려 주라고 했습니다. 또한, 그녀도 저와 같은 생각을 가지고 있다고 했습니다. 그녀는 우리 모두가 같은 곤경에 처해 있으니 서로 협력해야 한다고 하는군요. 그래서 저는 런던으로 갈 생각입니다. 이것이 저의 런던 주소입니다.

선생님에게 폐가 되지 않았으면 좋겠습니다.

메리 드로워

「메리 드로워는 매우 현명한 처녀일세.」 하고 포와로가 말했다.

그는 다른 편지도 내게 주었다.

「이것도 읽어 보게.」

그 편지는 프랭클린에게서 온 것이었는데, 그는 포와로를 만나러 런던으로 오겠다고 했다. 그리고 폐가 안 된다면 편지에 쓴 날짜에 그를 방문하겠다고 했다.

「실망하지 말게, 헤이스팅스. 이제부터 시작이니까.」 하고 포와로가 말했다.

제 18 장
포와로가 말하다

프랭클린은 다음날 오후 3시경에 우리를 찾아왔다. 그는 오자마자 이야기를 꺼냈다.

「포와로 씨, 아무래도 마음에 들지 않습니다.」

「무슨 말입니까, 클라크 씨?」

「크롬 형사가 유능한 것은 인정하지만, 솔직히 말씀드려서 웬지 꺼림칙합니다. 그는 마치 모든 일에 대해 자기 혼자만 아는 듯이 행동합니다! 처스턴에서 여기 계신 당신의 친구분에게 잠깐 이야기를 비추었습니다만, 형님의 사건이 해결될 때까지는 마음이 편해질 것 같지 않습니다. 이제 더 이상 방관만 할 수 없습니다, 포와로 씨.」

「헤이스팅스와 똑같은 말을 하는군요!」

「우리는 다음 범죄에 대비해야 합니다.」

「당신은 다음 범죄가 일어날 것이라고 생각합니까?」

「그럼, 당신은 그렇게 생각하지 않습니까?」

「아, 물론 나도 그렇게 생각합니다.」

「물론이죠. 그리고 우리는 조직적으로 수사를 해야 한다고 생각합니다.」

「좀더 명확하게 말해 주겠습니까?」

「내 생각입니다만, 포와로 씨, 당신의 지휘 아래 특별 수사반을 만들었으면 합니다. 피살자들의 친구나 친척 등으로 구성된 수사반 말입니다.」

「좋은 생각이군요!」

「당신이 찬성해 주니 아주 기쁩니다. 우리가 힘을 합치면 범인을 잡을 수 있을 겁니다. 범인의 다음 경고 편지가 오면, 범행 장소 근처에 여러 사람을 배치해 두는 겁니다. 그러면 쉽게 잡을 수 있지 않을까요?」

「당신의 생각은 잘 알겠소. 하지만 클라크 씨, 다른 희생자들의 친척이나 친구들은 직업을 가지고 있는 사람들이라서 시간을 낼 수 있을지 모르겠습니다——.」

이때 프랭클린이 그의 말을 가로막았다.

「그것은 내가 책임지겠습니다. 내가 그들의 임금을 지불하겠습니다. 나는 부유한 사람은 아닙니다만, 이번 사고로 인해 형님의 재산을 물려받게 되었죠. 나는 이번 특별 수사반에 참가하는 모든 사람들에게 그들이 받는 임금을 모두 드리겠습니다. 또한, 그외의 경비도 책임지겠습니다.」

「그렇다면, 수사반의 구성 인원은 누구누구를 생각하고 있나요?」

「사실 나는 메건 바너드 양에게 편지를 썼습니다——이것은 그녀의 의견도 들어가 있는 겁니다. 나는 메건 바너드 양, 도널드 프레이저 씨, 그리고 앤도버에서 피살된 부인의 조카딸——메건 바너드 양이 그녀의 주소를 알고 있더군요——그 사람들을 생각하고 있습니다. 그 부인의 남편은 술주정뱅이라니 쓸모가 없다고 생각합니다. 그리고 메건 바너드 양의 부모는 수사에 적극적으로 참여하기에는 너무 나이가 들었기 때문에 빼기로 했습니다.」

「그외에는 없습니까?」

「그리고――흠――그레이 양입니다.」

그는 그녀의 이름을 말할 때 얼굴이 약간 붉어졌다.

「오! 그레이 양이오?」

포와로의 말재주에는 세상에서 당할 사람이 없을 것이다. 그의 이 말에 프랭클린의 서른다섯 살이라는 나이가 사라져 버리는 것 같았다. 그는 마치 수줍은 학생처럼 말했다.

「당신도 아시겠지만, 그레이 양은 2년 동안 형님 곁에 있었습니다. 그녀는 그 지방과 그곳 사람들을 잘 알고 있지요. 나는 1년 반 동안이나 다른 곳에 있었기 때문에, 그런 면에서는 그녀의 도움이 필요할 것 같아서요.」

포와로는 동정의 빛으로 그를 쳐다보며 화제를 돌렸다.

「당신은 동양에 다녀왔다고 했지요? 중국입니까?」

「예, 형님의 수집품을 구입하는 문제로 그곳에 갔었습니다.」

「매우 흥미 있는 일이었겠군요. 그건 그렇고 클라크 씨, 나도 당신의 계획에 찬성합니다. 사실은 나도 어제 이번 사건에 관련된 사람들의 도움이 필요하다고 헤이스팅스에게 말했죠. 그리고 어리석게 보이겠지만, 사건 당시의 일을 생각하면서 반복해서 이야기를 나누는 것이 좋을 것 같습니다. 평범한 말 속에 중요한 것들이 들어 있을 수도 있으니까요.」

며칠 뒤에 특별 수사반원이 모두 포와로의 방에 모였다.

그들은 중역 회의의 회의장처럼 탁자에 앉아 있는 포와로를 중심으로 둘러앉았다. 나는 그들의 인상을 확인해 두기라도 하듯이 한 명 한 명의 얼굴을 뚫어지게 바라보았다.

그곳에 모인 세 명의 여자들은 모두 뛰어나게 아름다웠다——도라 그레이의 깨끗한 아름다움, 메건 바너드의 강렬함, 인디언처럼 약간 굳은 얼굴을 가진 메리 드로워——그녀는 검은 외투에 검은 스커트를 입고 있었는데 지적인 아름다움을 풍기고 있었다. 남자로는, 키가 크고 금발에 말이 많은 프랭클린 클라크와 자제력이 강하고 조용한 도널드 프레이저가 좋은 대조를 이루고 있었다.

포와로는 간단한 연설을 했다.

「여러분은 우리가 왜 이곳에 모였는가를 잘 알 겁니다. 경찰에서도 지금 범인을 잡기 위해서 최대한 노력을 하고 있습니다. 나도 역시 다른 방법으로 노력하고 있습니다. 하지만, 각기 다른 경험을 가진 여러분들의 도움이 필요하다고 생각했습니다. 여러분의 모임은 경찰이 하고 있는 외부의 수사가 얻지 못한 성과를 올릴 수 있을 것이라고 나는 믿습니다.

지금까지 세 명의 피살자가 있었습니다——즉, 노부인과 젊은 처녀, 그리고 노신사입니다. 하지만 이 세 사람은 하나로 묶을 수 있습니다——그것은 이들이 모두 같은 사람에 의해 살해되었다는 것입니다. 이것은 범인이 적어도 세 지방을 돌아다녔으며, 많은 사람들이 그를 보았을 것이라는 사실을 말해 줍니다. 범인이 미친 사람이건 아니건, 그것은 별로 중요하지 않습니다. 그의 외모나 행동으로는 그것을 알 수가 없을 테니까요. 그리고, 범인이 남자인지 여자인지도 아직 모르는 상태입니다. 범인은 악마 같은 교활함을 가지고 있으며, 자신의 모습을 완전히 감추고 있습니다. 경찰에서는 막연히 수사의 방향만 잡고 있을 뿐, 도움이 될 만한 조치는 아무것도 취하지 못하고 있는 실정입니다.

하지만 한 가지 분명한 사실이 있습니다. 곧, 범인은 벡스힐에 도착해서 바닷가를 거닐고 있는 B로 시작되는 이름을 가진 사람을 아무나 죽인 것이 아니라는 사실입니다.」

「또 그 이야기를 해야 합니까?」

도널드는 분노의 빛을 띠며 내뱉듯이 이렇게 말했다.

「우리는 모든 사실을 검토해야 합니다.」 하고 포와로가 그를 보면서 말했다.

「당신이 이곳에 온 것은 사실을 숨겨서 위안을 받기 위해서가 아닙니다. 필요하다면, 괴롭더라도 사실을 밝혀내야 합니다. 내가 말했듯이, 범인이 베티 바너드를 살해한 것은 우연이 아닙니다. 치밀한 계획하에 범행을 한 것이지요――물론 사전 준비도 있었겠죠. 곧, 범인은 미리 모든 여건을 고려했던 것입니다. 앤도버에서는 범행에 적당한 시간, 벡스힐에서는 범행에 적당한 장소, 그리고 처스턴에서는 카미클 클라크 경의 습관 등을 미리 조사해 놓고 범행을 한 것입니다. 그러나 나도 아직까지 범인의 정체를 알아낼 만한 어떠한 단서도 가지고 있지 못합니다.

내게 한 가지 생각이 있습니다. 여러분은 대부분 자신은 의식하지 못하지만, 분명히 어떤 사실을 알고 있습니다.

여러분이 서로 이야기를 나누다 보면, 이내 어떤 중요한 사실이 드러나게 될 것입니다. 마치 짝맞추기와 같이 말입니다. 여러분은 각자 의미 없는 사실을 한 조각씩 가지고 있습니다. 그러므로 서로 맞추어 보면 전체적으로 모습이 나타나게 될 것입니다.」

「그것은 말뿐이에요!」 하고 메건이 말했다.

「예?」

포와로는 어리둥절해 하며 그녀를 바라보았다.

「당신 이야기는 단지 말뿐이라는 거예요. 그것은 아무 의미도 없어요!」

그녀는 내가 느꼈던 인상대로 강렬하게 말했다.

「하지만 말은 생각을 나타낼 수 있는 유일한 수단입니다.」
「그렇지만 의미가 더 중요해요.」
메리 드로워가 말했다.
「선생님은 나름대로 사실을 명백하게 보이려고 했지만, 그것은 아무 도움도 될 것 같지가 않아요. 사람은 가끔 확실히 알지 못하면서 설명을 하곤 하니까요. 그리고 그런 말은 듣는 사람을 헷갈리게 할 뿐이죠.」
「하지만, 말이 가장 빠른 치료 방법이랍니다. 우리가 지금 필요한 것은 대화입니다.」하고 프랭클린이 말했다.
「프레이저 씨, 당신은 어떻게 생각합니까?」
「나도 포와로 씨의 말씀이 실제적으로 도움이 될지 의심스럽습니다.」
「도라, 당신은 어떻게 생각합니까?」하고 프랭클린이 물었다.
「일정한 주제에 관해서 이야기한다는 것은 항상 중요하다고 생각해요.」
「좋습니다, 여러분. 모두 사건이 있던 날에 무엇을 했는지 기억해서 말해 주기 바랍니다. 그럼, 클라크 씨부터 시작해 주겠습니까?」하고 포와로가 말했다.
「가만 있자, 형님이 살해된 그날 아침에 나는 물고기를 잡으러 배를 타고 나갔습니다. 고등어를 여덟 마리 잡았지요. 그리고 아름다운 만을 바라보며 걸어서 집으로 돌아와 점심을 먹었습니다. 식사는 아일랜드 식 스튜(고기를 채소와 함께 끓인 요리)였다고 기억합니다. 그리고는 해먹(달아매는 그물로 된 침대)에서 낮잠을 자고 나서, 차를 마시면서 편지를 썼습니다. 그리고 그것을 부치러 페인턴으로 차를 타고 갔습니다. 돌아와서는 저녁을 먹고, 어릴 때부터 좋아하던 네스비트의 책을 읽는데 전화벨이 울려서——.」

「됐소. 그런데 혹시 바다로 가는 도중에 만난 사람은 없었습니까?」
「많은 사람을 만났습니다.」
「기억나는 사람이 있소?」
「잘 기억이 나지 않는데요.」
「잘 생각해 보십시오.」
「글쎄요——가만 있자——아, 뚱뚱한 여자가 기억에 남는군요——그녀는 줄무늬가 있는 실크 옷을 입고 있었습니다——그리고 아이 둘을 데리고 있었죠……또, 바닷가에서 돌을 던져 개에게 물어오게 하던 두 청년을 보았습니다——흠, 그래요. 방금 목욕을 한 것 같은 노란 머리카락을 가진 소녀도 생각나는군요——지나간 일을 기억한다는 것이 우습군요——마치 사진처럼.」
「좋습니다. 그럼 그날 오후에 정원이나 우체국에 가는 도중에서는요?」
「정원사가 물을 준 뒤에……우체국이오? 아, 그때는 자전거를 탄 여자를 칠 뻔했지요. 그녀는 어리석게도 길 한복판에서 친구와 이야기를 나누고 있었습니다. 그 순간 얼마나 아찔했는지 모릅니다. 이것이 전부입니다.」
포와로는 도라 그레이를 바라보면서 말했다.
「그레이 양은요?」
도라 그레이는 또렷하고 힘차게 대답했다.
「아침에는 카미클 클라크 경과 이야기를 나누었고, 또 가정부를 만났어요. 그리고 편지를 쓴 뒤에 오후에는 바느질을 했어요. 자세히는 기억하지 못하겠지만, 그날은 보통 날과 똑같았을 거예요. 그리고 밤에는 일찍 잠자리에 들었고요.」
놀랍게도 포와로는 더 이상 물어 보지 않았다. 잠시 뒤에 그는 입을 열었다.

「바너드 양, 동생을 마지막으로 본 때를 기억하고 있습니까 ?」

「그 애가 죽기 2주일 전쯤이었어요. 그때 저는 토요일과 일요일에 집에 와 있었거든요. 날씨가 매우 좋아서, 동생과 저는 헤이스팅스에 있는 풀장에 갔었어요.」

「그날 동생과 무슨 이야기를 했죠 ?」

「제 생각을 조금 이야기했어요.」 하고 메건이 말했다.

「그 밖에는요? 동생이 무슨 이야기를 하지 않던가요 ?」

메건은 얼굴을 찡그리고 기억을 더듬었다.

「모자와 옷을 몇 가지 샀기 때문에 용돈이 모자란다고 했어요. 그리고 도널드에 대해서 몇 마디 했고——찻집에서 함께 일하는 밀리 히글리가 마음에 들지 않는다고도 했어요. 또, 그 찻집의 주인인 메리온에 대해 이야기하면서 우리는 웃었어요. 그 밖에는 잘 기억이 나지 않아요.」

「그녀가 혹시 다른 남자에 대해서는 이야기하지 않던가요?——이해하십시오, 프레이저 씨——뭐 누구를 만나기로 했다든지?」

「그런 말은 없었어요.」 하고 메건이 냉정하게 말했다.

포와로는 모난 턱에 머리가 붉은 청년을 바라보았다.

「프레이저 씨, 마음을 가라앉히고 내게 정확히 말해 주어야 합니다. 당신은 사건이 있던 날 오후에 찻집에 갔었다고 했죠 ? 그리고 거기에 간 이유는 베티 바너드를 감시하는 것이었다고 했고 혹시 그곳에서 기다리면서 본 사람들을 기억할 수 있소 ?」

「너무 많은 사람들이 지나갔기 때문에 기억할 수가 없습니다.」

「아니, 잘 생각해 봐요. 아무리 다른 생각을 하고 있다 하더라도, 눈은 찻집을 바라보고 있었을 테니까——자세히는 아니더라도 기억나는 사람이 있을 거요.」

그는 머리를 저으면서 말했다.

「도저히 기억이 나지 않습니다.」

포와로는 한숨을 쉬고는 메리 드로워에게 말했다.

「돌아가신 아주머니가 아가씨에게 편지를 자주 하셨다지요?」

「예.」

「마지막 편지를 받은 것이 언제였죠?」

메리 드로워는 잠시 생각하다가 말했다.

「아주머니가 살해되기 이틀 전이었어요.」

「편지의 내용은 어떤 것이었소?」

「악마 같은 아저씨가 가게로 찾아와서 듣기 싫은 소리를 하는 바람에 쫓아냈다고 했고——제 말이 거친 것을 용서하세요——수요일은 제가 쉬는 날이었거든요——그리고 그때 함께 영화 구경을 가자고 했어요. 그날은 바로 제 생일이었지요.」

메리는 그때의 일을 생각하고는 갑자기 눈물을 흘리며 흐느꼈다. 그리고는 우리들에게 미안하다고 사과를 했다.

「용서하세요. 바보같이 굴고 싶지는 않았는데. 이젠 울어도 아무 소용이 없잖아요. 하지만 아주머니 생각을 하니까……저도 모르게 그만……」

「당신의 기분은 이해합니다.」

프랭클린 클라크가 말했다.

「우리를 슬프게 하는 것은 항상 작은 일들이지요——특히 기쁜 일이나 선물, 또는 즐거웠던 일을 생각하면 더욱 그렇지요. 나는 자동차에 깔려 죽은 여자를 본 적이 있습니다. 그녀는 신발을 사 가지고 돌아오는 길이었는지, 그녀의 옆에 뒹굴고 있는 찢어진 가방 사이로 신발이 삐죽 나와 있었습니다. 그것을 본 순간 어찌나 가슴이 아팠는지——.」

메건이 갑자기 격렬한 목소리로 말했다.

「맞아요. 베티가 죽던 날에도 그런 일이 있었어요. 어머니는 그 애가 죽던 날에, 베티에게 주려고 양말을 몇 켤레 사셨어요. 그런데 베티가 죽었다는 소식을 듣고는 그 양말을 보고 더 슬퍼하셨어요. 어머니는 계속 이렇게 말씀하셨어요. '베티를 주려고 샀는데—— 베티를 주려고——그런데 그 애는 이젠 없어.'」

그녀의 목소리는 약간 떨렸다. 그녀는 몸을 앞으로 내밀면서 프랭클린을 바라보았다. 그곳에 모인 사람들의 눈빛에는 동정심이 서려 있었다——같은 어려움을 당한 사람들 사이에서 통하는 동정심.

「나도 압니다.」 그가 말했다. 「그런 것들은 아주 끔찍한 기억이지요.」

도널드 프레이저는 불안한 듯이 몸을 움직였다.

도라 그레이가 화제를 바꾸었다.

「우리는 어떤 계획을 세워야 하지 않을까요——앞으로의 일에 대비해서?」

「물론입니다.」

프랭클린이 다시 본래의 기분을 되찾으면서 말했다.

「이제 네 번째 편지가 올 때가 되었습니다. 그때까지 힘을 합쳐 수사를 해야 합니다. 그리고 포와로 씨, 우리가 다시 조사를 해보아야 할 것이 있습니까?」

「몇 가지 여러분에게 당부할 말이 있습니다.」

「좋습니다. 내가 그것을 적겠습니다.」 하고 말하며 그는 공책을 꺼냈다.

「말씀하십시오, 포와로 씨. 첫째는——?」

「나는 찻집에서 일하는 밀리 히글리 양이 도움이 될 만한 사실을 알고 있을 거라고 생각합니다.」

「첫째는——밀리 히글리.」 하고 프랭클린이 적었다.

「그 처녀에게 접근하는 방법은 두 가지가 있습니다. 메건 바너드 양은 적극적인 방법으로 접근하십시오.」

「그것이 제 성격에 맞을지 생각해 보셨나요?」하고 메건이 냉정하게 말했다.

「당신은 그 처녀와 싸움을 하는 겁니다. 당신은 동생이 그녀를 싫어했다는 것을 알고 있으며, 또 평소에 동생에게서 그녀에 대해 많이 들었을 줄 압니다. 내가 생각한 대로 된다면, 자연히 당신들은 서로 비난하게 될 겁니다. 그러면 그 처녀는 평소 당신 동생에 대해서 생각하고 있던 것을 모두 말하겠지요. 그러다 보면 도움이 될 만한 사실이 나올 수도 있습니다.」

「그리고, 두 번째 방법은 무엇입니까?」

「프레이저 씨가 그 처녀에게 관심을 보이는 겁니다.」

「꼭 그래야 합니까?」

「꼭 필요한 것은 아니지만, 일종의 수단이지요.」

「그 일을 내가 하면 안 될까요?」

프랭클린이 말했다.

「나는 젊은 여자들과 어울린 경험이 많은 편이라서요. 그 처녀에게 어떻게 접근하는 게 좋을까요?」

「당신은 할 일이 따로 있을 거예요.」하고 도라 그레이가 좀 날카롭게 말했다.

프랭클린은 고개를 약간 숙이며 말했다.

「그렇겠군요.」

「그렇지만 지금은 당신이 해야 할 일이 별로 없습니다.」하고 포와로가 말했다.

「지금으로선 그레이 양이 더 필요하지요――.」

그레이가 그의 말을 가로막았다.

「하지만 포와로 씨, 저는 이제 카미클 클라크 경의 집을 나왔어요.」
「뭐라고요? 이해할 수가 없군요.」
「그레이 양은 지금까지 나를 도와서 뒤처리를 해주었습니다. 그러나 얼마 전에 런던에서 새 일자리를 구했답니다.」 하고 프랭클린이 말했다.
포와로는 그들 두 사람을 날카롭게 쏘아보았다.
「클라크 경의 부인은 요즈음 어떻습니까?」 하고 포와로가 물었다.
나는 그레이 양의 얼굴이 붉어지는 것을 보는 데 정신이 팔려서 프랭클린의 대답을 제대로 듣지 못했다.
「아주 좋지 않습니다. 그건 그렇고 포와로 씨, 언제 한 번 데번에 가시지 않겠습니까? 형수님이 당신을 만나 보고 싶어합니다. 물론 형수님은 사람들을 만나기가 어려운 상태입니다. 하지만 당신이 가신다면——비용은 내가 지불하겠습니다.」
「좋습니다, 클라크 씨. 내일 모레쯤이 어떨까요?」
「괜찮습니다. 내가 간호사에게 일러두겠습니다.」
「그리고——.」 포와로는 메리를 보면서 말했다. 「드로워 양, 아가씨는 앤도버에서 할 일이 있습니다. 아이들을 만나는 겁니다.」
「아이들이오?」
「그렇습니다. 아이들이란 낯선 사람하고는 이야기를 잘 하려고 들지 않지요. 하지만 아가씨는 그 동네 아이들에게는 낯이 익을 겁니다. 그 동네엔 나와서 노는 아이들이 많더군요. 그 아이들 중에 누군가 수상한 사람이 아주머니의 가게로 들어가는 것을 보았을지도 모릅니다.」
「그레이 양과 내가 할 일은 무엇입니까?」하고 프랭클린이 말했다.
「벡스힐에서 할 일이 없다면 다른——.」
「포와로 씨, 범인이 세 번째로 보낸 편지에는 어느 곳 소인이 찍혔

나요?」하고 도라 그레이 양이 물었다.

「퍼트니였습니다.」

그녀는 잠시 생각을 한 뒤에,「S. W. 15, 퍼트니였지요, 그렇지요 ?」 하고 말했다.

「맞아요. 신문에서 그것을 정확하게 보도했지요.」

「그것을 보아서는 ABC는 런던 사람인 것 같아요.」

「그것만 보아서는 그렇지요.」

「포와로 씨, 우리가 범인을 끌어내는 건 어떨까요 ?」

프랭클린이 말했다.

「즉, 다음과 같이 선전을 하는 것입니다. 'ABC 위기. HP 당신의 정체를 알고 있음. 비밀을 지킬 테니 100달러. XYZ.' 유치하기는 하지만, 범인을 끌어낼 수는 있을 겁니다.」

「그럴 듯한 이야기군요.」

「그리고, 범인이 나를 노리도록 유인 작전을 쓸 수도 있습니다.」

「그것은 위험하고 어리석은 생각이에요.」하고 도라 그레이 양이 날카롭게 말했다.

「당신 생각은 어떻습니까, 포와로 씨?」

「그런 방법을 쓴다고 해서 해가 될 것은 없지만, ABC는 말려들지 않을 겁니다.」

포와로는 미소를 지으면서 말했다.

「클라크 씨, 실례되는 말 같지만, 당신은 아직도 소년다운 데가 있군요.」

프랭클린은 그의 말에 약간 얼굴을 붉혔다.

「자, 그럼 시작해 봅시다.」하고 그는 공책을 살펴보았다.

A——메건 바너드 양과 밀리 히글리.

B——프레이저 씨와 히글리.

C——앤도버의 아이들.

D——선전.

나는 이런 방법이 전혀 도움이 될 것 같지가 않았다. 하지만 네 번째의 편지를 기다리는 동안 우리가 해야 할 일이었다.

잠시 뒤에 모임은 해산되었다.

제 19 장
스웨덴을 지나서

포와로는 자기가 앉았던 자리로 돌아와서는 콧노래를 불렀다.

「그녀는 너무 영리한 게 탈이야.」

그가 중얼거렸다.

「누구 말입니까?」

「메건 바너드 양 말일세. 그녀가 한 말 기억하나? 내 이야기는 모두 말뿐이라고 한 것 말일세. 그녀는 내 말이 아무 의미가 없다는 것을 알아차린 거네. 나머지 사람들은 모두 속았지만――.」

「나에게는 당신의 말이 그럴 듯하게 들리던데요.」

「물론 그럴 듯하지. 그런데 그것을 그녀가 눈치채고 말았단 말이야.」

「그럼 당신이 한 말은 모두 장난이었다는 겁니까?」

「내가 한 말은 단지 한마디로 줄일 수 있지. 나는 속으로 계속 '즉흥적인'이란 말을 되뇌었다네. 그런데 단지 메건 바너드만 그 사실을 눈치챘다는 말일세.」

「도대체 무슨 소리인지 모르겠군요.」

「모든 사람에게 할 일이 있다는 생각을 불어넣어 주려고 한 것뿐일세. 우선 대화를 하는 것이 목적이었지.」

「그렇다면 당신이 조금 전에 당부한 말이 전혀 도움이 안 된다는 겁니까?」

「오, 아닐세. 항상 가능성은 있는 것이니까.」

그는 싱글싱글 웃었다.

「우리는 비극 속에서 희극을 시작한 것일세. 알겠나 ?」

「그게 무슨 뜻입니까?」

「그것이 바로 인간사(人間事)라네. 생각해 보게. 지금 이곳에 똑같은 비극을 당한 세 부류의 사람들이 모여 있네. 이제 곧 두 번째의 극이 시작될 걸세. 자네는 내가 영국에서 맡았던 첫 사건을 기억하고 있나? 벌써 여러 해가 지났군. 그때 나는 서로 사랑하고 있던 두 사람을 함께 불러들이지 않았나? 그리고 그들 중 하나를 살인죄로 체포했지. 다른 방법은 없었어. 우리는 죽어 가는 사람들 속에서 살고 있는 거야. 헤이스팅스, 내가 가끔 이야기하는 것이지만, 살인은 정말 위대한 중매쟁이라네.」

「포와로!」

나는 화가 나서 외쳤다.

「나도 그들 누구도 당신의 뜻을 알아차리지 못했다는 것을 인정합니다. 그러나——.」

「자네도 마찬가지 아닌가 ?」

「나요 ?」

「그래. 자네도 그들이 돌아가고 나자 나처럼 콧노래를 부르지 않았나 ?」

「하지만 뭐 기분이 그렇다고 해서 콧노래를 부르지 말라는 법은 없지 않습니까?」

「흠, 그럴지도 모르지. 하지만 나는 그 곡조로 자네의 생각을 알 수 있어.」

「정말입니까?」

「그렇다네. 콧노래를 부르는 것은 매우 위험한 일이지. 그것은 사람의 잠재적인 마음을 드러내는 것이니까. 자네가 부른 콧노래는 전쟁 시에 나온 곡이 아닌가?」

포와로는 어색한 가성으로 노래를 불렀다.

나는 언젠가 검은 머리를 가진 여인을 사랑할 것이라네.

나는 언젠가 금발의 여인(에덴에서 스웨덴을 거쳐 온 여인)을 사랑할 것이라네.

「더 이상 말할 것이 있나? 내가 보기에는, 금발의 여자가 검은 머리의 여자보다 더 날카로울 것 같은데!」

「포와로!」

나는 얼굴을 붉히며 소리쳤다.

「당연한 이치지! 자네, 프랭클린 클라크가 메건의 말에 고분고분 따르는 것을 보았나? 또, 그가 몸을 내밀고 어떻게 그녀를 바라보았는지 알고 있나? 그리고, 도라 그레이가 그런 모습을 보고 왜 화를 냈는지 알고 있나? 그리고 도널드 프레이저는──.」

「포와로, 당신은 매우 감상적이군요.」

「그것이 내 마음에 남아 있는 유일한 감정이야. 하지만 그건 자네도 마찬가지야, 헤이스팅스.」

나는 그 말에 대해서 꼬치꼬치 따지고 들려고 했는데, 갑자기 문이 열렸다. 놀랍게도 문을 열고 들어온 사람은 도라 그레이 양이었다.

「다시 와서 죄송합니다.」

그녀가 침착하게 말했다.

「꼭 말씀드릴 것이 있어서요, 포와로 씨.」

「오, 그렇습니까? 우선 앉으시지요.」

그녀는 자리에 앉아서는 잠시 망설이는 것 같았다.

「다름이 아니라, 조금 전에 클라크 씨가 제가 컴비사이드를 떠났다고 말한 것에 대해서 드릴 말씀이 있어서요. 그분은 매우 친절하고 좋은 사람이에요. 하지만 사실은 제가 자진해서 떠난 것이 아니에요. 저는 그곳에 계속 머물러 있으려고 했어요. 아직 클라크 경의 수집품 문제로 제가 할 일이 좀 남아 있거든요. 하지만 클라크 경 부인이 제가 떠나기를 원하는 거예요. 그 부인은 약에 취해서 분별력이 없기 때문에 뭔가를 잘못 생각하고 있어요. 그래서 저에 대해 오해를 하고, 저를 내보낸 거예요.」

나는 그녀의 용기에 감탄했다. 그녀는 대부분의 사람들처럼 둘러대지도, 또 망설이지도 않고 솔직하게 사실을 이야기했다. 내 마음은 그녀에 대한 감탄과 동정으로 꽉 차 버렸다.

「이렇게 솔직하게 말씀해 주셔서 감사합니다.」

내가 말했다.

「항상 진실한 것이 좋은 것이지요.」

그녀가 미소를 지으면서 말했다.

「저는 프랭클린 클라크 씨의 관용 뒤에 숨고 싶지 않아요. 하지만 그분은 아량이 넓은 분이에요.」

그녀의 말 속에는 온정이 담겨 있었다. 그녀는 프랭클린 클라크를 매우 칭찬했다.

「당신은 매우 정직하군요.」 하고 포와로가 말했다.

「정말 제게는 큰 충격이었어요.」

도라는 가엾다는 듯이 말했다.
「사실 저는 클라크 경의 부인이 저를 그렇게까지 미워하고 있는 줄은 꿈에도 몰랐어요. 저는 부인이 저를 무척 좋아하고 있다고 생각했거든요.」
그녀는 얼굴을 찡그렸다.
「사람 마음은 정말 모르겠어요.」
그녀는 자리에서 일어섰다.
「이제 그만 가 봐야겠군요. 안녕히 계세요.」
나는 그녀를 아래층까지 바래다 주었다.
「무척 당당한 처녀입니다. 용기도 있고.」 하고 나는 방으로 돌아와서 말했다.
「그리고 계산도.」
「무슨 뜻입니까——계산이라니?」
「그녀는 예측할 수 있는 능력을 가지고 있다는 말일세.」
나는 그를 의심스럽게 바라보았다.
「하여튼 멋진 처녀입니다.」 하고 내가 말했다.
「그리고 매우 멋진 옷을 입었지. 크레이프 옷감과 부드러운 여우털 목도리——그것도 최신 유행을 따라서!」
「마치 여자 옷을 파는 사람 같군요, 포와로. 나는 사람들이 입고 다니는 옷에는 신경을 안 씁니다.」
「그렇다면, 나체 마을로 가야겠군.」
내가 벌컥 화를 내며 대들려고 하자 그는 얼른 화제를 바꾸었다.
「그런데 헤이스팅스, 조금 전에 우리가 모여서 한 대화 속에 무엇인가 중요한 것이 있는 것 같은데 이상하게도 정확하게 알 수가 없군. 분명히 뭔가가 있는데. 전에 내가 기록해 놓은 것이 떠오르는군.」
「처스턴에서의 일 말입니까?」

「아니야——처스턴이 아니라……그보다 훨씬 전의……어쨌든 좋아, 곧 알 수 있겠지.」

그는 나를 보고 웃더니 다시 콧노래를 부르기 시작했다.

(나는 그에게 주의를 기울이고 있지 않았다.)

「그녀는 천사인 것 같지 않은가? 에덴에서 스웨덴을 거쳐 온…….」

「포와로! 제발 그만두십시오!」

제 20 장
클라크 부인

우리가 두 번째로 컴비사이드를 찾아갔을 때, 그곳에는 우울하고 어두운 분위기가 감돌고 있었다. 그것은 어느 정도 날씨 탓도 있었다 ——그날은 습기가 많은 9월의 가을날이었다. 그 저택의 문은 거의 닫혀 있었다. 아래층의 방들도 모두 굳게 닫혀 있었다. 우리는 축축하고 공기가 탁한 작은 방으로 안내되었다.

똑똑해 보이는 간호사가 걷어 올린 소매를 내리면서 우리에게 다가왔다.

「포와로 씨죠?」

그녀는 명랑하게 말했다.

「캡스틱이라고 해요. 프랭클린 클라크 씨가 당신이 온다고 편지를 보내서 알고 있어요.」

포와로는 그녀에게 클라크 부인의 건강 상태를 물어 보았다.

「모든 것을 고려해 보면, 그렇게 나쁜 편은 아니에요.」

나는 간호사의 '모든 것을 고려해 보면'이란 말이 그녀가 이미 죽을 운명이라는 의미라고 생각했다.

「물론 회복될 가능성은 없지만, 고통을 덜어 줄 새로운 치료 방법을 쓰고 있어요. 로건 의사 선생님도 부인의 상태에 만족하고 계세요.」

「그렇다면 부인이 영원히 못 일어난다는 말이 사실이군요?」

「오, 그런 식으로 말하진 않았어요.」

그의 솔직한 말에 약간 충격을 받았는지 간호사가 깜짝 놀라면서 말했다.

「클라크 경의 죽음으로 부인이 큰 충격을 받았겠군요?」

「그렇지 않아요. 제 말을 이해하실지 모르겠지만, 지금 부인의 상태로서는 충격을 받지 않았을 거예요. 부인은 약에 취해서 모든 신경이 흐려진 상태거든요.」

「이런 질문을 해도 괜찮을지 모르겠지만, 그들 부부 사이가 좋았습니까?」

「오, 물론이에요. 그분들은 행복한 부부였답니다. 카미클 클라크 경은 부인의 건강 때문에 몹시 걱정하고 괴로워하셨어요. 그래서 의사 선생님이 난처해 하시곤 했지요. 사실 그분들은 희망을 가질 순 없었어요. 처음에 저는 그분이 건강을 해치지나 않을까 무척 걱정했답니다.」

「처음에는? 그렇다면 나중에는 걱정을 하지 않았다는 말입니까?」

「사람이란 누구나 주어진 환경에 적응하게 마련이지요. 게다가 클라크 경은 자신의 수집물에 열중했으니까요. 취미 생활이란 그런 사람에게 큰 위안이 될 수 있거든요. 그분은 자주 수집품을 구하러 다니셨고, 그리고 그레이 양과 함께 화랑을 새롭게 꾸미고 장식하느라고 굉장히 바쁘게 보내셨어요.」

「오, 알겠습니다. 그런데 그레이 양이 이곳을 그만두었다고 하던데요?」
「예, 그래요. 여자들이란 원래 몸이 건강하지 못하면 이상한 생각을 갖게 되지요. 그레이 양은 부인과 말다툼 한 번 하지 않고 순순히 그만두었어요. 참 잘한 일이에요.」
「클라크 부인이 그레이 양을 싫어했던 모양이군요?」
「아니, 싫어했다고는 말할 수 없어요. 사실, 처음에는 그녀를 마음에 들어했어요. 어머나, 내가 이러고 있을 때가 아닌데! 부인께서 기다리고 계실 거예요.」
그녀는 우리를 위층에 있는 첫번째 방으로 안내해 주었다. 그 방은 원래는 침실이었는데 응접실로 꾸며 놓은 듯했다.
부인은 창가의 큰 팔걸이 의자에 앉아 있었다. 그녀는 보기 딱할 정도로 말랐고, 얼굴에는 심한 고통으로 괴로워하고 있다는 것이 역력히 드러나 있었다. 그리고 마치 꿈을 꾸고 있는 듯이 눈동자는 흐리멍덩했다.
「포와로 씨가 오셨어요.」 하고 간호사가 높고 명랑한 목소리로 말했다.
「아, 예. 포와로 씨.」
부인이 힘없이 말했다.
그녀는 손을 내밀었다.
「이쪽은 내 친구인 헤이스팅스 대위입니다, 클라크 부인.」
「처음 뵙겠습니다. 와 주셔서 정말 고마워요.」
우리는 부인이 힘없이 가리키는 의자에 앉았다. 잠시 침묵이 흘렀다. 부인은 꿈속으로 빠져 들고 있는 것 같았다.
이내 그녀는 애를 쓰며 자리에서 일어났다.
「주인 양반에 대해서 이야기하시려는 거지요? 그의 죽음에 관해서 말예요.」

그녀는 깊게 한숨을 쉬면서 머리를 흔들었다.

「그렇게 될 줄은 정말 몰랐어요——내가 먼저 죽을 줄 알았는데…….」

그녀는 잠시 쉬었다가 말을 이었다.

「남편은 정말 건강했어요. 나이에 비해서 놀랄 만큼 정정했지요. 앓아 본 적도 없어요. 60대지만 50대처럼 보였는데——정말 건강했어요…….」

부인은 다시 꿈속에 빠져 드는 것 같았다. 포와로도 약의 효과와, 약을 먹은 환자는 시간이 무한하다는 착각을 하게 된다는 것을 아는지 잠자코 있었다. 클라크 부인이 갑자기 말했다.

「와 주셔서 고마워요. 내가 프랭클린에게 부탁했어요. 그가 꼭 전해 주겠다고 하더군요. 그런데 프랭클린은 너무 어리숙해요——쉽게 속거든요. 그렇게 세계 곳곳을 돌아다녔는데도——남자들은 누구나 어린아이 같은 데가 있어요. 프랭클린은 그것이 더 심한 편이죠.」

「그는 충동적인 성격인 것 같더군요.」 하고 포와로가 말했다.

「예——조금……그리고 기사도 정신을 가지고 있지요. 남자들이란 그것 때문에 어리석은 행동을 하는 경우가 많아요. 사실은 주인 양반도——.」

그녀의 목소리가 끊어졌다.

그녀는 무척 고통스러운지 머리를 흔들면서 말했다.

「정신이 하나도 없네요. 사람 몸이란 정말 거추장스러운 거예요. 특히 병이 심해지면, 그 고통에만 신경쓸 뿐 다른 일은 신경쓸 수가 없지요.」

「이해합니다, 부인. 가장 비참한 것 중의 하나지요.」

「병 때문에 내가 이렇게 멍청해졌어요. 당신에게 하고 싶었던 말이 있었는데 도무지 생각이 나질 않는군요.」

「남편의 죽음에 관한 말씀인가요?」
포와로가 말했다.
「남편의 죽음? 아, 그랬지요. 정말 미친 짓이에요. 가련한 살인자. 요즈음은 그런 일이 점점 많아져요——사람의 힘으로는 막을 수가 없죠. 정말 유감이에요. 사람들의 머리가 이상해지고 있나 봐요. 그리고 폐쇄되고——정말 끔찍해요. 어떻게 되는 거죠? 사람을 죽이다니…….」
그녀는 통증이 오는지 머리를 흔들다가, 「그런데 범인은 아직 못 잡았나요?」하고 물었다.
「예, 아직.」
「범인은 분명히 사건이 있던 날에 이곳 주위에 있었을 거예요.」
「그때는 휴가 기간이기 때문에 낯선 사람이 많이 와 있지 않았습니까?」
「그래요——하지만 그런 사람들은 바닷가로 가지 집 주위로는 오지 않지요.」
「하지만 그날은 집 근처에 낯선 사람이 오지 않았다고 하던데요?」
「누가 그러던가요?」하고 클라크 부인이 갑자기 힘차게 말했다.
포와로는 약간 추춤했다.
「그레이 양이 그랬습니다.」
「그녀는 거짓말쟁이에요!」
부인은 분명하게 말했다.
나는 의자에서 벌떡 일어났다. 포와로가 나를 힐끗 쳐다보았다.
클라크 부인은 조금 흥분된 목소리로 이야기를 계속했다.
「나는 그녀가 마음에 들지 않아요. 정말 싫어요. 남편은 그녀를 무척 아껴 주었지요. 고아라면서 더 신경을 써 주었지요. 고아인 것이 그렇게도 대단한 것인가요? 하긴 가끔은 그것이 축복일 수도 있겠지요. 차라리 못된 아버지와 술주정뱅이 어머니가 있는 것보다야 낫겠지요. 모두들 그녀에게 용감하고 똑똑하다는 칭찬을 했지요. 나도 그녀가 똑똑한 것은 인정해요. 오, 내가 왜 이런 말을 하는지 모르겠어요!」

「너무 흥분하신 것 같습니다.」하고 간호사가 말했다.

「부인을 흥분하게 해서는 안 돼요.」

「나는 그녀더러 나가라고 했어요. 프랭클린은 어리석게도 그녀가 나에게 위안이 될 거라면서 말리더군요. 나에게 위안이 된다고! 하지만 나는 그녀를 하루라도 보지 않으면 그만큼 더 좋아질 거라고 했지요. 어리석은 프랭클린! 나는 그녀가 프랭클린을 혼란스럽게 하는 게 싫었어요. 그는 아직까지도 어려요! 분별력이 없어요! 나는 그녀에게 세 달치 월급을 주겠다고 했어요. 그러자 그녀는 결국 집을 나갔지요. 나는 그녀가 더 이상 내 집에 있는 것이 싫다고 했어요. 하긴 아픈 사람과 논쟁할 수도 없는 일이겠지요. 프랭클린은 내 말대로 했고, 결국 그녀는 나갔어요. 순교자처럼 말예요. 상냥하고 용감하게 ――.」

「부인, 너무 흥분하셨어요. 그러면 건강에 좋지 않아요.」

클라크 부인은 캡스틱 간호사에게 손을 흔들었다.

「간호사도 이렇게 그녀를 두둔하고 있답니다.」

「오, 클라크 부인, 그런 말씀 마세요. 저는 그레이 양이 매우 멋진 여자라고 생각해요――소설에 나오는 멋진 여자 말이에요.」

「나는 여러분처럼 인내력이 있는 여자가 아니에요.」하고 클라크 부인이 힘없이 말했다.

「하지만 그녀는 가 버렸어요. 지금은 여기에 없지요.」

부인은 참을 수 없다는 듯이 머리를 흔들 뿐 아무 말 하지 않았다.

포와로가 말했다.

「그런데 왜 그레이 양이 거짓말쟁이라고 하셨습니까?」

「사실이니까요. 그녀가 그날 낯선 사람이 집 근처에 오지 않았다고 했다면서요 ?」
「예, 그랬습니다.」
「나는 그날 내 눈으로 창문을 통해 똑똑히 봤어요——그녀가 계단에서 낯선 남자와 이야기하는 것을 말예요.」
「그것이 언제입니까 ?」
「남편이 죽던 날 아침이에요——한 11시쯤 되었을 거예요.」
「어떻게 생긴 사람이었습니까 ?」
「평범한 사람이었어요. 특별한 점은 없었어요.」
「신사 같던가요, 아니면 장사꾼 같던가요 ?」
「장사꾼 같지는 않았어요. 하지만 초라해 보였어요. 확실히는 기억이 나지 않는군요.」
갑작스런 고통으로 그녀의 얼굴이 떨렸다.
「이제 그만 가 보세요——몹시 피곤하군요.」
우리는 인사를 하고 그 집을 나왔다.
「정말 이상하군요——.」
나는 런던으로 돌아오는 길에 포와로에게 말했다.
「그레이 양과 낯선 남자라.」
「헤이스팅스, 내가 항상 자네에게 말했듯이 언제나 새로운 사실을 발견할 수 있는 법이라네.」
「그렇다면 그레이 양이 왜 거짓말을 했을까요? 그녀는 아무도 보지 못했다고 했잖습니까 ?」
「이유야 여러 가지로 생각할 수 있지——하지만 매우 단순한 것일지도 모르네.」
「단순히 우리를 놀린 거란 말인가요 ?」
「드디어 자네의 천재성을 이용할 기회가 왔군. 하지만 우리가 골치를 썩일 필요는 없어. 직접 그녀에게 물어 보면 금방 알아낼 수 있을 텐데 뭘.」

「또 거짓말을 할지도 모르잖습니까?」

「그러면 아주 더 재미있어지겠지——뭔가 있을 수도 있으니까.」

「그런 여자가 범인과 관계가 있다고 생각되진 않는데요.」

「나도 그렇게 생각하네.」

나는 잠시 동안 생각에 잠겼다.

「멋지고 아름다운 여자는 주위 사람들에게 미움을 받게 마련이지요.」

나는 한숨을 쉬면서 말했다.

「그런 생각은 하지 말게.」

「하지만 그건 사실입니다. 사람들은 그레이 양이 아름답기 때문에 시기하고 있는 거라고요.」 하고 내가 외치듯이 말했다.

「도대체 컴비사이드에서 누가 그녀를 시기한다는 말인가? 카미클 클라크 경이? 프랭클린이? 아니면 간호사인가?」

「클라크 부인은 분명히 그녀를 시기하고 있어요.」

「자네는 지금 그 처녀를 너무 동정하고 있군. 나는 오히려 클라크 부인에게 더 동정이 가네. 그 부인이 비록 몸은 아프지만, 남편이나 프랭클린, 그리고 간호사보다도 더 정확하게 보았을 수도 있네——그리고 자네보다도 내가 제안하는 세 가지 극은 서로를 간섭하는 것이 아닐세. 그들은 서로에게 영향을 받지 않고 각자 할 일만 하면 되는 거야. 그것이 인생의 순열과 조합일세, 헤이스팅스——나는 그들이 서로에게 매력을 느끼는 것을 굳이 막을 필요는 없다고 생각하네.」

「여기가 패딩턴입니다.」 하고 나는 사무적으로 말했다.

나는 누군가가 이 숨막히는 상황을 터뜨려야 한다고 느꼈다.

우리가 포와로의 화이트해븐 아파트에 도착했을 때, 어떤 신사가 포와로를 기다리고 있다는 말을 들었다.

나는 프랭클린이나 재프 경감일 거라고 생각했다. 그런데 그 사람은 뜻밖에도 도널드 프레이저였다.

그는 당황해 보였으며, 여느 때보다도 더 침울한 것 같았다.

포와로는 용건을 묻지 않고, 그에게 샌드위치와 포도주를 권했다.

그는 그것을 권하면서 우리가 지금 어디에서 오는 길이며, 병이 든 클라크 부인에 대해서 부드럽게 이야기해 주었다.

우리는 샌드위치와 포도주를 마시고 난 뒤에야 용건을 이야기했다.

「벡스힐에서 오는 길이오, 프레이저 씨?」

「예.」

「밀리 히글리 양과는 잘되고 있습니까?」

「밀리 히글리? 밀리 히글리?」

프레이저는 의아스럽게 그 이름을 되풀이했다.

「아, 그 처녀요! 아니오, 아직 아무 행동도 하지 않았습니다. 그런데 ──.」

그는 말을 멈추고는, 두 손을 신경질적으로 맞잡았다.

「제가 왜 당신을 찾아왔는지 모르겠습니다.」 하고 그가 외쳤다.

「나는 알고 있소.」

포와로가 말했다.

「당신은 모릅니다. 당신이 어떻게 알겠습니까?」

「누군가에게 할 말이 있는데, 내가 적당한 사람이라고 생각해서 찾아온 것이 아닙니까? 자, 말해 보시오!」

포와로의 자신에 찬 말이 효과가 있었는지, 프레이저는 복종하는 태도로 그를 바라보았다.

「정말 그렇게 생각합니까?」

「물론이지요. 나는 확신합니다.」
「포와로 씨, 당신은 꿈에 대해서 좀 알고 있습니까?」
그 말은 나의 예상에 완전히 어긋나는 것이었다. 그러나 포와로는 담담하게 대답했다.
「알고 있소. 무슨 꿈을 꾸었나 보군요?」
「그렇습니다. 당신은 분명히 그것이 자연스러운 거라고 말씀하실 겁니다. 하지만 그것은 여느 꿈과는 다릅니다.」
「다르다고?」
「저는 그 꿈을 사흘째나 계속 꾸었습니다. 정말 미칠 지경입니다.」
「어서 말해 봐요.」
그의 얼굴은 파랗게 질려 있으며, 눈빛은 유난히 이상했다. 마치 미친 사람 같았다.
「사흘이나 똑같은 꿈을 꾸었단 말입니다. 저는 바닷가에서 베티를 찾고 있었습니다. 그녀는 길을 잃었습니다. 저는 그녀에게 주려고 허리띠를 가지고 다녔습니다. 그리고는——.」
「계속하십시오.」
「그리고는 꿈이 바뀝니다. 저는 더 이상 그녀를 찾지 않습니다. 그녀는 제 앞에 있습니다——바닷가에 앉은 채로. 그녀는 제가 다가가는 것을 알아차리지 못합니다. 그리고는——.」
「계속해요.」
포와로의 목소리에는 권위가 담겨 있었다——힘찬 목소리였다.
「저는 그녀 뒤로 다가가서……그녀는 내 발자국 소리를 못 들은 것 같았습니다——살며시 그녀의 목에 허리띠를 감고는 힘껏——오——힘껏 잡아당기는 겁니다…….」
그의 목소리는 약간 으스스했다. 나는 의자의 팔걸이를 꽉 움켜잡았다. 그의 말이 너무도 생생했기 때문이다.

「그녀는 목이 졸려서 죽어 가는 것입니다. 그리고는 그녀의 얼굴이 뒤로 젖혀집니다. 그런데 그녀는 베티가 아니라 메건인 겁니다!」

그는 파랗게 질린 얼굴을 뒤로 젖히며 몸을 부들부들 떨었다. 포와로는 포도주를 다시 따라서 그에게 주었다.

「제 꿈이 무슨 뜻인지 알겠습니까, 포와로 씨? 왜 제가 그런 꿈을 꾸는 것일까요? 그것도 매일밤……?」

「죽 마셔 봐요.」

포와로는 명령하듯이 말했다.

프레이저는 포도주를 마시고 나서 가라앉은 목소리로 다시 물었다.

「그 꿈이 무엇을 뜻하는 것일까요? 저는 베티를 죽이지 않았습니다…….」

나는 그것에 대한 포와로의 대답을 듣지 못했다. 그 순간 우체부의 노크 소리를 듣고 밖으로 나갔기 때문이다.

우편함에서 편지를 꺼내는 순간, 나는 도널드 프레이저의 이상한 꿈 이야기를 모두 잊어버렸다.

나는 급히 방으로 달려갔다.

「포와로! 네 번째 편지입니다!」 하고 내가 외쳤다.

포와로는 자리에서 벌떡 일어나서는, 재빨리 그것을 낚아채고 봉투를 뜯었다. 그는 그것을 탁자 위에다 펼쳤다.

우리 세 사람은 함께 그 내용을 읽었다.

아직도 풀리지 않는 모양이군요? 하하하! 당신과 경찰은 무엇을 하고 있는 겁니까? 그래도 역시 재미는 있군요. 자, 다음에는 어디로 갈까요?

불쌍한 포와로 씨, 당신에게 조금 미안한 생각이 드는군요. 하지만, 단념하지 말고 계속해 보십시오.

아직도 갈 길은 머니까.

다음은 티퍼러리(Tipperary)가 어떨까요? 아니지, 그곳은 좀더 뒷날에 가야겠지요. T니까 말입니다.

다음은 9월 11일 돈캐스터(Doncaster)입니다.

안녕——.

ABC

제 21 장
살인자의 모습

바로 이 순간 포와로가 자주 말하던 인간적인 요소가 사라졌다. 순수하지 못한 공포는 느낄 수 없는 것처럼, 우리는 정상적인 인간의 기분을 느끼고 있던 때였다.

우리는 네 번째의 편지가 와서 다음 살인 계획이 드러나기 전에는 아무 조치도 취하지 못할 것이라고 생각하고 있었다. 그래도 편지를 기다리는 동안은 조금 긴장이 풀렸었다.

그러나 지금 편지에 쓰여 있는 몇 자로 인해 우리는 다시 사냥을 시작해야 했다.

먼저 런던 경시청에서 크롬 형사가 찾아왔고, 이어서 프랭클린 클라크와 메건 바너드가 왔다.

메건은 벡스힐에서 오는 길이라고 했다.

「클라크 씨에게 물어 볼 말이 있는데요.」

그녀는 절차를 물어 보려고 하는 것 같았다. 나는 그것은 중요한 일이 아니라고 생각했다.

지금 내 마음은 그 편지 생각으로 꽉 차 있었다.

크롬 형사는 너무 많은 사람이 이 사건에 대해 말하고 있는 것이 못마땅한 것 같았다. 그는 매우 사무적으로 사람들을 대했다.

「내가 이 편지를 가져갔으면 하는데요, 포와로 씨? 당신이 복사하고 싶다면——.」

「좋도록 하시오. 복사는 필요없습니다.」

「당신의 계획은 어떻습니까?」하고 클라크가 물었다.

「내 계획은 매우 포괄적인 것입니다, 클라크 씨.」

「이번에는 꼭 범인을 붙잡아야 할 텐데 큰일입니다.」

「사실 우리는 우리 나름대로 수사반을 만들었습니다. 사건에 관련된 사람들끼리 말입니다.」

크롬 형사가 정중하게 말했다.

「오,,그렇습니까?」

「당신은 아마추어 수사반이 있었다는 것을 모르셨나 보군요?」

「모두 같은 일을 하고 있습니까, 클라크 씨? 당신의 명령하에서 말입니까?」

「아닙니다. 우리는 개개인이 각각 다른 계획을 가지고 있습니다.」

「오,그렇습니까?」

「당신 일도 잘 안 되어가나 보죠? ABC가 또 한 차례 약을 올릴 모양이던데.」

크롬 형사는 일이 제대로 풀리지 않으면 화가 나서 연설식으로 말하는 버릇이 있었다.

「이번에는 시민들이 우리를 비난하지 않을 겁니다. 이번에 범인은 여유가 있게 경고해 왔습니다. 11일이라면 다음주 수요일 아닙니까? 신문에 보도할 수 있는 충분한 시간이 있습니다. 우리는 돈캐스터 지방 전역에 경고해 둘 것입니다. 그러면 D로 시작되는 이름을 가진 사람들은 조심하고 경계를 하겠지요. 또한 대규모 경찰을 그곳에 배치할 겁니다. 이미 영국의 모든 경찰서장의 동의를 받았습니다. 그리고 돈캐스터 지방의 사람들도 모두 범인을 잡으려고 노력할 겁니다—— 이렇게 하면 범인을 잡는 것은 시간 문제이지요.」

프랭클린이 조용히 말했다.

「당신은 경마를 좋아하지 않는 모양이군요?」

크롬은 의아해 하는 표정으로 그를 바라보았다.

「무슨 뜻입니까, 클라크 씨?」

「다음주 수요일에는 돈캐스터에서 성 레저 경마 대회가 열린다는 것을 모르십니까?」

크롬 형사의 치켜 올라간 턱이 떨구어졌다. 그는 평소에 즐겨 쓰던 '오, 그렇습니까?'라는 말 대신에 다음과 같이 말했다.

「정말 그렇군요. 그렇다면 문제가 복잡해지는데…….」

「ABC는 미치광이일지는 몰라도 바보는 아닙니다.」

우리는 잠시 동안 침묵을 지키고 있었다. 그렇다면 그때는 경마장에 수많은 사람들이——열광적으로 경마를 좋아하는 영국 국민들이——몰릴 것이 분명하다.

포와로가 프랑스 어로 중얼거렸다.

「정말 빈틈없군. 역시 훌륭한 계획이야.」

「그렇다면 살인은 틀림없이 경마장에서 일어날 겁니다——어쩌면 말들이 달리고 있는 동안 일어날지도 모르겠군요.」 하고 클라크가 말했다.

그 순간, 그는 경마를 생각하면서 기분 좋은 듯이 미소를 지었다.

크롬 형사는 편지를 들고 자리에서 일어섰다.

「성 레저 경마 대회가 말썽이군.」

그가 중얼거렸다.

「정말 재수가 없어.」

그는 밖으로 나갔다. 복도에서 말소리가 들려 오더니, 도라 그레이 양이 들어왔다.

그녀는 흥분된 목소리로 말했다.

「크롬 형사가 다음 편지가 왔다고 하던데요? 이번엔 어디죠?」

밖에는 비가 오고 있었다. 그레이는 검은 코트에 검은 치마와 검은 모피 목도리를 두르고 있었다. 그리고, 윤기있는 머리에 잘 어울리는 작고 검은 모자를 쓰고 있었다.

그녀는 프랭클린 클라크 곁으로 다가가서 손짓을 하며 그의 대답을 기다렸다.

「돈캐스터——그런데 성 레저 경마 대회가 열리는 날입니다.」

우리는 그 문제를 토론하기 위해 모두 자리에 앉았다.

우리는 그날 모두 그곳으로 가는 문제는 결정하지 않은 채 토론을 진행해 나갔다. 그러나 경마 대회는 우리가 임시로 세운 계획을 복잡하게 만들었다.

나는 매우 낙담한 상태였다. 아무리 개인적으로 열의를 가지고 있다 해도 우리 여섯 명이 과연 무엇을 할 수 있을까? 그곳에는 예리하고 기민한 경찰들이 감시를 위해 대규모로 투입될 것이다. 거기에 열두 개의 눈이 더 있다고 해서 무슨 일을 할 수 있겠는가?

내 생각에 대해서 대답이라도 하듯이 포와로가 입을 열었다. 그는 학교 선생이나 성직자 같은 목소리로 말했다.

「여러분, 우리는 힘을 합쳐야 합니다. 우리는 우리가 생각한 방법대로 이 문제를 해결해야 합니다. 그리고 진실은 밖이 아니라 안에 있습니다. 우리는 스스로에게 물어 보아야 합니다——나는 과연 범인에 대해서 무엇을 알고 있는가?——그리고 범인의 몽타주 사진을 만드는 겁니다.」

「하지만 우리는 범인에 대해서 아무것도 모르잖아요?」
도라 그레이가 희망이 없다는 듯이 말했다.
「아닙니다. 그렇지 않습니다. 우리는 모두 범인에 대해 무엇인가 알고 있습니다. 우리가 알려고만 한다면, 그것은 금방 드러날 겁니다. 다만 우리가 알아차리지 못하고 있는 것뿐이지요. 우리가 하려고만 한다면 말입니다.」
클라크가 머리를 저으면서 말했다.
「아니, 우리는 정말 아무것도 모릅니다. 범인이 늙었는지 젊었는지, 그리고 금발인지 검은 머리인지! 우리는 아무도 범인을 보지 못했습니다. 게다가 우리가 아는 것은 몇 번씩이나 이야기하지 않았습니까?」
「모두 이야기하지는 않았습니다. 예컨대, 그레이 양은 카미클 클라크 경이 살해되던 날 낯선 사람을 보지 못했다고 말했습니다.」
도라 그레이 양은 머리를 끄덕이며 말했다.
「예, 그건 사실이에요.」
「정말입니까? 하지만, 클라크 부인은 그날 당신이 문앞 계단에 서서 낯선 남자와 이야기하는 것을 창문으로 보았다고 하던데요?」
「제가 낯선 남자와 이야기하는 것을 보았다고요?」
그녀는 정말로 놀라는 것 같았다. 그녀의 순수하고 맑은 표정으로 보아, 거짓말을 하고 있는 것 같지는 않았다.
그녀는 머리를 흔들었다.
「그렇다면 클라크 부인이 잘못 보신 걸 거예요. 저는 정말로——오!」
그녀는 갑자기 비명을 질렀다. 그녀의 뺨이 새빨갛게 물들었다.
「지금 생각이 났어요. 제가 깜빡 잊고 있었군요. 하지만 대수롭지 않은 일이라서. 그 사람은 양말을 팔러 왔어요. 군대에서 제대한 지

얼마 안 된 사람 같았어요. 그런 사람들은 대개 끈질기거든요. 저는 거절했지요. 그리고 제가 복도를 지나고 있을 때, 그가 문까지 따라왔었어요. 그는 초인종을 누르지 않고 직접 제게 말을 걸었어요. 그렇지만 나쁜 짓을 할 사람 같지는 않았는데……그래서, 제가 깜빡 잊고 있었던 모양이에요.」

포와로는 머리에 손을 얹고 왔다갔다 하면서 좀 격렬한 목소리로 중얼거렸다. 다른 사람들은 조용히 그를 바라보았다.

「양말이라, 양말……양말……양말……동기가——그래, 맞아……석 달 전에……그리고 다른 날……그리고 지금, 맞아!」

그는 자리에 똑바로 앉아서 의미 심장한 눈빛으로 나를 바라보면서 말했다.

「자네, 기억나나, 헤이스팅스! 앤도버의 그 가게 위층 침실 의자 위에 있던 새 명주 양말 한 켤레. 그리고 이틀 전에 내 주의를 끌었던 말이 생각나는군. 그것은 당신이 한 말이었지요.」

그는 메건을 바라보았다.

「당신은 동생이 죽던 날 어머니께서 동생에게 주려고 산 양말을 보고 더욱 슬퍼하며 울었다고 하지 않았습니까?」

그는 우리 모두를 둘러보았다.

「무슨 말인지 알겠습니까? 세 번이나 같은 실마리가 있었다는 뜻입니다. 그것은 우연의 일치가 아닙니다. 나는 며칠 전에 메건 바너드 양의 이야기를 들었을 때, 무엇인가와 연결되는 듯하다고 어렴풋하게 느꼈었지요. 그런데 지금에야 알 것 같습니다. 애셔 부인의 이웃에 살던 파울러 부인도 그 이야기를 했습니다. 물건을 팔러 다니는 사람들에 대해서——그녀는 양말 이야기도 했어요. 자, 바너드 양, 당신 어머니가 동생에게 주려고 산 양말은 가게에서가 아니라, 외판원에게서 산 것이 아니었나요?」

「예, 그래요. 지금 기억이 나요. 어머니는 종종 그렇게 물건을 팔러 돌아다니는 사람들이 가엾다고 말씀하셨어요.」
「그것이 무엇과 연관된다는 말입니까?」
프랭클린이 외쳤다.
「양말을 팔러 다니는 남자가 무엇이 중요합니까?」
「아닙니다. 그것은 우연의 일치가 아닙니다. 사건마다 양말 외판원이 등장했다는 것은 절대로 우연이 아니에요. 그것은 그가 그 지방을 조사하고 있었다는 뜻입니다.」
그는 도라 그레이 양 쪽으로 몸을 돌렸다.
「그 사람을 자세히 설명해 보십시오.」
그녀는 멍하니 포와로를 바라보면서 말했다.
「저는……잘 생각이 안 나요……그 사람은 안경을 썼고……초라한 외투를 입었던 것 같아요.」
「좀더 자세히 말해 봐요.」
「등이 좀 구부정하고……잘 기억이 안 나는군요. 하여튼 눈에 띄는 특징이 있는 사람이 아니에요.」
포와로가 엄숙하게 말했다.
「좋습니다. 범인은 바로 그 사람입니다. 틀림없습니다! 주의를 끌 만한 점이 없는 사람. 그 사람이 틀림없어요. 당신이 말한 사람이 바로 범인입니다!」

제 22 장
헤이스팅스 대위가 모르는 이야기

알렉산더 보나파르트 커스트는 가만히 앉아 있었다. 그의 접시에는 아침식사가 손도 대지 않은 채 차갑게 식어가고 있었다. 그리고 신문 한 장이 차 주전자 위에 놓여 있었다. 그것은 커스트가 흥미롭게 읽던 신문이었다.

갑자기 그는 일어서서 잠시 서성거리다가, 창가에 있는 의자에 걸터앉았다. 그는 깊은 신음 소리를 내면서 두 손으로 머리를 감쌌다.

그는 문이 열리는 소리도 듣지 못했다. 집주인인 마베리 부인이 문간에 서 있었다.

「왜 그래요, 커스트 씨? 어디 아픈 거 아니에요?」

커스트는 머리를 감싸 쥐었던 손을 놓으면서 말했다.

「아닙니다, 마베리 부인. 오늘 아침엔 기분이 좀 좋지 않아서요.」

마베리 부인은 아침식사 접시를 바라보았다.

「아침식사에 손도 대지 않았군요. 머리가 또 아픈 모양이죠?」

「아닙니다. 아니, 좀 그저 좀――저――단지 약간――.」

「저런, 어쩌나? 그렇다면 오늘은 나가지 못하겠군요?」

커스트는 갑자기 자리에서 일어섰다.

「아닙니다. 나가야 해요. 오늘은 아주 중요한 일이 있습니다.」

그의 손은 떨리고 있었다. 그가 흥분하고 있는 것을 알아차린 마베리 부인은 그를 진정시키려고 했다.

「그래요? 이번에는 멀리 가나요?」

「아닙니다. 오늘은——.」 그는 잠시 망설이다가 말했다. 「첼튼햄으로 갑니다.」

그의 말투가 좀 이상했기 때문인지 마베리 부인은 놀란 표정으로 그를 바라보았다.

「첼튼햄은 멋있는 곳이지요. 나도 1년 전에 브리스톨에서 그곳에 가 본 적이 있어요. 상점들도 아주 멋지더군요.」

「나도 그럴 거라고 생각합니다.」

마베리 부인은 힘들게 허리를 굽혀서——그 모습이 무척 어색하게 보였다——바닥에 떨어져 있는 신문을 집어 들었다.

「요즈음은 온통 그 살인사건 기사뿐이에요.」

그녀는 신문을 탁자 위에 놓기 전에, 신문의 머릿기사를 읽으면서 말했다.

「정말 섬뜩한 사건이에요. 나는 도저히 읽을 수가 없어요. 마치 '살인마 잭' 사건이 다시 일어난 것 같아요.」

커스트는 입술을 움직였으나, 아무 말도 하지 않았다.

「돈캐스터——다음 범행 장소가 그곳이라고 하는군요.」

마베리 부인이 말했다.

「바로 내일이에요! 소름끼치지 않아요? 내가 만일 D로 시작되는 이름을 가지고 있고, 또 돈캐스터에 살고 있다면 기차를 타고 다른 곳으로 피신했을 거예요. 위험한 일이라면 딱 질색이거든요. 뭐라고 했죠, 커스트 씨?」

「아닙니다——마베리 부인——아무것도 아닙니다.」

「분명히 범인은 경마장에서 기회를 노릴 거예요. 거기에 대비해서 많은 경찰이 그곳에 배치된다고 하는군요. 커스트 씨——어디 아파요? 아무래도 무엇이라도 마셔야 될 것 같군요. 그리고 오늘은 나가지 않는 것이 좋겠어요.」

커스트는 허둥거리며 자리에서 일어섰다.

「나가 봐야 합니다, 마베리 부인. 나는 약속을 어겨 본 적이 없습니다. 일단 일을 맡았으면 끝까지 해야지요. 그래야만 장사를 계속할 수 있습니다.」

「하지만 몸이 불편하잖아요?」

「아픈 데는 없습니다. 개인적인 문제로 좀 걱정하다가 어젯밤에 잠을 제대로 자지 못해서 그렇습니다. 이제 괜찮아질 겁니다.」

그의 태도가 완강했기 때문에, 마베리 부인은 하는 수 없이 아침식사 그릇들을 챙겨 가지고 방을 나갔다.

커스트는 침대 밑에서 여행 가방을 꺼내어 짐을 꾸리기 시작했다. 먼저 잠옷, 스펀지 가방, 여분의 칼라, 그리고 슬리퍼를 넣었다. 그리고는 찬장을 열고, 가로 , 세로가 7 x 10인치 정도 되는 납작한 마분지 상자들을 꺼내어 여행 가방 속에 넣었다.

그는 탁자 위에 있는 철도 안내서를 잠시 들여다보고는 여행 가방을 들고 방을 나갔다.

현관에 걸려 있는 모자와 외투를 입으면서 그는 깊게 한숨을 내쉬었다. 그때, 옆 방에서 나온 처녀가 아주 이상하다는 듯이 그를 바라보았다.

「무슨 일이 있으세요, 커스트 씨?」

「아무것도 아니에요, 릴리.」

「그런데 왜 그렇게 한숨을 쉬세요?」

커스트는 불쑥 말했다.

「릴리, 당신은 예감에 대해 어떻게 생각합니까?」

「글쎄요. 잘은 모르지만——이런 것은 있어요. 어떤 날은 일이 잘 될 것 같은 기분이 들 때가 있고, 또 어떤 날은 일이 잘 안 될 것 같은 기분이 들 때가 있는 것은 사실이에요.」

「그렇지요.」하고 커스트는 힘없이 말했다.

그는 다시 깊은 한숨을 쉬고는 입을 열었다.

「자——그럼, 잘 있어요, 릴리. 항상 친절하게 대해 주어서 고마워요.」

「잘 있으라니요? 마치 돌아오시지 않을 것 같으시네요.」하고 릴리가 웃으면서 말했다.

「오, 아닙니다. 물론 다시 돌아와야지요.」

「그럼 금요일에 봐요.」

그 처녀는 웃으면서 말을 계속했다.

「이번에는 어디로 가세요. 다시 바닷가로 가시나요?」

「아닙니다——이번에는——첼튼햄으로 갈 겁니다.」

「어머, 그곳은 멋진 곳이라고 하던데요. 토케이보다는 못하겠지만, 틀림없이 아름다운 곳일 거예요. 저도 다음 휴가 때는 꼭 그곳에 가 볼 거예요. 그런데 생각해 보니, 당신은 줄곧 살인사건이 일어났던 곳 근처로 가시는군요?——ABC 살인사건 말이에요. 혹시, 당신이 그곳에 머무르고 있는 동안에 사건이 일어나지는 않았나요?」

「아마, 그랬을지도 모르지요. 하지만 처스턴은 내가 머물렀던 곳에서 6~7마일이나 떨어져 있는걸요.」

「하여튼 아슬아슬해요! 어쩌면 길에서 살인자와 마주쳤을지도 모르잖아요! 그리고 살인자 근처에 계셨을지도 모르고요!」

「물론, 그럴 수도 있었겠지요.」 하고 커스트는 말하면서 얼굴에 징그러운 웃음을 지었다. 릴리 마베리는 그런 커스트의 얼굴을 이상하다는 듯이 쳐다보았다.

「커스트 씨, 오늘 안색이 좋지 않으시네요.」

「괜찮아요. 그럼, 이만 가 보겠습니다.」

그는 모자를 쓰고, 가방을 들고는 바쁘게 문을 열고 나갔다.

「정말 이상한 사람이야.」

릴리 마베리가 중얼거렸다.

「혹시 머리가 이상하게 된 것은 아닐까 ?」

크롬 형사가 그의 부하에게 말했다.

「양말 회사의 명단을 작성해서 모두에게 돌리게. 대리점 명단도 마찬가지로——위탁을 받아서 판매하는 사람들과 주문을 받아서 판매하는 사람들의 명단도 포함시키게.」

「ABC 사건 때문입니까 ?」

「그래, 에르큘 포와로 씨의 제안이야.」

그는 경멸하듯이 말했다.

「아마 아무 소용 없을 거야. 하지만 조그마한 것이라도 최선을 다해 조사하게.」

「맞습니다. 제가 생각해도, 포와로 씨가 전성기 때는 많은 일을 처리했지만 이제는 때가 지난 것 같습니다.」

「그는 엉터리야. 항상 무게만 잡지. 그는 사람들을 속이고 있어. 하지만 나를 속일 수는 없을 거야. 그럼, 돈캐스터 지방의 경계에 관해서…….」

톰 하티건이 릴리 마베리에게 말했다.

「오늘 아침에 너의 집에 하숙하는 사람을 만났어.」
「누구? 커스트 씨 말이야?」
「그래. 유스턴 역에서 보았어. 여전히 길 잃은 암탉 같은 모습이더군. 그 사람은 아무래도 돌볼 사람이 필요한 것 같아. 처음에는 신문을 떨어뜨리더니, 또 금방 차표를 떨어뜨렸어. 그런데도 모르고 있기에 내가 주워 주었더니 허둥지둥 고맙다고 하는 거야. 그런데 그 사람이 나를 몰라 보는 것 같았어.」
「오, 당연하지.」 하고 릴리가 말했다.
「그 사람은 너와 단지 복도에서 몇 번 마주쳤을 뿐인데 당연하잖아.」
그들은 마루를 돌면서 춤을 추었다.
「아주 잘 추는데.」 하고 톰이 말했다.
「계속 춰.」
릴리가 이렇게 말하면서 톰에게 좀더 가까이 다가갔다.
그들은 다시 춤을 추었다.
「그런데 아까 유스턴이라고 했어, 패딩턴이라고 했어?」
릴리가 갑자기 물었다.
「커스트 씨를 어디에서 보았느냐고?」
「유스턴에서.」
「틀림없어?」
「그래. 그런데 왜 그러니?」
「이상한데. 분명히 나에게는 패딩턴 역에서 챌튼햄으로 갈 거라고 했는데?」
「아니야. 그 사람은 챌튼햄이 아니라 돈캐스터로 갔을 거야.」
「챌튼햄이라니까.」
「돈캐스터야. 내가 차표를 주워 주면서 보았단 말이야.」

「하지만 나에게는 챌튼햄으로 간다고 했단 말이야. 틀림없이 그랬어.」
「네가 잘못 들었을 거야. 돈캐스터로 간 것이 틀림없어. 경마 대회가 열리는 곳——많은 사람들이 내기를 걸겠지. 나는 파이어플라이에게 걸었어. 그 말이 달리는 것을 보고 싶은걸.」
「커스트 씨는 경마장에 갈 사람이 아니야. 그런 것을 좋아하지 않는단 말이야. 그건 그렇고 톰, 설마 그 사람이 살해되지는 않겠지? ABC 살인의 다음 장소가 돈캐스터라고 하던데.」
「그 사람은 괜찮을 거야. 그 사람의 이름은 D로 시작되지 않잖아.」
「하지만 그는 지난번에 살해당할 뻔했을지도 몰랐어. 지난번 사건이 일어났을 때 그는 토케이에 있는 처스턴 근처에 있었거든.」
「그러니? 그런 것을 바로 우연의 일치라고 하는 거야.」
그는 웃었다.
「혹시 그전에는 벡스힐에 가지 않았니?」
릴리는 이마를 찌푸렸다.
「그때도 집에 있지 않았어……맞아. 그때 그 사람이 수영복을 두고 나갔어. 엄마가 그의 수영복을 손질해 주셨거든. 그래서 엄마가 이렇게 말씀하셨어. '커스트 씨가 어제 수영복을 잊고 그냥 가셨구나.' 그래서 내가 '오, 수영복이 문제가 아니에요——거기에서 끔찍한 살인 사건이 일어났어요. 벡스힐에서 어떤 처녀가 목졸려 죽었대요.' 하고 말한 게 기억나.」
「그가 수영복을 가져가려고 했다면 바닷가로 갔던 것이 틀림없는데, 릴리.」
그는 장난스럽게 얼굴을 찡그렸다.
「혹시 그 사람이 ABC 사건의 범인이 아닐까?」
「뭐? 커스트 씨가? 그 사람은 파리도 못 죽일 거야.」 하고 말하면서 릴리는 웃었다.

그들은 다시 행복하게 춤을 추었다――그들은 단지 함께 있다는 기쁨에 도취되어 있었다.

하지만 그들의 마음속에는 불안감이 감돌고 있었다.

제 23 장
9월 11일 돈캐스터

나는 9월 11일에 있었던 일을 평생 잊지 못할 것이다.

나는 이제 성 레저 경마 대회를 생각할 때마다 말을 연상하는 것이 아니라, 살인을 연상하게 되었다.

그때를 생각해 보면, 가장 뚜렷하게 느껴지는 건 부족함과 아쉬움의 감정이다. 우리는 그곳으로 갔다——포와로, 나, 클라크, 프레이저, 메건 바너드, 도라 그레이 양, 그리고 메리 드로워. 하지만 도대체 우리가 무엇을 할 수 있을까?

우리는 한 가닥 희망을 걸고 있었다——그것은 도라 그레이 양이 2~3개월 전에 잠깐 보았다는 희미한 기억의 그 사람을 수천 명의 군중 속에서 찾기를 바라는 희망이다.

우리는 정말 난감했다. 하지만 그래도 그 사람을 희미하게나마 알아볼 수 있는 사람은 도라 그레이 양밖에 없었다.

긴장을 한 탓인지 평소 침착했던 그녀의 모습을 오늘은 찾아볼 수가 없고, 조용한 태도도 사라져 버렸다. 그녀는 두 손을 비비면서 금방 울어 버릴 것 같은 얼굴로 포와로에게 말했다.

「저는 도저히 그 사람을 찾아내지 못할 것 같아요……모두들 저에게 기대를 걸고 있지만, 그 사람을 다시 본다고 해도 알아볼 수 있을지 자신이 없어요. 저는 원래 사람 얼굴을 잘 기억하지 못하거든요.」

전에 포와로가 나에게 여러 번 말한 적도 있지만, 그는 도라 그레이 양을 별로 좋게 생각하지 않았다. 그러나 이 순간 그의 태도가 완전히 바뀌었다. 그는 부드럽게 그녀를 위로해 주었다. 역시 포와로도 나처럼 곤경에 빠져 있는 미인에게는 무관심할 수 없는 모양이었다.

그는 다정하게 그녀의 어깨를 두드리면서 말했다.

「너무 긴장하지 말아요. 우리는 모두 침착해야 합니다. 그 사람이 나타나면 당신은 틀림없이 알아볼 수 있을 겁니다.」

「당신이 그걸 어떻게 아세요?」

「오, 여러 가지 이유가 있지만, 그 중의 하나는 빨강색 다음에는 검은색이 온다는 말과 같은 거지요.」

「그것이 무슨 뜻입니까, 포와로?」

내가 물었다.

「그것은 노름판 위에 있는 숫자의 색을 말하는 것이네. 룰렛이라는 노름판에서 검은색에 구슬이 자주 떨어지지만, 결국은 빨강색으로도 구슬이 떨어지게 마련이네. 그것은 수학적 법칙이라고도 할 수 있지. 곧, 확률을 말하는 것이네.」

「행운의 확률이란 말이지요?」

「맞아, 헤이스팅스. 도박꾼은 그런 것을 염두에 두지 않아. 살인자도 일종의 도박꾼이라고 할 수 있는데, 그는 돈 대신에 생명을 걸고 있는 셈이지. 도박꾼들은 자기가 한두 번 돈을 따면 그것이 계속될 줄 믿고——돈을 많이 땄을 때 그만둬야 하는 좋은 기회를 놓치고——계속하게 되지. 하지만 그들은 모두 털리게 마련이야. 살인자의 경우도 마찬가지지. 범행이 몇 번 성공하면 그 성공이 이어지리라 믿고 계속하게 되지만, 결국 아무리 치밀하게 계획된 범행이라도 언젠가는 실패하게 되는 것과 마찬가지라네.」

「그것은 좀 지나친 비유가 아닐까요?」하고 프랭클린 클라크가 반대했다.

포와로는 강하게 손을 흔들면서 말했다.

「아닙니다. 절대로 아닙니다. 살인도 하나의 행운에 대한 도전이라고 할 수 있소. 그러나 행운이 우리 마음에 든다고 하더라도 우리를 위해서 미소를 지어야만 우리의 것이 되는 거요. 가령 범인이 애셔 부인을 죽이고 그 가게를 나가려고 할 때, 누군가가 그 가게로 들어와서 계산대 뒤에 쓰러져 있는 부인의 시체를 발견했었다면, 그는 즉시 경찰에 달려가 범인의 인상을 자세하게 설명할 겁니다. 그러면 범인은 쉽게 잡혔겠지요.」

「가능한 이야기로군요. 결국 범인이 아직 잡히지 않고 있는 것은, 그에게 행운이 따랐기 때문이라는 것이군요.」하고 클라크가 포와로의 말을 인정했다.

「그렇소. 살인자도 도박꾼과 똑같습니다. 그도 도박꾼처럼 언제 그만두어야 할지 판단을 못하지요. 범행이 몇 차례 성공하게 되면 살인자는 자신의 능력을 과대 평가하게 됩니다. 그래서 결국 그는 확률을 무시해 버리고 자신이 매우 영리하다는 생각만 하게 됩니다. 곧, 운이 좋아서 범행에 성공한 것은 잊어버리고, 자신의 영리함만을 의식하게 된다는 것이지요. 하지만 노름판 위의 구슬은 항상 같은 숫자 위에 떨어지지는 않습니다. 언젠가는 새로운 숫자 위에 떨어지게 되지요.」

「그럼 이번 사건도 그렇게 될 거라고 생각하세요?」하고 메건이 이마를 찡그리면서 물었다.

「곧 그렇게 될 겁니다. 지금까지 행운은 범인에게 있었지만, 그것은 조만간 우리와 함께 있게 될 거요. 나는 확신합니다. 양말의 실마리를 잡은 것이 시작입니다. 지금까지는 범인에게 행운이 따랐지만, 이제부터는 불운이 따를 겁니다. 그러면 그는 실수도 하겠지요…….」

「아주 좋은 말씀입니다.」

프랭클린 클라크가 말했다.

「우리는 지금 위안이 필요한 때입니다. 나도 가끔 이번 사건에 대해 어쩔 수 없는 절망감을 느끼곤 한 것이 사실입니다.」

「하지만 포와로 씨의 이야기가 실제로 얼마나 도움이 될는지가 의문입니다.」

도널드 프레이저가 말했다.

메건이 엄격하게 말했다.

「그렇게 부정적으로 생각하지 말아요, 도널드.」

메리 드로워가 약간 얼굴을 붉히며 말했다.

「제 말 뜻을 이해하실지 모르겠지만, 범인도 이곳에 있고 우리도 역시 이곳에 있어요. 가끔 우리는 우습게 사람을 만나게 되는 경우가 있잖아요.」

나는 잠자코 있다가 약간 언성을 높여서 말했다.

「우리는 범인을 찾아야 합니다. 우연히 만나게 될 가능성 따위를 생각해서는 안 됩니다.」

「헤이스팅스 씨, 지금 경찰에서는 할 수 있는 것은 모두 하고 있습니다. 특별 수사반도 순찰을 하고 있습니다. 크롬 형사는 약간 급한 편이기는 하지만, 매우 유능한 사람입니다. 앤더슨 대령과 경찰서장도 행동적인 사람들입니다. 그들은 시내와 경마장을 감시하기 위한 모든 조치를 취했습니다. 그리고 사복 형사들도 배치되어 있습니다. 또한 방송과 신문에서도 일제히 보도했기 때문에 시민들도 모두 경계하고 있을 겁니다.」

도널드 프레이저는 머리를 흔들었다.

「제 생각입니다만, 범인은 계획대로 범행을 저지르지 않을 것 같습니다.」 그는 더욱 확신에 차서 말했다.

「그는 미친 녀석일 테니까요.」

「그렇게 되면 우리에게는 불행이지요.」

클라크가 담담하게 말했다.

「미치광이라! 포와로 씨, 당신은 어떻게 생각합니까? 범인이 과연 프레이저 씨 말대로 범행을 포기할까요, 아니면 계획대로 계속 진행할까요?」

「내 생각으로는, 범인은 강박 관념 때문에 범행을 계속할 것 같습니다. 그가 만일 범행을 포기한다면, 그것은 자기의 실패를 인정하는 것과 마찬가지가 될 테니까요. 그것은 그의 자존심이 허락하지 않을 겁니다. 이것은 톰슨 박사도 말한 것이지요. 또한 우리도 그가 계획대로 범행을 저지르기를 바라야겠지요.」

도널드는 다시 고개를 저었다.

「하지만 범인은 교활한 놈입니다.」

포와로는 시계를 들여다보았다. 우리는 그 이유를 알고 있었다. 우리는 오전에는 가능한 대로 많은 거리를 순찰하고, 오후에는 범행 가능성이 많은 경마장의 구석구석에서 감시하기로 되어 있었다.

나는 ABC 범인을 슬쩍 본 적도, 또 나도 모르게 마주친 적도 없을 것이기 때문에 내가 순찰하는 것은 별 의미가 없었다. 그래서 넓은 범위를 감시하기 위해서 혼자 있을 수도 있었지만, 나는 여자들 중의 한 명을 보호하겠다고 나섰다.

포와로도 내 말에 선뜻 동의했다――그는 나를 향해 눈을 찡긋해 보였다.

여자들은 모자를 가지러 갔다. 도널드 프레이저는 생각에 잠긴 모습으로 창가에 서 있었다.

프랭클린 클라크가 그를 잠깐 쳐다보고는, 다른 사람들에게 들리지 않을 정도로 작은 목소리로 포와로에게 말했다.

「포와로 씨, 처스턴에 가서 우리 형수님을 만나셨죠? 형수님이 무슨 이상한 말씀을 안 하시던가요?」

그는 말을 멈추고는 상기된 얼굴로 포와로의 대답을 기다렸다.

포와로는 어리둥절한 얼굴로 그에게 말했다. 나는 그의 얼굴 표정에서 강한 의혹을 느꼈다.

「이상한 말씀이라뇨? 무엇을 말하는 겁니까?」

프랭클린 클라크가 얼굴을 붉히며 말했다.

「이런 다급한 때에 개인적인 문제를 말해도 될지 모르겠습니다만——.」

「괜찮습니다.」

「하지만 사실은 알려야 된다고 생각해서 말씀드리는 겁니다.」

「물론이지요.」

포와로는 솟구쳐 올라오는 흥분을 감추며 부드러운 얼굴 표정을 지었는데, 클라크는 그런 그의 표정을 좀 이상하게 생각하는 것 같았다. 포와로의 표정에서 심각한 면이 엿보였기 때문이다.

「형수님은 매우 훌륭한 분입니다——나는 그분을 존경해 왔습니다——그런데 그분이 병에 걸렸습니다——그런 종류의 병이——그래서 형수님은 여러 가지 약을 복용하지요——그래서인지 요즈음 사람들에 대해 오해를 자주 하는 것 같습니다.」

「오, 저런!」

지금까지 포와로가 아무때나 눈을 반짝인 적은 없었다.

그러나 프랭클린 클라크는 그것을 눈치채지 못하고 사무적인 태도로 계속해서 말했다.

「그것은 특히 도라 그레이 양에게 심했습니다.」

「오, 그레이 양에게 말이죠?」하고 되묻는 포와로의 목소리에는 놀라움이 섞여 있었다.

「예, 형수님은 그레이 양에 대해 잘못 생각하신 것 같아요——그레이 양이 워낙 예쁘니까요——.」

「오, 이해가 갑니다.」하고 포와로가 말했다.

「원래 아무리 예쁜 여자라도 다른 여자에게 질투를 느끼는 법이니까요. 물론 그레이 양은 형님에게 어울리는 여자가 아닙니다——형님은 언제나 그녀가 훌륭한 비서라고 칭찬했지요——물론 그렇게 유능했기 때문에 형님이 그녀를 좋아했겠지요——하지만 거기에는 별다른 뜻은 없습니다——물론 그레이 양도 그럴 여자가 아니니까요——.」

「그래서요?」하고 포와로는 그의 말에 대꾸했다.

「하지만 형수님은 그레이 양을 질투했습니다. 형님이 살아 있을 때는 그래도 자제했던 것 같은데, 형님이 돌아가신 뒤에 그 감정이 폭발한 겁니다. 형수님은 그레이 양을 더 이상 머물게 할 수 없다고 하셨어요. 물론 그것은 병과 약 탓도 있겠지요. 캡스틱 간호사도 그렇게 말하더군요. 하지만 형수님만 탓할 수는 없습니다.」

그는 잠시 말을 멈추었다.

「그랬군요!」

「포와로 씨——하지만 형님과 그레이 양 사이에는 아무 일도 없었습니다. 이것을 알아 두셔야 합니다. 그것은 단지 병에 걸린 형수님의 질투심일 뿐입니다. 그리고, 이것은 내가 말레이시아에 있을 때 형님에게서 받은 편지입니다. 한번 읽어 보십시오. 그러면 형님과 그레이 양의 관계를 정확하게 이해할 수 있을 겁니다.」

포와로는 그것을 받았다. 프랭클린 클라크는 그의 옆에 서서 중요한 부분을 손가락으로 가리키며 큰소리 내어 편지를 읽었다.

——이곳은 별일없이 잘 지내고 있다. 샬로트도 조금 회복된 것 같다. 그리고 너 도라 그레이 양을 기억하고 있는지 모르겠다. 그녀는 나에게 큰 위안이 되고 있다. 내가 처리하지 못하는 일을 도맡아서 해 주고 있지. 그녀는 아주 열성적이고, 또 중국 예술품에 대해 조예도 깊다. 나는 그녀와 함께 일하게 된 것을 행운으로 생각하고 있다. 그녀가 마치 내 딸과 같은 기분이 들 때도 있다. 아마 딸이라도 이것보다 더 친하고 아껴 줄 수는 없을 것 같다. 그녀는 아주 어렵고 불우하게 지낸 모양이더라. 하지만 지금은 내 집에서 즐겁게 지내고 있어서 내 마음도 아주 기쁘다.

「보셔서 아시겠지만, 형님은 그레이 양을 마치 친딸처럼 생각했습니다. 그런데 형수님은 형님이 돌아가시자마자 그녀를 집에서 내보냈습니다. 여자들이란 모두 똑같은 모양이에요, 포와로 씨.」

「하지만 당신의 형수님은 병을 앓고 있지 않소?」

「나도 그 점은 인정합니다. 하지만 내가 이 편지를 보여 드린 것은 당신이 형수님의 말만 믿고 그레이 양을 잘못 판단하지나 않을까 하는 염려 때문입니다.」

포와로는 편지를 그에게 돌려주었다.

「당신의 뜻은 이해하겠소.」

그는 웃으면서 말했다.

「하지만 나는 다른 사람의 말만 듣고 사람을 판단하지는 않습니다. 그것보다는 내 자신의 판단을 중요하게 여기지요.」

「역시 이 편지를 당신에게 보여 드리기를 잘한 것 같군요. 저기 여자분들이 오는군요. 우리도 그만 떠나는 게 좋겠습니다.」하고 말하며 클라크는 편지를 주머니 속에 집어넣었다.

우리가 떠나기 전에 포와로가 나를 불렀다.

「자네도 함께 갈 건가, 헤이스팅스?」

「오, 물론이지요. 이곳에 있어 보았자 별 다른 수도 없을 테니까요.」

「자네, 몸도 마음도 아주 열성적이군, 헤이스팅스.」

「그 말은 나보다 당신에게 어울리는 것 같습니다.」

「자네는 역시 영리해. 아직도 어떤 여자를 보호해 주고 싶은가?」

「그렇습니다.」

「그렇다면 누구와 함께 가고 싶은가?」

「그것은——글쎄——아직 결정하지 못했어요.」

「메건 바너드 양은 어떤가?」

「그녀는 좀 독립적인 성격이라서——.」 하고 내가 중얼거렸다.

「그렇다면, 그레이 양은?」

「그래요. 그녀가 좋을 것 같군요.」

「알았네. 매우 솔직하군, 헤이스팅스. 미인과 같이 있고 싶다 그거지? 아주 잘 결정했네!」

「왜 그러는 겁니까, 포와로?」

「하지만 미안하게도 자네는 다른 사람과 함께 가야겠네.」

「오, 알겠어요. 당신이 그 미인과 함께 있고 싶은 모양이군요.」

「자네는 메리 드로워 양을 보호해 주게——그녀 곁을 떠나서는 안 돼.」

「이유가 뭡니까?」

「그녀 이름이 D로 시작되기 때문이야. 범인에게 기회를 주어서는 안 되네.」

나는 그의 말에 일리가 있다는 것을 알았다. 처음에는 나를 억지로 그녀와 함께 가게 하려고 그러는 것이라고 생각했다. 그러나 ABC 범인이 포와로를 시기하고 있다면, 틀림없이 포와로의 허를 찌를 것이다. 그렇다면 메리 드로워를 네 번째 희생자로 삼고 있을지도 모르는 일이다.

나는 그의 말대로 하겠다고 약속했다.

나는 창가의 의자에 앉아 있는 포와로를 남겨 두고 밖으로 나갔다.

그의 앞에는 룰렛 기구가 놓여 있었다. 내가 문을 열고 밖으로 나가려고 할 때, 그는 구슬을 던졌다. 그리고는 내 뒤에다 대고 외쳤다.

「빨강색——좋은 징조야, 헤이스팅스. 행운이라고.」

제 24 장
헤이스팅스 대위가 모르는 이야기

리드배터는 옆자리에 앉아 있던 남자가 일어서서 그의 앞에서 머뭇거리며 떨어뜨린 모자를 주우려고 서성거리는 바람에 화가 나서 투덜거렸다.

그것은 그가 1주일 전부터 구경하려고 계속 벼르던 비애와 아름다움의 극치인 영화 '한 마리의 참새도'의 클라이맥스 부분이었기 때문이었다.

그 부분에서는 금발의 여주인공인 캐서린 로열(리드배터는 그녀가 세계 제일의 여배우라고 생각했다.)이 화가 나서 쉰 목소리로 악을 쓰려고 하는 순간이었다.

「절대로 안 돼. 나는 곧 굶어 죽을지도 몰라. 하지만 나는 그렇게 되지는 않을 거야. 이 말을 기억해 둬. 참새는 한 마리도 떨어지지 않는다는 것을――.」

리드배터는 안달하며 머리를 오른쪽, 왼쪽으로 돌렸다. 이런 제기랄! 사람들은 도대체 왜 영화가 끝나기도 전에 자리를 뜨는 거지……

지금처럼 중요한 순간에 말이야.

하지만 그는 만족했다. 귀찮게 서성거리던 남자가 지나가자, 그는 캐서린 로열이 뉴욕의 밴 슈라이너 아파트 창가에 서 있는 장면을 완전하게 볼 수가 있었다.

그리고 그녀가 아기를 팔에 안고 기차를 타려고 하는 장면으로 바뀌었다. 미국에 있는 새로운 기차였다——영국 기차가 아니었다.

다음 장면은 스티브가 산 위의 오두막집에 서 있는 장면이었다.

영화는 감정적이고 조금은 종교적인 여운을 남기며 끝났다.

영화관에 불이 켜졌을 때, 리드배터는 매우 만족스러운 듯이 한숨을 내쉬었다.

그는 눈을 깜박거리며 천천히 일어섰다.

그는 언제나 영화가 끝나고 나서도 서둘러서 영화관을 나서지 않았다. 그것은 영화를 보면서 빠졌던 환상을 현실 생활로 돌리기 위한 시간이 필요했기 때문이었다.

그는 주위를 둘러보았다. 사람들은 그리 많지 않았다. 많은 사람들이 경마장으로 갔기 때문일 거라고 그는 생각했다. 리드배터는 경마, 노름, 술, 그리고 담배 등은 별로 좋아하지 않았다. 그래서 영화를 보러 온 것이다.

많은 사람들이 출구 쪽으로 서둘러 나가고 있었다. 리드배터도 나갈 준비를 하고 있었다. 그런데 그의 앞자리에 있는 사람은 잠이 들었는지 아직도 의자에 푹 기대어 앉아 있었다. 리드배터는 '한 마리의 참새도'처럼 좋은 영화를 보면서 잠을 자는 사람에게 은근히 화가 치밀었다.

그리고 그 잠든 남자의 다리가 통로를 막고 있었기 때문에 지나가던 신사가 화가 나서 말했다.

「실례합니다.」

리드배터는 벌써 출구에 가까이 와 있었으나, 문득 뒤를 돌아다보았다.

무슨 소동이 일어난 것 같았다. 수위가 달려왔다……많은 사람들이 웅성거리며 모여들었다……아마 앞에 앉아 있던 남자가 잠든 것이 아니라 술에 취한 모양이군…….

그는 조금 망설이다가 밖으로 나왔다——그렇게 해서 그는 그날의 놀라운 일을 놓치고 말았다——경마에서 낫 하프가 85대 1로 이긴 것보다도 더 놀라운 일을——.

수위가 말했다.

「여보세요, 괜찮습니까?……아픈 모양이군……괜찮아요?」

어떤 신사가 그 남자를 깨우려고 그의 몸에 손을 대었다가 잠시 뒤 비명과 함께 손을 떼었다. 신사의 손에는 새빨간 피가 묻어 있었다.

「아, 피, 피!」

수위는 공포에 질려 소리를 질렀다.

그는 의자 밑에 떨어져 있는 노란색 물건을 보았다.

「이럴 수가! 저것은——ABC 철도 안내서야!」

제 25 장
헤이스팅스 대위가 모르는 이야기

커스트는 리걸 극장을 빠져 나와서 하늘을 쳐다보았다.

아름다운 오후——정말로 아름다운 오후였다…….

브라우닝의 시 구절이 머리에 떠올랐다.

'하나님께서 하늘에 계시니 세상은 평화롭도다.'

그는 그 구절을 무척 좋아했다.

하지만 그 말은 사실이 아니라고 느껴질 때가 종종 있었다.

그는 속으로 미소를 지으면서, 그가 묵고 있는 블랙 스완 여관으로 돌아왔다.

그가 방에 들어섰을 때 그의 미소는 갑자기 사라졌다.

그의 소맷자락에 어떤 얼룩이 묻어 있었다. 그는 그것을 만져 보았다——축축하고 붉은색이었다——그것은 바로 피였다…….

그는 주머니 속에서 무언가를 끄집어냈다——그것은 길고 날카로운 칼이었다. 칼날에는 역시 끈적끈적하고 붉은 액체가 묻어 있었다.

커스트는 한참 동안 자리에 앉아 있었다.

그는 마치 먹이를 찾는 동물처럼 방을 둘러보았다.

그리고는 발작적으로 혀로 입술을 핥았다.

「이것은 내 잘못이 아니야.」 하고 커스트는 중얼거렸다.

그는 누군가와 논쟁을 벌이고 있는 것 같았다——마치 선생님에게 반박하는 학생처럼.

그는 다시 혀로 입술을 핥았다. 그리고는 소맷자락을 다시 내려다보았다.

그는 방에 있는 세면기 쪽으로 눈을 돌렸다.

잠시 뒤에 그는 구식 주전자에 담긴 물을 세면기에 부었다. 그리고 외투를 벗어서 소매를 빨고 신중하게 비틀어 짰다.

아! 그 물은 금방 새빨갛게 변했다.

그때 노크 소리가 났다.

그는 얼어붙은 듯이 빳빳해져서 문 쪽을 바라보았다.

문이 열렸다. 그리고 젊고 뚱뚱한 여종업원이 주전자를 들고 들어왔다.

「실례합니다. 더운물을 가져왔어요.」

그는 간신히 그 말에 대답했다.

「고마워요——지금 찬물로 씻고 있던 참입니다…….」

그는 왜 그렇게 말했을까? 이윽고 그녀의 눈길이 세면기 쪽으로 향했다.

그는 허둥지둥 말했다.

「저, 손을 베어서…….」

잠시 침묵이 흘렀다——매우 긴 침묵이었다——그녀는 말했다.

「아, 예.」

그녀는 문을 닫고 나갔다.

커스트는 돌처럼 움직이지 않고 그 자리에 서 있었다.

올 것이 왔구나——마침내…….

그는 밖에서 나는 소리에 귀를 기울였다.

계단을 올라가는 발소리와 떠드는 목소리인 것 같았다.

하지만 그의 귀에는 자신의 심장이 뛰는 소리만이 들릴 뿐이었다.

꼼짝 않고 있던 그가 갑자기 움직였다.

그는 외투를 입고 문을 살그머니 열고는, 발소리를 죽이며 계단을 내려갔다. 홀에서 간간이 들려 오는 소리 이외에는 아무 소리도 들리지 않았다.

다행히 아래층에는 아무도 없었다. 그는 계단 끝에서 잠시 멈추었다. 어디로 갈까?

그는 나갈 길을 정하고는 급히 문을 열고 밖으로 나갔다.

운전사들이 차를 세워 놓고 경마 이야기를 하고 있었다.

커스트는 마당을 지나 급히 거리로 나섰다.

그는 먼저 오른쪽으로 돌았다——그리고 왼쪽으로——다시 오른쪽으로…….

역으로 가도 괜찮을까?

그래——그곳에는 사람들이 붐빌 것이다——임시 열차가 있을 거야——행운이 따른다면 그것을 탈 수 있을 것이다.

행운만 따른다면…….

제 26 장
헤이스팅스 대위가 모르는 이야기

크롬 형사는 리드배터가 흥분해서 하는 이야기를 듣고 있었다.

「나는 그때의 일을 생각하면, 심장이 멈추어 버릴 것만 같습니다. 그는 영화가 상영되는 동안 줄곧 내 옆에 앉아 있었다고요!」

크롬 형사는 리드배터의 기분은 아랑곳하지 않고 말했다.

「확실하게 말씀해 보십시오. 그 사람은 영화가 끝날 때쯤에 밖으로 나갔다는 말입니까?」

「그 영화 제목은 '한 마리의 참새도'였습니다――캐서린 로열이 여주인공이었지요.」하고 리드배터는 무의식적으로 중얼거렸다.

「그 사람은 당신 앞을 지날 때 조금 머뭇거렸다고 했지요――?」

「지금 생각해 보니, 그는 머뭇거리는 체했을 뿐입니다. 모자를 줍는 체하고 고개를 숙이면서 앞에 있던 사람을 찔렀을 겁니다.」

「당신은 그때 아무 소리도 듣지 못했습니까? 비명이나 신음 소리 같은 것 말입니다.」

사실 그때 리드배터는 영화에 정신이 팔려 있었기 때문에, 캐서린 로열의 거친 목소리밖에 듣지 못했다. 그러나 그는 상상으로 신음 소리가 났을 것이라고 생각하고 들었다고 말했다.

크롬 형사는 신음 소리를 들었다는 그의 대답에 더욱 흥미를 가지고 계속하게 했다.

「그리고 그는 밖으로 나갔습니다——.」

「그 사람의 인상을 기억하고 있습니까?」

「키가 컸습니다. 아마 6피트(약 182cm)는 될 겁니다.」

「금발이었습니까, 아니면 검은색이었습니까?」

「정확히는 기억이 나지 않지만, 대머리였던 것 같습니다. 인상이 매우 음흉한 사람이었습니다.」

「혹시 다리를 절진 않던가요?」하고 크롬 형사가 신중하게 물었다.

「당신의 말을 듣고 보니, 다리를 절었던 것 같기도 합니다. 어두워서 잘 보지는 못했지만, 혼혈아 같기도 했습니다.」

「그 사람은 영화가 시작되기 직전에——그러니까 불이 켜져 있을 때 자리에 앉아 있었습니까?」

「아닙니다. 그는 영화가 시작한 뒤에 들어왔습니다.」

크롬 형사는 머리를 끄덕이고는 리드배터를 돌려 보냈다.

「몹시 애먹이는 증인이군.」하고 그는 못마땅하다는 듯이 말했다.

「남의 말에 따라서 증언을 하다니——그는 범인의 인상을 전혀 모르고 있어. 그 극장의 수위를 불러오게.」

수위는 매우 자세가 곧고 군인다운 태도를 지니고 있었다. 그는 들어와서는 앤더슨 대령에게 시선을 고정시켰다.

「자, 제임슨 씨, 그때의 일을 자세하게 이야기해 보십시오.」

제임슨은 이야기를 시작했다.

「영화가 끝났을 때, 객석에 환자처럼 보이는 사람이 있다는 이야기를 들었습니다. 그래서 달려가 보니, 그 사람은 마치 잠들어 있는 듯이 의자에 깊숙이 앉아 있었지요. 그리고 많은 사람들이 웅성거리며 모여 있었습니다. 그 중의 한 사람이 잠든 것 같은 사람에게 손을 대어 보니 외투에 피가 묻어 있었습니다. 그 사람은 죽었던 겁니다—— 칼에 찔려서 말입니다. 그리고 의자 밑에는 ABC 철도 안내서가 떨어져 있었습니다. 그래서 나는 현명하게 처신해야 한다는 생각이 들어 더 이상 아무것도 손대지 못하게 하고 곧 경찰에 알렸던 거지요.」

「잘했습니다, 제임슨 씨. 아주 올바르게 행동했습니다.」

「감사합니다.」

「영화가 끝나기 5분 전쯤에 나가는 사람을 보지 못했습니까?」

「몇 사람 있었습니다.」

「그 사람들을 기억할 수 있습니까?」

「모두는 기억하지 못합니다. 한 사람은 제프리 파넬 씨였고, 또 한 사람은 애인과 함께 온 샘 베이커였습니다. 다른 사람은 기억이 나지 않습니다.」

「좋습니다, 제임슨 씨.」

「수고하십시오.」 하고 말하고는 수위는 돌아갔다.

「의학적인 검사를 해보아야겠군.」 하고 앤더슨 대령이 말했다.

「다음 목격자를 만나 봅시다.」

그때 경관이 들어와서 보고했다.

「포와로 씨와 어떤 신사분이 오셨습니다.」

크롬 형사는 얼굴을 찌푸렸다.

「그래, 좋아. 들어오시라고 하게.」

제 27 장
돈캐스터 살인

나는 포와로의 뒤를 따라 들어갔기 때문에, 크롬 형사가 한 말의 끝 부분만을 들었다.

우리가 들어갔을 때, 크롬과 경찰서장은 매우 걱정스럽고 낙담한 표정을 짓고 있었다.

앤더슨 대령이 우리에게 인사를 했다.

「잘 오셨습니다, 포와로 씨.」 하고 그는 정중하게 말했다. 그는 우리가 크롬의 말을 들었을 거라고 추측하고 있는 것 같았다.

「당신도 아시겠지만, 또 당했습니다.」

「또, ABC 살인입니까 ?」

「그렇습니다. 아주 대담하게 저질렀습니다. 의자에 앉아 있는 남자의 등을 칼로 찔러서 죽였습니다.」

「칼로 찔렀다고요 ?」

「그렇습니다. 범행 방법이 다양합니다. 흉기로 머리를 때리고, 목을 조르고, 이번에는 칼로 찌르고, 정말 악마 같은 놈입니다――원하신다면, 여기 피살자의 의학적인 진단이 있습니다.」
그는 포와로에게 서류를 건네주었다.
「그리고 피살자의 발 밑에 ABC 철도 안내서가 있었습니다.」 하고 그는 덧붙였다.
「피살자의 신원은 확인되었습니까?」
포와로가 물었다.
「예. 그런데 이번엔 ABC가 실수를 한 것 같습니다——그것이 우리에게 조금 위안이 될 수도 있겠지만, 피살자는 얼즈필드라는 사람입니다——조지 얼즈필드. 직업은 이발사입니다.」
「그것 참 이상하군요.」 하고 포와로가 말했다.
「범인이 의도적으로 한 자를 뛰어넘은 것이 아닐까요?」 하고 대령이 말했다.
포와로는 의심스럽다는 듯이 고개를 흔들었다.
「다음 목격자를 만나 보도록 합시다.」
크롬이 말했다.
「그는 빨리 집으로 가고 싶어한다니까요.」
「그럽시다——들어오라고 하죠.」
마치 '이상한 나라의 앨리스'에 나오는 개구리를 닮은 한 중년 신사가 들어왔다. 그는 몹시 흥분했으며, 감정이 복받쳐 목소리가 떨리고 있었다.
「정말 끔찍한 일입니다.」 하고 그는 떨리는 목소리로 말했다.
「나는 심장이 약한 편이라서요——매우 약합니다. 나는 하마터면 심장 마비로 죽는 줄 알았습니다.」
「이름이 무엇입니까?」 하고 크롬 형사가 물었다.
「다운스입니다. 로저 이마누엘 다운스.」
「직업은?」

「하이필드 중학교의 교장입니다.」
「자, 다운스 씨, 진정하시고 그때의 상황을 자세하게 이야기해 보십시오.」
「간단하게 말하겠습니다. 영화가 끝났을 때, 나는 자리에서 일어섰습니다. 내 왼쪽 자리는 비어 있었고, 그 옆에 어떤 남자가 잠들어 있는 것처럼 앉아 있었습니다. 그런데 그 남자의 발이 통로를 가로막고 있었기 때문에 지나갈 수가 없었습니다. 그래서 그에게 다리를 치워 달라고 말했지요. 그러나 그는 꼼짝도 하지 않았습니다. 나는 더 큰 소리로 말했습니다만, 그는 여전히 그대로 앉아 있었습니다. 나는 화가 나서 그를 깨우려고 어깨를 흔들었더니, 그 사람은 더 깊숙이 의자에 파묻히는 거였습니다. 그래서 그 사람이 몹시 아픈가 보다 하고 사람들에게 수위를 불러 달라고 했지요. 수위가 왔을 때, 나는 다시 한 번 그 사람의 어깨를 잡고 흔들었습니다. 그런데 그 사람의 옷이 붉게 물들어 있는 거였습니다. 칼에 찔려서 죽어 있었던 거죠. 그때 수위가 그 사람 의자 밑에 떨어져 있던 ABC철도 안내서를 발견했습니다.
……정말 무서운 일입니다. 그런 일이 일어나다니! 나는 몇 년 전부터 심장병으로 고생하고 있습니다——.」
앤더슨 대령은 다운스를 뚫어지게 쳐다보다가 말했다.
「당신은 정말 행운입니다, 다운스 씨.」
「나도 그렇게 생각합니다. 하지만 아직까지도 가슴이 두근거립니다.」
「그런 뜻이 아닙니다. 당신은 한 칸 건너서 앉아 있었다고 했지요?」
「사실 처음에는 죽은 사람 옆에 앉아 있었습니다. 그런데 옆자리가 비어 있기에 영화를 더 잘 보려고 그 사람과 한 칸을 사이에 두고 앉았던 겁니다.」

「당신은 피살자와 키와 몸집이 아주 비슷합니다. 그리고 피살자처럼 모직 목도리도 두르고 있었지요?」

「피살자를 잘 보지는 못했습니다만——.」하고 다운스는 목소리가 굳어서 말했다.

「당신은 정말로 운이 좋았습니다. 범인은 당신을 노리고 왔다가 혼동한 겁니다. 그러니까 범인은 당신을 잘못 알고 다른 사람을 죽였다는 말입니다. 내 말이 틀림없습니다.」하고 앤더슨 대령이 말했다.

그 말을 듣자 다운스는 심장에 이상이 생겼는지, 의자에 파묻히면서 숨을 헐떡거렸다. 그리고 이내 얼굴이 보랏빛으로 변했다.

「무, 물, 물을…….」

누가 물을 가져다 주었다. 물을 마시고 나자, 그의 얼굴빛이 조금 되살아났다.

「나를 노렸다고?」하고 그는 외쳤다.

「왜 나를 노렸을까요?」

「그렇게 되어 있었으니까요. 그것이 범행에 대한 유일한 설명입니다.」하고 크롬 형사가 말했다.

「그렇다면 그놈이——그놈——그 사람의 탈을 쓴 악마가——그 피에 굶주린 미치광이가 기회를 노리며 나를 계속 따라왔다는 말입니까?」

「그렇습니다.」

「그런데 도대체 왜 나를 노렸을까요?」하고 그는 화가 난 교장 선생의 말투로 외쳤다.

크롬 형사는 그 물음에 대답을 하려다가 대신 이렇게 말했다.

「원래 미치광이의 짓에는 이유가 없습니다.」

「주여, 저를 보호하소서!」하고 다운스는 흐느꼈다.

그는 자리에서 일어섰다. 갑자기 나이를 먹고 늙은 것처럼 보였다.

「더 물어 볼 말이 없다면, 이만 돌아가겠습니다——몸이 몹시 불편합니다.」

「좋습니다, 다운스 씨. 경관을 한 명 딸려 보내겠습니다. 편히 모셔다 줄 겁니다.」

「호의는 고맙습니다만, 괜찮습니다.」

「그렇게 하십시오.」하고 앤더슨 대령이 퉁명스럽게 말했다.

그는 주위 사람들을 둘러보더니, 다른 사람들도 모두 그렇게 해야 한다는 걸 알아차리고는 순순히 승낙했다.

다운스는 몸을 떨면서 밖으로 나갔다.

「범인이 자기의 실수를 발견하고, 다시 범행을 시도할지도 모르니까 주의해야 하네.」

앤더슨 대령이 말했다.

「예, 라이스 형사에게 다운스 씨를 보호하고, 집 주위를 지키라고 지시했습니다.」

「ABC가 정말 자기의 실수를 안다면, 다시 범행을 시도할까요?」하고 포와로가 말했다.

앤더슨은 고개를 끄덕였다.

「가능성이 있습니다. 녀석은 알파벳 순서를 까다롭게 따지는 놈입니다. 범인이 자기의 계획대로 되지 않은 것을 알게 되면, 틀림없이 마음속에서 동요가 일어날 겁니다.」하고 그가 말했다.

포와로는 깊이 생각하다가 고개를 끄덕였다.

「범인의 인상을 알 수 있는 좋은 기회였는데, 우리는 다시 어둠 속으로 빠진 것 같습니다.」하고 앤더슨 대령이 화가 난 듯이 말했다.

「곧 결말이 날 겁니다.」하고 포와로가 말했다.

「정말 그렇게 생각합니까? 물론 그래야지요. 하지만 우리는 아직 범인의 인상도 모르지 않습니까?」

「인내를 가지십시오.」 하고 포와로가 말했다.
「매우 자신이 있는 모양이군요, 포와로 씨. 무슨 단서라도 찾았습니까?」
「예, 앤더슨 대령. 지금까지 범인은 실수를 하지 않았지만, 머지 않아 실수를 저지를 겁니다.」
「그것을 단서라고 한다면——.」 하고 서장은 코웃음치며 이야기하려고 했지만, 곧 방해를 받았다.
「블랙 스완 여관 주인인 볼 씨와 여종업원이 와 있습니다. 도움이 될 만한 이야기를 해줄 겁니다.」
「데려오게. 지금은 지푸라기라도 있으면 잡아야 할 처지니까.」
블랙 스완 여관 주인인 볼은 몸집이 크고, 우둔해 보이는 사람이었다. 그에게서는 역겨울 정도로 심한 맥주 냄새가 풍겼다. 그 옆에는 얼마나 흥분했는지 젊고 뚱뚱한 여종업원이 눈을 크고 동그랗게 뜨고 있었다.
「귀중한 시간을 빼앗아서 죄송합니다.」
볼이 느리고 굵은 목소리로 말했다.
「여기 있는 메리가 여러분에게 말씀드릴 이야기가 있다고 해서 데리고 왔습니다.」
메리는 미소를 지어 보였다.
「무슨 말입니까? 참, 먼저 이름이 뭐죠?」 하고 앤더슨이 물었다.
「메리예요——메리 스트라우드.」
「자, 메리, 어서 말해 봐요.」
메리는 동그란 눈으로 주인을 바라보았다.
「메리는 우리 여관에서 손님들에게 더운물을 가져다 주는 일을 하고 있습니다. 우리 여관에는 6명 정도의 손님이 있는데, 그들은 대개 경마나 사업 문제로 묵고 있지요.」 하고 볼이 말했다.

「아, 좋습니다——.」
앤더슨이 조급하게 대답했다.
「두려워하지 말고 어서 말씀드려, 메리.」 하고 볼이 말했다.
메리는 숨을 몰아 쉬고, 신음 소리를 내며 이야기를 시작했다.
「저는 한 손님의 방에 더운물을 가지고 가서 방문을 두드렸어요. 그런데 아무 대답이 없기에 그냥 문을 열고 들어갔지요. 저는 항상 손님이 들어오라고 하면 들어가곤 했는데, 그때는 대답이 없어서 그냥 들어간 거예요. 그랬더니 그 방 손님이 손을 씻고 있더군요.」
그녀는 잠시 말을 멈추고는 깊게 숨을 쉬었다.
「계속해요.」 하고 앤더슨이 말했다.
메리는 여관 주인을 힐끗 바라보더니, 그가 천천히 고개를 끄덕이는 것을 보고 용기를 얻었는지 다시 이야기를 계속했다.
「저는 이렇게 말했어요. '더운물을 가져왔어요.' 그러자 그는 '고마워요……지금 찬물로 씻고 있던 참입니다…….'라고 했어요. 그래서 저는 그 손님이 씻고 있던 물을 보았습니다. 그랬더니 오! 그 물은 온통 붉은색이었어요!」
「붉은색?」 하고 앤더슨 대령이 날카롭게 말했다.
볼이 끼여들었다.
「메리는 그 손님이 외투를 벗어 소맷자락을 빨고 있었는데, 그것도 온통 젖어 있었다고 했습니다. 그렇지, 메리?」
「예, 그랬어요.」
메리가 말을 이었다.
「그리고 그 손님이 저에게 얼굴을 돌렸을 때, 그 표정이 얼마나 섬뜩했는지——마치 곧 죽을 사람 같았어요.」
「그것이 언제 일입니까?」 하고 앤더슨 대령이 날카롭게 물었다.
「5시 15분——아마 그쯤 되었을 거예요.」

「약 3시간 전이군.」하고 앤더슨 대령이 중얼거렸다.

「그런데 왜 곧바로 신고하지 않았습니까?」

「나는 그 이야기를 나중에 듣게 되었습니다.」하고 볼이 말했다.

「그 사건이 알려진 뒤에야 메리가 말하더군요. 메리는 그 손님의 방에 있던 세면기에 핏빛 물이 있었다고 하더군요. 그래서 자세한 이야기를 물어 본 뒤에 이상한 생각이 들어서 직접 위층으로 올라가 보았습니다. 그랬더니 방에는 아무도 없는 거였습니다. 마당에 있던 다른 여종업원에게 물어 보았더니, 어떤 남자가 슬쩍 빠져 나가는 것을 보았다고 하더군요. 바로 메리가 본 그 손님이었습니다. 그래서 아내에게 경찰에 신고해야겠다고 말했지요. 그런데 메리와 아내가 말리는 바람에 이렇게 늦어져 버렸습니다.」

크롬 형사는 그녀에게 종이 한 장을 건네주면서 말했다.

「그 사람의 인상을 말해 보십시오. 시간이 없으니까 가능한 대로 빨리 ――.」

「중간 키에 등이 굽었고, 안경을 썼어요.」하고 메리가 말했다.

「옷은?」

「검은 옷에 홈부르크 모자(챙이 좁고 꼭대기 가운데가 오목한 펠트제 중절 모자)를 쓰고 있었는데, 초라해 보이는 사람이에요.」

그녀는 약간 더 설명을 덧붙였다.

크롬 형사는 더 자세하게는 물어 보지 않았다. 그는 곧 여러 군데 전화를 걸었다. 하지만 서장도 크롬 형사도 안심할 수는 없었다.

크롬 형사는 그 손님이 마당으로 몰래 빠져 나갈 때 가방을 들지 않았다는 말을 다시 생각해 보는 것 같았다.

「아마 거기에 무슨 단서가 있을 겁니다.」하고 크롬이 말했다.

경관 두 명이 블랙 스완 여관으로 달려갔다.

자만심으로 우쭐해 있는 볼과, 약간 눈물을 글썽이는 메리가 그들과 함께 갔다.

약 10분 뒤에 한 경관이 돌아왔다.

「여기 숙박부를 가지고 왔습니다. 이것이 그 사람의 서명입니다.」

우리는 그 주위로 몰려들었다. 그 글씨는 작고 서툴러서 알아보기가 어려웠다.

「AB 케이스——캐시인가?」하고 서장이 말했다.

「어쨌든 ABC입니다.」하고 크롬이 의미 심장하게 말했다.

「그리고 짐은 어떻게 되었나?」하고 앤더슨 대령이 물었다.

「큰 가방이 하나 있었는데, 그 속에는 작은 마분지 상자가 가득 들어 있었습니다.」

「상자라고? 그 안에는 무엇이 들어 있던가?」

「양말이——명주 양말이 들어 있었습니다.」

크롬이 포와로를 쳐다보았다.

「축하합니다, 포와로 씨. 당신의 예감이 적중했습니다.」

제 28 장
헤이스팅스 대위가 모르는 이야기

크롬 형사는 런던 경시청의 사무실에 있었다.

책상 위에 있는 전화벨이 울리자, 그는 수화기를 들었다.

「재콥입니다. 중요한 정보를 제공하겠다는 젊은 청년이 찾아왔습니다.」

크롬 형사는 한숨을 쉬었다. 하루에 평균 20명 정도가 ABC 사건에 대한 정보를 제공하겠다며 찾아왔다. 그들 중에는 정신적 결함이 있는 사람들도 있었고, 진정으로 자기의 정보가 중요하다고 생각하는 사람들도 있었다. 재콥 경사는 그들 중에서 정말 쓸모 있는 정보를 가지고 오는 사람을 골라서 크롬 형사에게 보내는 것이 임무였다.

「좋아, 재콥. 데리고 오게.」

잠시 뒤에 노크 소리가 나고, 재콥 경사가 키가 크고 잘생긴 청년과 함께 들어왔다.

「톰 하티건 청년입니다. ABC 사건에 대해서 긴히 말씀드릴 게 있답니다.」

크롬 형사는 자리에서 일어나서 그와 웃으면서 악수를 했다.

「어서 오시오, 하티건 씨. 앉으십시오. 담배 피우겠습니까?」

톰은 약간 어색한 듯이 의자에 앉아서, 자신이 평소에 거물이라고 생각하는 경시청의 높은 사람들을 약간 두려움을 가지고 바라보았다. 하지만 크롬 형사를 보고 그는 실망했다. 크롬 형사는 보통 사람과 다른 게 한 가지도 없어 보였다.

「자, 말씀해 보지요. 중요한 이야기가 있어서 찾아왔다고 들었는데——.」

톰은 약간 긴장이 되어 이야기를 꺼냈다.

「물론 이것은 아무것도 아닐지도 모릅니다. 단지 저의 의견이기 때문에 형사님의 시간만 뺏게 되는 건지도 모르고요.」

크롬 형사는 다시 가볍게 한숨을 쉬었다. 지금까지 사람들에게 용기를 주기 위해 얼마나 많은 시간을 낭비해 왔던가!

「그것은 우리가 판단할 문제니까, 어서 말해 보십시오.」

「사실은——제게 여자 친구가 있습니다. 그녀의 어머니는 캠든 타운에서 하숙집을 하고 있습니다. 그런데, 그 집의 2층에 1년이 넘게 묵고 있는 커스트라는 남자가 있습니다.」

「커스트라고요.?」

「그렇습니다. 중년쯤 되는 사람인데, 멍청하고 연약하고——언제나 지쳐 있는 것처럼 보이는 사람입니다. 제 여자 친구는 그가 파리 한 마리도 죽이지 못할 사람이라고 하지만——제가 그 사람을 모함하려는 것은 절대 아닙니다만——어딘지 수상한 점이 있습니다.」

톰은 당황한 표정으로 그 말을 몇 번 되풀이했다. 그리고 유스턴 역에서 커스트를 만난 것과 그가 차표를 떨어뜨려서 주워 준 일을 자세하게 이야기했다.

「그런데 형사님이 어떻게 생각하실지는 모르지만, 참 이상한 일이 있습니다. 릴리 ——제 여자 친구의 이름입니다——와 그녀의 어머니는 그날 아침에 그가 분명히 챌튼햄으로 간다고 했답니다. 물론 저도 처음에는 그것에 대해 별다르게 생각하지 않았습니다. 릴리는 제 말을 듣고, ABC 범인도 돈캐스터에 있을 텐데 그가 아무런 피해도 입지 않았으면 좋겠다고 했지요.

그리고는 커스트 씨가 지난번 범죄가 일어났을 때에도 처스턴에 갔었다고 말하면서, 우연치고는 참 이상하다고 했습니다. 그래서 저는 농담삼아 그렇다면 벡스힐 사건 때에도 혹시 그가 그곳에 있지 않았느냐고 물어 보았지요. 그랬더니 그녀는 잘은 모르지만, 그가 바닷가에 간다고 했었다는군요. 저는 무심코 그가 ABC 범인일지도 모른다고 그녀에게 이야기했더니, 그녀는 커스트 씨는 파리 한 마리도 죽이지 못하는 성격이라고 말했습니다. 저도 그런 이야기를 들은 뒤로는 그것에 대해서 더 이상 물어 보지 않았습니다.

물론 마음속으로 의심했던 것은 사실이지요. 그래서 저는 그에 대해서 점점 깊이 생각하게 되었습니다. 그는 겉으로는 순하게 보이지만, 혹시 머리가 돈 사람일지도 모른다는 생각이 들었거든요.」

톰은 가볍게 숨을 내쉬고는 다시 계속했다. 크롬 형사는 관심을 가지고 그의 말에 귀를 기울이고 있었다.

「그런데 돈캐스터 사건이 일어나고 나서, 신문에 A.B.케이스나 캐시라는 사람을 알고 있으면 즉시 신고하라는 기사가 실렸더군요. 저는 그 신문 기사를 보고 문득 생각이 떠올라서, 오후에 릴리를 찾아가 커스트 씨 이름의 머리글자가 무엇이냐고 물어 보았습니다. 그녀가 잘 모르겠다고 해서, 그녀의 어머니에게 물어 보았더니 A.B.라고 하더군요. 그래서 우리는 점점 그를 수상하게 여기게 되었습니다.

우리는 앤도버에서 사건이 일어났을 때 커스트 씨가 하숙집에 있었는가 알아보았습니다. 물론 석 달 전의 일을 기억하기는 쉽지 않았습니다만, 우리는 그가 그때 하숙집에 없었다는 사실을 알아냈습니다. 하숙집 주인인 마베리 부인의 남동생이 그녀를 만나러 캐나다에서 6월 21일에 귀국했습니다. 그런데 그가 예고도 없이 오는 바람에 마베리 부인은 미처 빈방을 준비하지 못했지요. 그래서 릴리가 커스트 씨가 다른 지방에 갔으니까 그의 방을 삼촌에게 주라고 이야기했답니다. 하지만 마베리 부인은 그것은 손님에게 실례가 되는 일이라면서 그녀의 제안을 거절했답니다. 그 부인은 항상 예의바르게 행동했으니까요. 그날 마베리 부인의 동생인 버트 씨가 탄 배가 사우샘프턴에 도착했기 때문에 우리는 그날을 분명하게 기억하고 있습니다.」

크롬 형사는 메모를 하면서 신중하게 듣고 있다가 말했다.

「그것이 전부입니까?」

「예, 그렇습니다. 제 이야기가 조금이라도 도움이 되었으면 좋겠습니다.」

톰은 약간 얼굴을 붉혔다.

「오기를 잘하셨소. 물론 당신의 말은 아무것도 아닐 수도 있습니다——날짜와 이름이 우연히 일치하는 경우도 많으니까요. 하지만, 일단 커스트라는 사람을 만나 보는 것이 좋겠군요. 그는 지금 하숙집에 있소?」

「예, 그럴 겁니다.」

「언제 돌아왔습니까?」

「돈캐스터에서 사건이 발생한 날 오후에 왔습니다.」

「돌아와서는 무엇을 하고 있죠?」

「대부분 방 안에서 지내고 있습니다. 그런데 또 수상한 점이 있습니다. 마베리 부인의 말에 따르면, 그는 요즈음 많은 신문을 사서 본다고 합니다——아침 일찍 나가서 조간 신문을 사 오고, 저녁 늦게는 석간 신문을 사 온다고 합니다. 그리고 입속으로 뭐라고 계속 중얼거리곤 한다는군요. 마베리 부인도 그가 매우 수상하다고 했습니다.」

「마베리 부인의 주소는?」

톰은 주소를 적어서 그에게 건네주었다.

「감사합니다. 우리가 그날의 행적을 조사해 보겠소. 커스트 씨와 마주친다고 하더라도 보통 때처럼 대하십시오.」

그는 자리에서 일어나서 그에게 악수를 청했다.

「이렇게 찾아와 주어서 정말 고맙소. 잘 가시오, 하티건 씨.」

재콥 경사가 잠시 뒤에 그의 방으로 들어와서 물었다.

「도움이 될 만한 이야기였습니까?」

「그 청년이 말한 것이 사실이라면, 아주 훌륭한 정보야. 우리는 아직까지 양말 회사의 조사에서 아무것도 알아내지 못했네. 지금쯤 무엇인가가 나올 때가 되었는데. 참, 재콥 경사, 처스턴 사건에 관한 기록을 가져다 주게.」

크롬 형사는 그가 가져다 준 서류를 뒤적였다.

「아, 여기 있군. 토케이 경찰에 신고가 들어왔었군. 힐이라는 청년이 신고한 거야. 그는 '한 마리의 참새도'라는 영화를 보고 나와서 토케이 파빌리언을 지나다가 수상한 남자를 보았다고 했네. 그 사람은 혼잣말로 '바로 그거야.' 하고 중얼거렸다는군. '한 마리의 참새도'라면 돈캐스터의 리걸 극장에서도 상영하지 않았나?」

「그렇습니다.」

「음——그것도 참고가 될 수 있겠군. 그 수상한 사람이 중얼거렸다는 말이 아무 의미가 없는 것일 수도 있지만, 다음 범죄 방법을 생각해 내고 한 말인지도 몰라. 여기 힐의 주소가 있으니까 좀더 조사해 보도록 하지. 그 사람이 말한 수상한 사람의 인상이 좀 애매한 것 같군. 하지만 메리와 톰 하티건이 한 말은 비슷한 데가 있어…….」

그는 깊이 생각에 잠기며 고개를 끄덕였다.

「이제야 수사가 활기를 띠게 되는 모양이군.」 하고 크롬 형사가 말했다. 사실 그는 지금까지는 계속 의기 소침해 있었다.

「다른 지시 사항은 없습니까?」

「경관 두 사람을 보내서 캠든 타운의 마베리 부인 하숙집 근처를 감시하도록 하게. 하지만 커스트라는 사람이 눈치채지 못하게 해야 하네. 내가 부국장과 의논해 보겠네. 내 생각으로는 그를 당장 잡아 와서 심문했으면 좋겠는데. 그는 이제 꼼짝없이 걸려 든 거야.」

톰 하티건은 임뱅크먼트에서 그를 기다리고 있던 릴리와 만났다.

「잘됐어, 톰?」

톰은 고개를 끄덕였다.

「크롬이라는 형사를 만났어. ABC 사건을 맡고 있는 형사야.」

「어떤 사람인데?」

「약간 조용하고, 멋을 부리는 사람이야. 도무지 형사 같지가 않아.」

「그것이 트렌차드 경의 새로운 방식이야.」 하고 릴리는 존경스럽다는 듯이 말했다.

「그들 중에 몇 명은 정말 유명한 사람들이야. 그런데 그 형사가 뭐라고 했어?」

톰은 크롬 형사가 한 말을 간단하게 이야기해 주었다.

「그렇다면 그 사람이 커스트 씨를 범인으로 보고 있다는 거야?」

「아마 그럴지도 몰라. 어쨌든 그를 데려가서 몇 가지 질문을 한다고 했어.」

「불쌍한 커스트 씨.」

「불쌍하다니? 그가 진짜 ABC 사건의 범인이라면, 그는 벌써 네 사람이나 죽인 살인범이야.」

릴리는 한숨을 쉬면서 고개를 흔들었다.

「정말 무서운 일이야.」하고 그녀가 말했다.

「그건 그렇고 어디 가서 점심을 먹자. 만일, 커스트 씨가 범인이라면 내 이름도 신문에 날 거야?」

「오, 톰, 정말이니?」

「그럼. 너의 어머니 이름도 날 거야. 어쩌면 사진도 실리게 될지 모르겠다.」

「오, 톰.」

릴리는 흥분했는지 그의 팔을 꼭 잡았다.

「자, 오늘 점심은 코너 하우스에 가서 먹자.」

릴리는 그의 팔을 더 세게 잡았다.

「자, 가자 !」

「좋아——그런데 잠깐만 기다려! 역에 가서 전화 좀 하고 올게.」

「누구에게?」

「오늘 만나기로 한 친구에게.」하고 말하고는 그녀는 길을 건너갔다. 그리고 잠시 뒤에 상기된 얼굴로 돌아왔다.

「그런데 톰——.」그녀는 그의 팔짱을 끼면서 말했다.「런던 경시청에 대해서 이야기 좀 해줘. 거기에서 크롬 형사 말고 다른 사람은 보지 못했어?」

「다른 사람이라니?」

「벨기에 신사 말이야. ABC 범인이 항상 편지를 보낸다는 사람.」

「아니, 그 사람은 거기에 없었어.」

「거기에서 있었던 일을 좀더 자세하게 이야기해 봐. 너는 커스트 씨에 대해서 뭐라고 말했어?」

커스트는 수화기를 슬그머니 내려놓았다.

그는 신기하다는 표정으로 문간에 서 있는 마베리 부인 쪽으로 몸을 돌렸다.

「당신에게도 전화가 걸려 올 때가 있군요, 커스트 씨.」

「아, 아닙니다, 마베리 부인, 별 전화 아닙니다.」

「나쁜 소식은 아니겠죠?」

「아――아닙니다.」

부인은 끈질기게 물어 보았으나, 커스트는 자기가 들고 있는 신문에 눈을 고정시키고 움직이지 않았다.

출생――결혼――죽음…….

「여동생이 사내아이를 낳았답니다.」

그는 불쑥 이렇게 말했다.

「어머, 그래요? 정말 축하해요. (하지만 그 부인은 속으로 그에게 여동생이 있다는 말을 들은 적이 없다는 것을 생각하고 있었다.) 나는 웬 여자가 커스트 씨를 바꿔 달라고 해서 깜짝 놀랐어요. 처음에는 내 딸아이인 줄 알았거든요――그 애 목소리와 너무 닮았어요――좀 건방진 말 같지만――하늘로 날 것 같아요. 커스트 씨, 정말 축하해요. 이번이 처음으로 조카를 얻은 건가요? 아니면 다른 조카가 있나요, 커스트 씨?」

「이번이 처음입니다.」 하고 커스트가 말했다.

「처음이지요――그런데――얼른 그 애에게 가 보아야겠습니다. 그 애가 빨리 왔으면 하고 기다리고 있을 겁니다――서두르면 기차를 탈 수 있을 것 같은데――.」

「그곳에서 오랫동안 머물 건가요, 커스트 씨?」 하고 부인은 그가 계단을 뛰어올라갈 때 물었다.

「아, 아닙니다――2～3일 정도 있을 겁니다.」

그는 방으로 들어갔다. 마베리 부인은 부엌으로 가면서 커스트의 여동생이 낳은 갓난아기를 상상해 보았다.

그녀는 후회를 했다.

지난밤에 톰과 릴리와 함께 그를 수상히 여기고 그의 행방을 추적한다면서, 날짜를 기억하고 법석을 떨었으니! 단지 이름의 머리글자와 몇 가지 우연의 일치를 가지고 커스트를 끔찍한 ABC 사건의 범인이라고 생각한 자신이 부끄러웠다.

「그 애들도 그것을 대수롭지 않게 생각할 거야.」 하고 그녀는 자신을 위로했다.

「지금쯤은 그 애들도 커스트 씨에게 미안함을 느끼고 후회하겠지.」

여동생이 아기를 낳았다는 커스트의 말 한 마디가 지금까지 그에 대해 가졌던 의심을 깨끗이 없애 주었다.

'그녀가 순산을 했었어야 할 텐데.'

마베리 부인은 릴리의 속옷을 다림질하기 전에 다리미를 뺨 가까이에 대보면서 속으로 생각했다.

그녀는 시설이 잘되어 있는 산부인과 병원을 생각하며 스스로 위안했다.

커스트는 가방을 들고 조용히 계단을 내려왔다. 그는 한동안 전화기를 내려다보았다.

아직도 그의 귀에는 전화로 주고받은 대화가 생생했다.

「커스트 씨예요! 런던 경시청의 형사가 당신을 만나러 간다고 해요.」

그래서 그는 무어라고 했던가? 잘 기억이 나지 않았다.

「고마워요――정말 고마워요……당신은 매우 친절하군요.」

대충 그런 말을 한 것 같다.

그런데 그녀가 왜 나에게 전화를 했을까? 그녀는 무슨 생각으로 그렇게 했을까? 혹시 형사가 찾아갈 테니 나에게 집에 있으라고 한 말은 아닐까? 그리고 그녀는 어떻게 형사가 온다는 것을 알았을까?

그녀는 어머니가 모르도록 목소리를 이상하게 바꾸어서 말했지만, 그것은 틀림없이 릴리였다.

그녀는 무엇인가 알고 있는 것 같았다. 하지만 확실히 알고 있다면 그렇게 하지 않을 텐데…….

여자들이란 매우 이상하다. 뜻밖으로 잔인하기도 하고, 어떤 때는 지나칠 정도로 친절하기도 하다. 그는 그전에 릴리가 쥐덫에 걸린 쥐를 놓아 주는 것을 본 적이 있었다.

친절한 처녀야…….

친절하고 예쁜 처녀…….

그는 우산과 외투와 짐을 들고 현관에서 잠시 머뭇거렸다.

가야 하나?

그때 부엌에서 소리가 나는 바람에 그는 결정을 내렸다.

아니야, 시간이 없어…….

마베리 부인이 나올지도 몰라…….

그는 현관문을 열고 밖으로 나갔다…….

어디로 갈까……?

제 29 장
런던 경시청

다시 회의가 열렸다.

경찰 부국장, 크롬 형사, 포와로, 그리고 나. 부국장이 먼저 입을 열었다.

「포와로 씨, 양말 판매처의 조사는 어떻게 되었습니까?」

포와로는 손을 펼치면서 말했다.

「그 문제는 조금 복잡합니다. 그런데 조사 결과 양말을 판 사람은 정규 사원이 아닌 것 같습니다. 그는 주문을 받아서 파는 것이 아니라, 돌아다니면서 팔았던 모양입니다.」

「크롬 형사가 조금 더 자세하게 말해 줄 수 있겠소?」

「예, 그렇게 하죠.」

크롬 형사는 참고 사항이 적혀 있는 공책을 꺼냈다.

「날짜와 위치까지도 이야기할까요?」

「그렇게 해주시오.」

「저는 처스턴, 페인턴, 그리고 토케이를 조사했습니다. 그가 찾아가서 물건을 팔려고 했던 사람들의 명단도 작성했습니다. 그는 여러 곳을 다니면서 물건을 팔았습니다. 그는 토르 역 근처에 있는 피트라는 작은 여관에도 묵었었습니다. 자세히 조사해 보니, 그는 살인사건이 있던 날 낮에 나갔다가 밤 10시 30분쯤에 들어온 것이 밝혀졌습니다. 그는 10시 5분쯤에 처스턴에서 기차를 타고 10시 15분쯤에 페인턴에 도착했을 것으로 추정됩니다. 그런데 그날 기차 안이나 역에서 그를 보았다는 사람은 없었습니다. 그러나 그 화요일은 다트머스에서 조정 대회가 열렸기 때문에 킹스웨어에서 돌아오는 기차는 매우 붐볐을 겁니다.

벡스힐 경우도 비슷합니다. 그는 그때 글로브에서 머물다가, 죽은 바너드 양의 집과 친저 캣 등을 돌아다니면서 양말을 팔았습니다. 그리고 오후 일찍 그 여관을 떠났습니다. 그리고 다음날 아침 11시 30분쯤에 런던으로 돌아간 것이 밝혀졌습니다. 또 앤도버의 경우도 비슷합니다. 그는 피더즈에 머무르면서 파울러 부인과 그 이웃에 사는 애셔 부인, 그리고 거리에서 몇 사람에게 양말을 팔았습니다. 드로워 양의 말에 따라 애셔 부인이 산 양말을 조사해 보았더니, 커스트가 판 물건임이 확인되었습니다.」

「좋아.」 하고 부국장이 말했다.

「저는 하티건의 신고를 받고 즉시 그 집으로 가 보았는데, 커스트는 이미 30분 전에 집을 떠난 뒤였습니다. 그는 전화 연락을 받고 떠났는데, 하숙집 주인의 말에 따르면 그런 일은 처음이었다고 합니다.」

「그렇다면 공범자가 있다는 말인데?」 하고 부국장이 말했다.

「그렇지는 않을 겁니다.」

포와로가 말했다.

「하지만 좀 이상하군요——.」

우리는 미심쩍어하는 얼굴로 그를 쳐다보았다.

그는 고개를 양옆으로 흔들었고, 크롬 형사는 그런 것에는 아랑곳하지 않고 말을 계속했다.

「저는 그가 묵고 있던 하숙방을 조사해 보고 나서, 더 이상 의심할 여지가 없다는 것을 알았습니다. 거기에서 저는 범인이 포와로 씨에게 보낸 편지지와 비슷한 공책을 발견했고, 양말 꾸러미도 발견했습니다——찬장 뒤쪽에 양말 꾸러미가 숨겨져 있었습니다——그리고 같은 모양과 크기의 꾸러미가 또 하나 있었습니다——그것은 양말이 아니었습니다——그것은 바로 여덟 권의 ABC 철도 안내서였습니다!」

「확실한 증거로군.」하고 부국장이 말했다.

「그것뿐이 아닙니다.」하고 말하는 크롬 형사의 목소리는 승리의 자신감이 넘쳐 있었다.

「그것은 오늘 아침에 발견했기 때문에 조사할 여유가 없었습니다만, 칼이 방 안에 있었습니다.」

「범행에 쓴 칼을 도로 가져온다는 것은 바보나 하는 짓이오.」하고 포와로가 말했다.

「하지만 그는 분별있는 사람이 아닙니다. 어쨌든 저는 범인이 범행에 사용한 흉기를 집으로 가져와서, 어딘가에 숨겨 놓았을 거라고 생각하고 찾아보았습니다. 저는 문득 현관에 있는 가구를 생각했습니다. 그것은 사람들이 별로 신경을 쓰지 않는 곳이기 때문이지요. 저는 어렵게 그것을 벽에서 떼어 놓았습니다. 저의 예감대로 칼은 그곳에 숨겨져 있었습니다.」

「칼?」

「예, 게다가 그 칼에는 핏자국이 남아 있었습니다.」

「수고했소, 크롬 형사.」하고 부국장은 만족해 하며 말했다.

「이제 한 가지만 남았군.」

「그게 무엇입니까?」
「그놈만 잡으면 되는 거지.」
「걱정하지 마십시오.」
크롬 형사의 목소리는 자신에 넘쳐 있었다.
「어떻습니까, 포와로 씨?」
포와로는 다른 생각을 하고 있었는지 깜짝 놀라며 되물었다.
「예, 뭐라고 하셨습니까?」
「범인을 잡는 것은 시간 문제라고 했습니다. 그렇지 않습니까?」
「아, 예. 물론 그렇겠지요.」
그가 너무 건성으로 대답했기 때문에 우리는 이상하다는 듯이 그를 바라보았다.
「무슨 미심쩍은 데가 있습니까, 포와로 씨?」
「여러 가지가 있습니다만, 특히 범행 동기가 마음에 걸립니다.」
「하지만 그놈은 미치광이입니다.」 하고 부국장은 포와로의 태도를 못마땅하게 여기며 말했다.
「저는 포와로 씨를 이해합니다.」 하고 크롬이 상냥하게 말했다.
「그런 것은 당연합니다. 우리에게는 지금 피해 망상증 같은 것이 있습니다. 심한 열등감 같은 것 말입니다. 곧 정신적인 속박을 받고 있는 거지요. 범인은 그것을 포와로 씨에게 바라고 있을 겁니다. 또 범인은 포와로 씨가 경찰과 함께 자기를 추적할 것이라고 이미 생각하고 있었습니다.」
「흠——내가 젊었을 때는 미친 사람을 그대로 내버려두었습니다. 어떻게 과학적으로 할 방법이 없었기 때문이지요. 하지만 요즈음은 ABC 같은 사람을 요양원에 45일 동안 입원시켜서, 당신도 훌륭한 사람이라고 계속 주입시켜서 치료할 수 있습니다. 결국 그런 사람도 사회의 책임있는 구성원으로 만들 수 있다는 거지요.」 하고 부국장이 말했다.

포와로는 미소를 지을 뿐 아무 말도 하지 않았다.

회의는 끝났다.

「크롬 형사, 자네가 말한 대로 범인을 잡는 것은 시간 문제인 것 같군.」 하고 부국장은 미소를 지으면서 말했다.

「좀더 일찍 범인을 알아낼 수도 있었을 텐데 그랬습니다. 우리는 범인이 눈에 띄지 않는 평범한 사람일 것이라고 생각하고 엉뚱한 곳만 수사했기 때문입니다.」

「지금 그가 어디에 있을지 몹시 궁금하군요.」 하고 부국장이 걱정스러운 듯이 말했다.

제 30 장
헤이스팅스 대위가 모르는 이야기

커스트는 채소 가게 앞에 서 있었다.

그는 길 건너편을 바라보았다.

맞아, 저곳이었어.

애셔 부인, 신문, 담배 가게…….

창문에는 광고가 붙어 있었다.

가게 세놓습니다.

텅 비어 있군…….

사람도 보이지 않고……

「실례합니다.」

채소 가게의 주인 여자가 레몬 상자를 옮기는 데 그가 방해가 된 모양이었다.

그는 미안하다는 말을 하고 한쪽으로 비켜섰다. 그리고는 천천히 터벅터벅 시내의 큰길 쪽으로 걸어갔다.

그는 걷기도 힘이 들었다——너무 힘들었다. 그러나 그는 돈이 한

푼도 없었다.

그는 하루 종일 아무것도 먹지 못했는데도 이상하게 머리가 가벼웠다.

그는 어떤 신문 가게에 붙은 광고를 보았다.

ABC 사건의 범인이 아직 잡히지 않았음. 포와로에게 연락 바람.

커스트는 혼잣말로 중얼거렸다.

「에르큘 포와로, 그 사람이면 알아줄까?」

그는 다시 걸었다. 광고를 볼 수가 없어…….

「더 이상 못 견디겠어…….」

발 앞에 발이라……걷는 것은 참으로 기묘하군…….

발 앞에 발——우스운 일이야.

하지만 사람이란 원래 우스운 동물이니까…….

그러나 알렉산더 보나파르트 커스트——그는 특히 우스운 사람이야…….

항상 그렇게…….

사람들은 항상 그를 비웃었다…….

그는 그들을 비난할 수가 없었다…….

지금 어디로 가고 있는 것일까? 그 자신도 몰랐다. 그는 이제 막다른 골목까지 왔다. 그는 아래만을 내려다보면서 걸었다.

발 앞에 발이라. 그는 무심코 고개를 치켜 올렸다. 그의 눈앞에서 빛이 보였다. 그리고 글자도…….

경찰서.

「참으로 우습군.」 하고 커스트가 말했다.

그는 키득키득 웃었다.

그리고는 안으로 들어갔다. 들어가자마자 그는 갑자기 비틀거리면서 쓰러지고 말았다.

제 31 장
에르큘 포와로의 질문

11월의 청명한 어느 날이었다. 톰슨 박사와 재프 주임 경감이 커스트를 조사한 결과를 알리려고 포와로를 찾아왔다.

포와로는 가벼운 기관지염으로 쉬고 있었다. 하지만 그는 내가 옆에서 간호하지 못하게 했다.

「커스트는 재판에 회부되었습니다.」하고 재프가 말했다.

「그럼 피고의 변호사도 결정되었겠군요?」하고 내가 말했다.

「피고인에게도 변호할 기회는 주어야 하니까요.」

「물론이지요.」재프가 말했다.

「젊은 루커스가 변호를 맡았습니다. 그는 유능한 변호사입니다. 하지만 그로서도 피고를 정신병자처럼 보이게 하는 것 이상 더 좋은 변호가 없을 겁니다.」

포와로는 어깨를 으쓱했다.

「정신병자라고 해도 무죄 방면이 될 수는 없습니다. 감형이 될지는 모르지만, 그렇게 된다 해도 죽는 것보다 나을 게 없을 겁니다.」

「루커스는 한 가지 희망을 가지고 변호할 겁니다. 그것은 벡스힐 사건 때 커스트에게 유력한 알리바이가 있다는 것이지요. 다른 사건은 불리하더라도 말입니다. 내가 보기에는, 루커스는 우리가 얼마나 확실한 증거를 가지고 있는지 모르는 것 같습니다. 어쨌든 루커스는 자기의 주장을 강력하게 밀고 나가겠지요. 그는 신문들을 깜짝 놀라게 하려고 벼르고 있습니다.」

포와로는 톰슨 박사를 바라보았다.

「당신은 어떻게 생각하십니까?」

「커스트에 대해서요? 글쎄, 뭐라고 말할 수가 없군요. 그가 물론 간질병 환자이기는 하지만, 정신은 멀쩡한 사람 같기도 합니다.」

「흥미 있는 결말이군요.」 하고 내가 말했다.

「그가 앤도버 경찰서에 들어오자마자 간질병으로 쓰러졌다, 참으로 극적인 결말이군요. 하긴 ABC는 언제나 치밀했으니까요.」

「그런 환자는 본인이 전혀 의식하지도 못하는 일을 저지를 수도 있습니까?」하고 내가 물었다.

「한편으로는, 그가 부인하는 것이 사실일지도 모른다는 생각이 드는데요.」

톰슨 박사는 약간 미소를 지어 보였다.

「당신은 커스트의 연극에 속은 것 같습니다. 틀림없이 커스트는 자기가 범행을 저질렀다는 것을 알고 있을 겁니다.」

「하지만 정신병자들은 어떤 행동을 할 때는 광적이지 않습니까?」 하고 크롬이 물었다.

「몽유병 같은 상태에 있는 간질병 환자는 자기가 한 일을 모르는 경우도 있습니다. 하지만 그 상태에서의 행동이 평소 본인의 의지와 다르지는 않습니다.」 하고 톰슨 박사가 말했다.

그는 그 문제를 전문적인 용어를 써 가며 자세하게 설명했지만, 흔히 전문가가 말하는 것처럼 더 혼란만 가져다 주었다.

「하지만 나는 커스트가 자기도 모르는 사이에 이번 범죄를 저질렀다고는 생각하지 않습니다. 그가 보낸 편지만 없었어도 그렇게 생각할 수 있겠지만, 그가 편지를 보낸 것으로 보아서 이번 범죄는 미리 신중하게 생각하고 계획했던 것이 틀림없습니다.」

「아직까지 편지에 관해서는 확실하게 밝혀지지 않았습니다.」 하고 포와로가 말했다.

「그것이 중요한 문제입니까?」

「물론입니다. 편지가 내게 보내졌기 때문이지요. 하지만 커스트는 편지를 전혀 모르는 일이라고 했습니다. 나에게 편지가 온 이유를 밝히지 못하면 이 사건은 해결된 것이 아닙니다.」

「당신의 말은 이해하겠습니다. 하지만 그가 당신에게 도전을 한 것뿐, 다른 이유가 없을 수도 있지 않겠습니까?」

「아니, 그렇지 않습니다.」

「지금 문득 떠올랐는데, 당신의 이름을 한 번 생각해 보십시오!」

「내 이름이오?」

「그렇습니다. 커스트란 이름은 무슨 임무를 띤 것 같은 느낌을 주지 않습니까――그의 이름은 분명히 어머니가 지어 주었을 겁니다. 여기에는 오이디푸스 콤플렉스(Oedipus complex: 사내아이가 어머니에게 애정을 느끼고, 아버지에게 반감을 가지는 심리적 경향을 이르는 말로, 프로이트가 정신분석학에서 쓴 용어)가 있는 것 같습니다. ――그의 이름 두 개는 지나치게 남성적인 느낌을 준다고 생각하지 않습니까? 알렉산더와 보나파르트 말입니다. 그 이름이 무엇을 뜻할까요? 알렉산더는 세계의 대부분을 정복한 용맹스런 왕의 이름입니다. 또한 보나파르트는 프랑스의 위대한 황제의 이름입니다. 그는 아마도 자기가 쓰러뜨릴 적을 원했을 겁니다――그에게 알맞은 적을

——그것이 당신이었던 거지요——당신의 이름 에르큘은 그리스 신화의 영웅 헤라클레스를 말하기도 하니까요.」

「아주 그럴 듯한 이론이군요, 박사님.」

「오, 이것은 단순한 추측입니다. 나는 이제 가 봐야겠습니다.」

톰슨 박사는 밖으로 나가고, 재프 경감은 그대로 머물러 있었다.

「그에게 알리바이가 있는게 걱정됩니까?」하고 포와로가 물었다.

「조금은요.」하고 재프 경감이 말했다.

「하지만 상관없습니다. 그것은 사실이 아니니까요. 그는 범행을 부인할 수는 없을 겁니다. 스트레인지가 좀 고집이 세긴 하지만——.」

「그는 어떤 사람입니까?」

「고집이 세고, 자신에 차 있는 40대의 광산 기사입니다. 자기 주장을 강력하게 내세우는 그를 속히 데려오는 것이 좋을 것 같습니다. 그는 칠레로 떠나고 싶어합니다. 그는 그것을 당장 증명할 수 있다고 주장하고 있습니다.」

「매우 적극적인 사람인 모양이군요.」하고 내가 말했다.

「그런 성격의 사람은 좀처럼 자기의 실수를 인정하려 들지 않지요.」하고 포와로가 깊이 생각을 하면서 말했다.

「그 사람은 아직까지도 자기 말이 옳다고 주장하고 있습니다. 그리고 그는 평판이 나쁜 사람은 아닙니다. 틀림없이 7월 24일 오후에 이스트본에 있는 화이트 크로스 호텔에서 커스트를 만났다고 합니다. 그는 마침 혼자였기 때문에 함께 이야기할 상대를 찾고 있었다고 하는군요. 커스트는 매우 예의바르게 자기 이야기를 잘 들어주었답니다. 저녁식사 뒤에 그와 커스트는 카드놀이를 했는데, 둘이 실력이 엇비슷해서 정신없이 그 놀이에 빠졌다고 합니다. 그러다가 도중에 커스트가 그만 자러 가는 것이 좋겠다고 말했다는데, 스트레인지가 더 하자고 해서 자정까지 했다는군요. 그들은 밤 12시 10분쯤 헤어졌다고 합니다. 만일 그의 말대로 커스트가 밤 12시 10분까지 이스트본의 화이트 크로스 호텔에 있었다면, 25일 새벽에 벡스힐 해안으로 가서 베티 바너드 양을 죽였다는 것은 어림도 없는 이야기가 되지요.」

「정말 어려운 문제로군요.」 하고 포와로는 깊이 생각에 잠기며 말했다. 「좀더 조사해 봐야겠어요.」

「크롬 형사도 그 문제로 골치를 앓고 있습니다.」 하고 재프 경감이 말했다.

「스트레인지라는 사람은 자신있게 말했나요?」

「예, 그는 고집이 무척 센 사람입니다. 그의 말에는 빈틈이 없었습니다. 가령 그가 실수로 사람을 잘못 보았다고 해도, 커스트란 이름을 기억하고 있는 것은 설명할 수가 없습니다. 그리고 호텔의 숙박부에도 그의 이름이 적혀 있었습니다. 그렇다고 그를 공범자로 볼 수도 없습니다——정신병자의 범행에는 거의 공범자가 있을 수 없으니까요. 또 베티 바너드 양의 사망 시간이 잘못되었다고 할 수도 없습니다. 의사는 검시 결과, 틀림없이 24일 자정에서 25일 새벽 1시 사이라고 했습니다. 그러니까 커스트가 그 호텔에서 그 시간까지 있었다면 범행을 저지르는 것은 불가능하지요. 그곳에서 벡스힐까지는 14마일(약 23km)이나 떨어져 있으니까요.」

「참 어려운 문제로군.」 하고 포와로가 말했다.

「물론 엄격하게 말해서, 그것은 대수로운 일이 아닙니다. 우리는 돈캐스터의 사건에서 결정적인 증거물인 피묻은 칼과 외투를 찾아냈으니까요. 이것 때문에 그는 도저히 빠져 나갈 수 없습니다. 우리가 배심원을 협박하여 그에게 무죄를 선고하게 할 수는 없는 일 아닙니까. 그러나 조금 꺼림칙하기는 합니다. 그는 돈캐스터 사건과 처스턴 사건, 그리고 앤도버 사건을 저질렀습니다. 그렇다면 벡스힐 사건도 그의 짓이 분명합니다. 다만 우리가 방법을 모르고 있을 뿐이지요.」

그는 머리를 흔들면서 자리에서 일어섰다.

「포와로 씨, 이 문제는 당신이 풀어야 할 것 같습니다. 크롬 형사는 지금 난처한 입장에 빠져 있습니다. 당신의 재치와 통찰력이라면, 그가 범인이라는 것을 꼭 밝혀낼 수 있으리라 믿습니다.」

재프가 돌아갔다.

「어떻게 생각합니까, 포와로? 그것은 대수로운 문제가 아닌 것 같은데요?」하고 내가 말했다.

포와로는 내 질문에 대답하지 않고 다른 질문을 했다.

「헤이스팅스, 자네도 이 사건이 해결됐다고 생각하나?」

「글쎄――그런 것 같은데요. 범인도 잡았고, 증거도 가지고 있고, 이제 뒤처리만 남은 셈이 아닙니까?」

포와로는 고개를 흔들었다.

「사건이 끝났다고! 사건이 끝났다! 헤이스팅스, 문제는 커스트란 사람이야. 우리가 그에 대해 완전히 알 때까지 수수께끼는 남아 있는 거야. 그를 피고석에 앉혔다고 해서 사건이 끝난 건 아니란 말일세.」

「하지만 우리는 그에 관해서 꽤 많이 알고 있지 않습니까?」

「천만에. 아무것도 모르고 있네. 하긴 그가 태어난 곳과 전쟁에 참가하여 머리에 부상을 당한 것, 그리고 간질병 때문에 제대했다는 것은 알고 있지. 그리고 약 2년 동안 마베리 부인 집에서 하숙하고 있었으며, 성격이 조용하여 남의 눈에 잘 띄지 않는 것과, 빈틈없는 살인계획을 세워서 실행했으나 어처구니없는 실수를 저질렀으며, 또 살인방법이 끔찍할 정도로 잔인했다는 것도 알고 있지. 그러나 평소 성격으로 보아 그는 파리 한 마리도 죽이지 못할 사람이네.

그가 희생자에게 괴로움을 주지 않고 죽이기를 원했다면――하지만 많은 사람들이 그의 범죄 때문에 고통받는다는 것은 어떻게 설명하겠나? 헤이스팅스, 그는 너무 많은 모순을 가지고 있네. 어리석음과 교활함, 잔인함과 관용——이 상반되는 두 가지를 어떻게 연결시켜야 좋을까?」

「당신이 그를 심리학적으로 분석한다면——.」하고 내가 입을 열었다.

「처음부터 이 사건에는 무엇이 있는 것 같았어. 나는 살인자를 찾기 위해 내 방식대로 노력했네. 하지만 지금 나는 그에 대해서 아무것도 알아내지 못했다는 것을 깨달았어. 헤이스팅스, 정말 나는 아무것도 모르네.」하고 포와로가 말했다.

「과시욕 때문이 아닐까요——?」

「물론 그렇게도 말할 수 있겠지. 하지만 그것은 만족할 만한 대답이 아니야. 내가 알고 싶은 것은 그가 왜 이러한 살인을 저질렀는가와, 왜 하필이면 그런 사람들을 죽였는가 하는 것이네.」

「알파벳 순서대로——.」하고 내가 말했다.

「그렇다면 벡스힐에는 B로 시작되는 이름을 가진 사람이 베티 바너드 한 사람뿐이란 말인가? 그렇지 않아. 우리는 그가 왜 베티 바너드를 죽였을까 하는 이유를 정확히 알아야 하네. 한 가지 생각이 있었는데…… 사실을 밝혀야 돼. 사실이어야 하는데. 그렇다면——.」

그는 잠시 동안 침묵을 지켰다. 나는 그를 방해하고 싶지 않았다.

사실 그때 나는 졸고 있었다.

나는 포와로가 내 어깨에 손을 얹는 순간 잠에서 깨어났다.

「헤이스팅스, 천재 헤이스팅스.」

그가 다정하게 말했다.

나는 그가 갑자기 나를 그렇게 추켜세우는 바람에 몹시 당황했다.

「자네는 항상 나를 도와주었지——나에게 행운과 영감을 주었네.」하고 포와로가 말했다.

「이번에는 내가 어떤 식으로 당신에게 영감을 주었습니까?」하고 내가 물었다.

「나는 지금 내 자신에게 질문하는 동안, 문득 자네가 전에 한 말이 떠올랐네——그건 명백한 것을 말하는 것이었지. 내가 언젠가 자네에게 자네는 명백한 것을 말하는 데는 천재적이라고 하지 않았나? 그것을 내가 잠깐 소홀하게 여겼어.」

「내가 전에 한 명백한 말이라니요?」하고 내가 물었다.

「그것이 모든 것을 수정처럼 명백하게 해주었네. 나는 내 자신의 질문에 대한 대답을 찾았어. 애셔 부인이 살해당한 이유(사실 그것은 오래 전에 알았지만), 클라크 경이 살해당한 이유, 돈캐스터의 살인에 대한 이유, 그리고 가장 중요한 것——범인이 나에게 편지를 보낸 이유를 말일세.」

「좀더 자세하게 설명해 주십시오.」하고 내가 말했다.

「아직 밝히기는 이르네. 좀더 조사를 해야 할 것이 있어서. 그것은 우리 특별 수사반이 알아낼 것이네——그것이 확실하게 밝혀지면, 나는 ABC를 만나러 갈 걸세. 그때쯤이면 나와 ABC는 마주설 수 있을 거야——ABC와 포와로——두 적수가.」

「그리고는요?」하고 내가 물었다.

「그런 뒤에—— 우리는 이야기를 할 걸세, 헤이스팅스——대화할 때 말을 숨기는 사람은 위험하지 않네. 그전에 어떤 현명한 프랑스 노인이 한 말이 생각나는군. 그는 말이란 생각을 방해하는 인간의 발명품이라고 했네. 또한 말이란 숨기고자 하는 것을 드러내 주는 수단이기도 하지. 사람이란 대화를 할 때 자기를 나타내고, 또 자기의 인격을 자랑하고 싶어하는 법일세. 그건 누구에게서나 마찬가지야.」

「그렇다면, 당신은 커스트가 무슨 말을 할 것이라고 기대합니까?」

포와로는 미소를 지었다.

「거짓말일세. 그러면 진실이 밝혀질 거야.」

제 32 장
그리고 여우를 잡아라

그 뒤로 며칠 동안 포와로는 몹시 바쁘게 보냈다. 그는 어디론가 불쑥 떠났다가 돌아오기도 했으며, 거의 말도 하지 않고 이맛살을 찌푸리며 생각에 잠기곤 하는 시간이 많아졌다. 하지만 내가 전에 그에게 영감을 주었다는 말이 무엇인지 말하지 않았기 때문에 나는 몹시 궁금했다.

그는 어디론가 갈 때 거의 나를 데려가지 않았다——나는 그것이 무척 못마땅했다.

그러다가 주말쯤에 그는 내게 함께 벡스힐로 가서 사람들을 만나보자고 했다. 나는 곧 승낙했다.

하지만 그것은 나만이 아니라 우리 특별 수사반이 모두 함께 가는 것이었다.

그들도 나처럼 신이 난 모양이었다. 나는 그날 오후에 포와로의 생각을 대략 짐작할 수 있었다.

포와로는 먼저 베티 바너드의 부모를 찾아가서 커스트가 양말을 팔러 왔던 시간과, 그가 한 이야기 등을 알아보았다. 그런 뒤에, 그는 커스트가 묵었던 여관으로 가서 커스트가 여관을 떠날 당시의 모습을 알아보았다. 내 생각에는 별로 새로운 사실을 알아내지 못한 것 같았는데, 포와로는 매우 만족해 하는 것 같았다.

다음에 포와로는 베티 바너드의 시체가 발견된 바닷가로 갔다. 그는 주의깊게 해변을 조사하며 얼마 동안 거닐었다. 그녀의 시체가 발견된 장소는 하루에 두 번씩 조류가 드나들기 때문에, 내가 보기에는 특별히 알아낼 만한 것이 전혀 없었다.

그러나 나는 포와로의 행동이 항상 생각을 기초로 하고 있다는 것을 알고 있기 때문에 그대로 내버려두었다. 하지만 나에게는 그의 행동이 별로 의미가 없어 보였다.

그는 해변에서부터 차가 정차할 수 있는 가장 가까운 곳까지 걸어갔다. 그리고 그곳에서 다시 이스트본 버스들이 벡스힐을 떠나기 전에 대기하고 있는 곳으로 걸어갔다.

그런 뒤에 그는 우리 모두를 베티 바너드가 일하던 진저 캣이라는 찻집으로 데리고 갔다. 우리는 밀리 히글리가 날라다 준 맛없는 차를 마셨다.

포와로는 그녀의 다리를 칭찬해 주었다.

「영국 사람들의 다리는 너무 가늘단 말이야! 하지만 아가씨는 예쁜 다리를 가지고 있군. 아주 멋있어요!」

밀리 히글리는 깔깔 웃으면서 그에게 그만하라고 말했다. 그녀는 프랑스 신사들의 성격을 잘 알고 있었다.

포와로는 그의 성격에 어울리게 그녀의 실수를 나무라지 않았다. 나는 그가 그런 식으로 그녀를 구슬리는 것을 보고 놀라지 않을 수 없었다.

「이제 벡스힐에서 볼일은 끝났소. 다음은 이스트본으로 갈 생각입니다. 거기에서 알아볼 것이 조금 있소. 그것만 하면 오늘은 끝납니다. 여러분은 가실 필요 없습니다. 우선 호텔에 가서 칵테일 한 잔씩 합시다. 그 칼턴 차는 너무 엉터리였어요.」

우리는 호텔로 돌아와서 칵테일을 마셨다. 프랭클린 클라크가 호기심 어린 눈빛으로 말했다.

「포와로 씨, 당신은 커스트의 알리바이를 무너뜨리려고 이곳에 오신 것 같은데, 새로운 사실은 한 가지도 발견되지 않았잖습니까? 그런데도 그렇게 만족스러운 표정을 짓다니 정말 이해가 가지 않는군요.」

「오, 물론 새로운 사실을 발견하지 못한 것은 사실입니다.」

「그렇다면 어떻게?」

「기다리는 것이지요. 머지 않아 모든 것이 잘될 거요.」

「그럼, 만족하시는 모양이죠?」

「그렇소. 지금까지는 내가 생각했던 것에서 어긋난 것이 하나도 없으니까요.」

그의 얼굴은 진지해졌다.

「내 친구인 헤이스팅스에게 들은 것입니다만, 진실 게임이라는 것이 있습니다. 이것은 모든 사람이 차례대로 세 가지 질문을 받게 되는데, 그 중에서 두 가지만 골라 사실대로 대답해야 합니다. 그러니까 한 가지는 대답하지 않아도 되는 것이지요. 질문은 아무것이나 괜찮습니다. 그리고 이 게임을 하기 전에는 진실을 말한다고 맹세해야 합니다.」

그는 말을 멈추었다.

「그래서요?」 하고 메건이 말했다.

「우리 이 게임을 한번 해봅시다. 하지만 질문은 세 가지씩 하지 않고 한 가지만 하겠습니다. 내가 여러분에게 한 가지씩 질문을 하겠습니다.」

「우리가 대답을 해야 한다는 말씀이군요.」하고 프랭클린 클라크가 조급하게 말했다.

「진지하게 해야 합니다. 모두들 진실을 말하겠다고 맹세합니까?」

그가 너무 진지하게 말했기 때문에 사람들은 모두 당황해 했다. 우리는 모두 진실을 말하겠다고 맹세했다.

「자, 그럼 시작해 봅시다.」하고 포와로가 힘차게 말했다.

「어서 시작하세요.」하고 도라 그레이 양이 말했다.

「미안하지만, 이번에는 레이디 퍼스트가 아닙니다. 예의에 벗어나겠지만, 남자부터 시작하겠습니다.」

그는 프랭클린 클라크를 바라보았다.

「클라크 씨, 당신은 올해 애스코트 경마장에서 여자들이 썼던 모자에 관해서 어떻게 생각합니까?」

프랭클린은 어리둥절해 하며 포와로를 쳐다보았다.

「농담하시는 겁니까?」

「아닙니다, 절대로.」

「그럼 진지한 질문이란 말입니까?」

「그렇습니다.」

프랭클린은 쓴웃음을 지었다.

「글세요. 사실 나는 애스코트 경마장에 가지 않았습니다. 하지만 차를 타고 그곳으로 가는 여자들을 본 적은 있지요. 그 여자들은 평상시와는 달리 우스꽝스러울 정도로 커다란 모자를 썼더군요.」

「환상적으로 보였습니까?」

「예, 그렇습니다.」

포와로는 빙긋 웃고 나서 도널드 프레이저를 바라보았다.

「당신은 올해 휴가가 언제였습니까?」

도널드도 어리둥절해서 포와로를 바라보았다.

「휴가요? 8월초에 2주일 동안이었습니다.」

그는 대답할 때 얼굴이 약간 떨렸다. 아마 그 물음이 그의 애인의 죽음을 생각나게 한 모양이었다.

그러나 포와로는 그의 대답에 별로 신경을 쓰지 않는 것 같았다. 그는 도라 그레이 양에게 몸을 돌렸다. 그녀에게 질문을 하는 포와로의 목소리는 긴장되어 있었고, 날카로우며 또렷했다.

「만일 클라크 부인이 병으로 죽고 나서, 클라크 경이 결혼을 청했다면 승낙했겠습니까?」

그녀는 그 말에 펄쩍 뛰었다.

「어떻게 그런 것을 물어 보실 수 있죠? 그것은 너무 무례한 질문이에요.」

「그럴지도 모르겠습니다만, 맹세한 대로 솔직하게 대답해야 합니다——예스입니까, 노입니까?」

「클라크 경은 저에게 매우 친절하게 대해 주셨어요. 마치 딸처럼 대해 주셨지요. 저도 그분을 그런 식으로 생각하고 있어요. 일종의 존경심 같은 거지요.」

「죄송합니다만, 그것은 대답이 아닙니다. 예스입니까, 노입니까?」

그녀는 망설였다.

「대답은 물론 노예요.」

그는 그녀의 대답에 아무 말도 하지 않았다.

「감사합니다, 대답해 주셔서.」

그는 메건 바너드 양 쪽으로 몸을 돌렸다. 그녀의 얼굴은 매우 창백했다. 그녀는 겁이 나는지 숨을 거칠게 몰아 쉬었다.

포와로의 목소리가 채찍처럼 울려 퍼졌다.

「당신은 내 수사가 어떻게 되었으면 좋겠다고 생각합니까? 내가 진실을 밝혀내기를 바라고 있습니까?」

그녀는 거만하게 머리를 쳐들고 있었다. 나는 그녀의 대답이 뻔할 것이라고 생각했다. 내가 알기로, 그녀는 누구보다도 진실을 추구하는 사람이었다.

그러나 그녀의 뜻밖의 대답에 우리는 모두 깜짝 놀랐다. 그녀의 목소리는 또렷했다.

「아니, 바라지 않아요!」

포와로는 그녀의 얼굴을 유심히 바라보며 몸을 앞으로 숙였다.

「물론 진실이 밝혀지기를 원하지 않을 수도 있지요. 하지만 그렇게 말해도 좋습니다. 괜찮습니다.」

포와로가 말했다.

그는 자리에서 일어서서 문 쪽으로 걸어가다가, 무슨 생각을 했는지 메리 드로워 양에게 다가갔다.

「드로워 양, 당신은 애인이 있습니까?」

그녀는 약간 놀란 표정을 지으며 얼굴을 붉혔다.

「포와로 씨——오——저는 잘 모르겠어요.」

그는 미소를 지었다.

「좋습니다.」

그는 나를 바라보았다.

「헤이스팅스, 우리는 이스트본으로 가세.」

우리는 기다리게 해 두었던 차를 타고 페븐 시를 지나서 이스트본으로 달렸다.

「아까 한 게임에서 얻은 것이 있었나요?」

내가 그에게 물었다.

「별로 없었네. 자네 생각은 어떤가?」

나는 아무 말도 하지 않았다.

포와로는 만족한 표정을 지으면서 콧노래를 불렀다. 우리가 페븐

시를 지나고 있을 때, 그는 옛 성을 구경하고 가자며 차를 세웠다.

잠시 뒤 우리는 차로 돌아오다가 빙 둘러서 손을 잡고 노는 아이들을 보고 걸음을 멈추었다——나는 옷차림을 보고 소녀단이라는 것을 알았다——아이들은 오싹할 정도로 애처로운 목소리로 노래를 불렀다.

「저 애들이 무어라고 하는 거지, 헤이스팅스? 통 알아들을 수가 없군.」

나는 주의깊게 그 애들의 노래를 들었다.

여우를 붙잡아라.
상자 속에 집어넣어라.
놓치면 안 된다.

「여우를 붙잡아라. 상자 속에 집어넣어라. 놓치면 안 된다.」

포와로는 그 가사를 몇 번 되뇌었다.

그의 얼굴이 갑자기 심각하게 굳었다.

「끔찍한 일이야, 헤이스팅스.」

그는 잠시 동안 침묵을 지켰다.

「자네도 여기에서 여우를 사냥할 건가?」

「아닙니다. 사냥할 여우가 있어야지요. 그리고, 요즈음 세계 어느 곳에서도 여우 사냥은 할 수 없어요.」

「나는 영국에서의 사냥을 말한 거야. 참 이상한 오락이지. 은밀한 곳에 숨어 있다가——사냥개에게 여우를 쫓으라고 외치고——경주는 시작되지——그 지방을 지나——울타리를 넘고 도랑을 건너——개가 여우를 쫓는다——여우가 가끔씩 몸을 돌린다——그러나 개는——.」

「개가!」

「개가 계속 추적한다. 마침내 여우가 개에게 물려 죽는다 ——순식간에 무섭게.」

「정말 끔찍한 일이군요. 하지만 정말로——.」

「여우도 그것을 즐길까? 차라리 죽는 편이 낫지——순식간에 잔인한 죽음이——아이들이 노래한 것처럼 되느니 차라리…….」

「갇히는 것은——상자 속에——영원히……그것은 좋지 않아요.」

그는 머리를 흔들었다. 그리고 목소리를 바꾸어 말했다.

「내일 커스트를 만나야겠네.」 하고는 운전사에게 덧붙여 말했다.

「런던으로 돌아가세.」

「이스트본에는 가지 않습니까?」 하고 내가 소리쳤다.

「그럴 필요가 없어졌어. 내가 바라던 것이 모두 이루어졌으니까.」 하고 포와로가 말했다.

제 33 장
알렉산더 보나파르트 커스트

나는 포와로가 커스트와 이야기하는 동안 그 자리에 있지 않았다. 포와로는 경찰에서도 인정하는 친분있는 사람이고, 그 사건이 그와 연결되어 있기 때문에 어려움 없이 커스트를 만날 수 있었다——하지만 그런 특권이 나에게까지 오지는 않았다. 그러나 포와로는 그렇게 된 것을 더 만족하게 생각했다. 그는 면담은 항상 1대 1이어야 한다고 생각하고 있기 때문이었다.

하지만 나중에 그가 그들 사이에 있었던 상황을 자세하게 설명해 주었기 때문에, 나는 그 자리에 있었던 것처럼 정확하게 면담 내용을 기록할 수 있었다.

커스트는 떨고 있었다. 그의 등은 눈에 띄게 구부러져 있었다. 그는 무의식적으로 손가락으로 외투 자락을 잡아당기고 있었다.

한동안 포와로는 침묵을 지켰다.

그는 앉아서 맞은편에 있는 커스트를 유심히 바라보았다.

그때는 부드럽고 평온한 분위기였다——매우 편안한 분위기.

그것은 극적인 순간이었다——긴 드라마에서 두 적수의 만남. 내가 포와로의 입장이었다고 해도 극적인 스릴을 충분히 느낄 수 있었을 것이다.

그러나 포와로에게는 진실이 필요했다. 그는 앞에 앉아 있는 커스트에게서 어떤 단서를 잡아내려고 애썼다. 한참 있다가 포와로가 부드러운 목소리로 입을 열었다.

「내가 누구인지 알겠습니까?」

커스트는 고개를 저었다.

「아, 아니오——모르겠습니다. 루커스 씨의 후배가 아니라면——그렇게 부르던가요? 아니면 메너드 씨가 보내서 오셨나요?」

(메너드와 콜은 변호사이다.)

커스트의 목소리는 정중했으나 생기가 없었다. 그는 다른 생각에 빠져 있는 것 같았다.

「나는 에르퀼 포와로입니다…….」

포와로는 매우 상냥하게 말했다……그리고 그의 반응을 기다렸다.

커스트는 머리를 약간 높이 들었다.

「오, 그렇습니까?」

그는 크롬 형사가 한 것처럼 자연스럽게 이렇게 말했다. 하지만 거만함은 없었다.

그리고는 잠시 뒤에 커스트는 되풀이했다.

「오, 그렇습니까?」

하지만 이번에 그의 목소리는 조금 달랐다. 그는 관심 있다는 듯이 고개를 들어 포와로를 쳐다보았다.

포와로의 시선이 그의 시선과 마주치자, 포와로는 부드럽게 머리를 한두 번 끄덕였다.

「그렇소. 내가 당신의 편지를 받은 사람입니다.」 하고 그가 말했다.

곧 두 사람의 시선이 어긋났다. 커스트는 눈을 내리깔고 초조한 듯이 말했다.

「나는 당신에게 편지를 쓴 적이 없어요. 그 편지는 내가 보낸 것이 아닙니다. 나는 이미 여러 번 그런 적이 없다고 말했습니다.」

「알겠소. 그렇다면 나에게 온 편지는 누가 썼을까요?」

「나의 적입니다. 나를 미워하고 있는 사람들이 있습니다. 그들은 나를 해치려 하고 있어요. 경찰과 그 사람들이 나를 해치려 하고 있어요. 이것은 음모입니다.」

포와로는 잠자코 있었다.

커스트가 말했다.

「모든 사람이 나를 해치려고 하고 있어요——항상.」

「항상이라면, 당신이 어렸을 때도 그랬다는 말입니까?」

커스트는 잠시 생각에 잠겼다.

「아——아닙니다. 그때는 그런 일이 없었습니다. 어머니는 나를 매우 귀여워하셨지요. 그러나 그분은 욕심이 너무 많았습니다. 그래서 내 이름도 엉뚱하게 지어 주셨지요. 어머니는 내가 커서 위대한 사람이 될 거라는 터무니없는 생각을 했습니다. 어머니는 항상 내게 자기 통제력을 가져야 한다고 말했습니다——그리고 의지력을 길러야 한다고도 강조했지요……누구나 자기의 운명을 개척할 수 있다고 했습니다……그리고 나는 무슨 일이라도 할 수 있다고 말했죠.」

그는 잠시 동안 침묵을 지켰다.

「하지만 어머니는 잘못 생각했습니다. 나는 내 자신을 알게 되었죠. 나는 인생에서 성공할 사람이 못 됩니다. 나는 늘 어리석은 일만 해왔습니다——그래서 조롱과 놀림을 받게 되었지요. 그리고 사람들이 두려워졌습니다. 학교에서도 불우하게 지냈습니다——아이들은 내 이름을 가지고 놀려댔죠——나는 놀이, 공부, 그리고 모든 것에서 뛰어나지 못했습니다.」

그는 고개를 흔들었다.

「불쌍한 어머니는 돌아가셨지요. 그분은 나에게 실망만 하시고……나는 상업 학교에 들어가서도 성적이 나빴습니다. 타이프와 속기를 배우는 데도 다른 학생보다 유난히 오래 걸렸습니다. 하지만 나는 내 자신을 어리석다고 여기지 않았습니다——내 말뜻을 이해할 수 있겠습니까?」

그는 갑작스럽게 무엇인가를 호소하는 듯이 포와로를 쳐다보았다.

「물론 이해합니다.」 하고 포와로가 말했다.

「계속하십시오.」

「모든 사람이 나더러 어리석다고 했습니다. 무능한 사람이라고 했죠. 나는 직장에 들어가서도 마찬가지였습니다.」

「그렇다면 전쟁에서는 어땠습니까?」 하고 포와로가 물었다.

커스트의 얼굴이 갑자기 밝아졌다.

「전쟁터에서만은 그렇지 않았습니다. 나는 처음으로 그곳에서 나도 다른 사람들과 다름없는 인간이라는 것을 알았습니다. 우리는 모두 같은 처지에 놓여 있었으니까 말입니다. 그곳에서는 나도 다른 사람들과 똑같이 쓸모가 있었습니다.」

커스트의 미소는 사라졌다.

「그러나 나는 머리에 부상을 당했습니다. 매우 작은 상처였지만, 그것 때문에 가끔 발작을 일으키곤 했습니다. 그리고 내 자신이 무슨 일을 하는지 의식하지 못할 때가 있었지요. 가끔 쓰러질 때도 있었습니다. 그래서 나는 제대를 하게 되었습니다. 하지만 그것은 옳지 않은 처사라고 생각합니다.」

「그리고 그 뒤에는?」 하고 포와로가 물었다.

「어떤 회사에 근무하게 되었습니다. 물론 그때는 필요한 돈을 당장

구할 수 있었기 때문에 좋았습니다. 그리고 제대하고 나서는 그렇게 어리석은 행동은 하지 않았습니다. 하지만 월급이 너무 적었어요…… 그리고 승진도 되지 않았습니다. 그렇기 때문에 생활을 제대로 꾸려 나갈 수 없었습니다. 매우 어려운 생활이었지요——정말로 어려웠습니다……특히 슬럼프에 빠져 있을 때는 더했습니다. 그리고 솔직하게 말해서 나는 몸과 마음을 제대로 조화시키지 못했습니다. 회사원은 부지런하게 보여야 하는데도 말입니다. 그러다가 나는 양말 판매를 해보라는 부탁을 받았습니다. 월급과 수당을 준다고 하더군요.」

포와로가 부드럽게 말했다.

「그런데 당신이 말한 그 회사에서는 당신을 고용한 적이 없다고 하던데요?」

커스트는 흥분하여 말했다.

「그럴 리가 없습니다. 그들이 음모를 꾸미고 있기 때문에 거짓말을 하는 겁니다——그들은 틀림없이 음모를 꾸미고 있습니다.」

그는 잠시 말을 멈추었다가 다시 이었다.

「나는 문서로 된 증거를 가지고 있습니다——문서로 된 증거 말입니다. 회사에서는 내가 방문해야 할 곳과 사람들의 이름이 적힌 편지를 보내곤 했습니다.」

「글씨로 쓴 것이 아니라——타자기로 친 것이었겠지요.」

「그렇습니다. 대개 큰 회사에서는 타자기로 쳐서 보내거든요.」

「커스트 씨, 당신은 그 타자기를 모릅니까? 당신에게 온 편지는 모두 같은 타자기로 친 것이었소.」

「그것이 어때서요?」

「그리고 그 타자기는 당신 것입니다——그것이 당신 방에서 발견되었소.」

「그것은 내가 장사를 시작할 때 회사에서 기념으로 보내준 것입니다.」하고 커스트는 흥분하며 말했다.
「그러나 회사에서 온 편지는 그 뒤에 보내진 겁니다. 그러니까 당신이 직접 타자를 쳐서 당신에게 보낸 것이 아닙니까?」
「아, 아닙니다. 그것은 음모입니다.」
포와로는 갑자기 덧붙여서 말했다.
「하지만 그 편지들은 같은 타자기로 친 것들이오.」
「같은 것이 아니라, 같은 종류일 겁니다.」
커스트는 고집스럽게 반복해서 말했다.
「그것은 음모입니다.」
「그렇다면 당신 방의 찬장에서 발견된 ABC 철도 안내서는 어떻게 된 거죠?」
「나는 아무것도 모릅니다. 나는 그것이 모두 양말인 줄 알고 있었습니다.」
「그렇다면 당신은 왜 앤도버에 사는 많은 사람 중에 하필이면 애셔 부인의 이름에 표시를 해 놓았습니까?」
「그것은 그 부인부터 찾아가려고 했던 것입니다. 누군가부터 시작해야 하니까요.」
「하긴 맞는 말이군요. 누군가부터 시작해야 한다는 것은.」
「그런 뜻이 아닙니다. 나는 당신이 생각하는 그런 짓을 하지 않았습니다.」하고 커스트가 외쳤다.
「나도 그런 뜻으로 말한 것이 아니오.」
커스트는 아무 말도 하지 않았다. 그는 떨고 있었다.
「나는 정말로 그런 짓을 하지 않았습니다! 나는 정말 결백합니다. 그것은 오해입니다. 두 번째 사건을 조사해 보면 알지 않습니까? 벡스힐에서 사건이 일어난 시간에, 나는 이스트본에서 카드놀이를 하고 있었단 말이오. 나를 믿어 주십시오.」

그의 목소리에는 자신감이 들어 있었다.

「글쎄요.」 하고 포와로가 말했다. 그의 목소리는 명상하는 것처럼 부드러웠다.

「그렇지만 하루쯤은 틀릴 수도 있지 않습니까? 게다가 스트레인지 같이 고집이 센 사람은 자기가 틀렸을 거라고는 꿈에도 생각하지 않고 무조건 옳다고 주장할 거요. 그는 그러고도 남을 사람입니다. 그리고 호텔의 숙박부에는 일부러 날짜를 틀리게 적을 수도 있소——아마 다른 사람들은 그것을 몰랐겠지만 말이오.」

「나는 정말 그날 저녁에 카드놀이를 했습니다!」

「당신은 카드놀이를 잘하는 것 같더군요.」

커스트는 이 말에 약간 얼굴을 붉히면서 말했다.

「나는——나는——글쎄요, 잘하는 편이라고 할 수 있지요.」

「그것은 매우 재미있고, 많은 기술이 필요한 게임이 아닙니까?」

「오, 물론입니다. 많은 기술이 필요합니다——많은 기술이! 우리는 점심 시간에도 시내에서 그것을 하곤 했습니다. 낯선 사람끼리 어울려서 카드놀이를 하는 것을 보면, 깜짝 놀라실 겁니다.」

커스트는 웃었다.

「잊지 못할 사람이 한 명 있지요. 그는 내게 아주 이상한 말을 했습니다. 우리는 우연히 만나 커피를 마시면서 카드놀이를 했었습니다. 우리는 곧 친해졌지요.」

「그 사람이 무슨 말을 했었소?」 하고 포와로가 말했다.

커스트의 얼굴이 갑자기 어두워졌다.

「내게 손금 이야기를 했습니다. 그 사람은 내게 자기 손금을 보이면서, 두 번이나 물에 빠졌다가 살아날 운명이라고 하면서 실제로도 그랬다고 하더군요. 그리고 내 손금을 보더니, 나는 죽기 전에 매우 유명해져서 영국 국민들이 모두 나에 대해서 이야기할 거라고 했습니다. 그런데…….」

커스트가 말을 멈추었다.

「그런데요?」

포와로는 그를 뚫어지게 바라보았다. 커스트도 그를 바라보다가, 시선을 다른 곳으로 돌렸다. 잠시 뒤에 그는 정신이 나간 토끼처럼 등을 돌렸다.

「그리고 내가 끔찍한 죽음을 당할 것이라고 했습니다. 그는 웃으면서 말했지요. 내가 사형대 같은 데서 죽을 것 같다고요. 그렇게 말하고 나서, 그는 농담이라면서 또 웃었습니다——.」

커스트는 갑자기 말을 멈추었다. 그는 포와로의 눈에서 시선을 떼고 이리저리 둘러보았다.

「머리가 몹시 아픕니다. 두통은 너무 끔찍한 거지요. 이러고 나면 아무것도 생각할 수가 없게 된답니다.」

그는 말을 멈추었다.

포와로는 앞으로 몸을 숙이고, 조용하면서도 확신에 찬 목소리로 말했다.

「당신은 살인을 저지른 것을 정말 모릅니까?」

커스트는 고개를 들었다. 그의 시선은 평온했다. 그는 어쩔 수 없다는 듯이 말했다. 그의 목소리는 이상할 정도로 조용했다.

「아니, 알고 있습니다.」

「하지만 왜 살인을 했는지는 모르고 있습니까?」

커스트는 고개를 흔들었다.

「예, 그것은 모릅니다.」 하고 그가 말했다.

제 34 장
포와로의 설명

우리 특별 수사반은 포와로의 이야기를 듣기 위해서 긴장한 채로 앉아 있었다.

「모두 모였군요. 그럼 이야기를 시작하겠습니다. 나는 이번 사건의 범행 동기를 찾기 위해 고심했습니다. 언젠가 헤이스팅스가 나에게 이번 사건은 이제 끝났다고 한 적이 있죠. 나는 그에게 이렇게 말했습니다. 문제는 사람이라고요! 수수께끼는 범인이 아니라, ABC라고 했습니다. 범인은 왜 이번 사건을 저질렀을까요? 그는 왜 나를 자기의 적수로 골랐을까요?

범인이 정신적으로 결함이 있기 때문이라고 일축해 버리는 것은 말이 안 됩니다. 범인이 미쳤기 때문에 미친 짓을 한 것이라고 말하는 것은 올바른 대답이 아니라는 겁니다. 미친 사람도 행동하는 데는 멀쩡한 사람처럼 논리적이고 이성적입니다――그것이 그의 편견이라고 할지라도 말입니다. 예를 들어, 어떤 사람이 이상한 옷을 입고 밖에 나왔다면 그 옷 때문에 그는 이상한 사람으로 취급받게 될 겁니다. 그러나 만일 마하트마 간디 같은 사람이 그렇게 했다면 그는 어떤 확신이 있었기 때문이라고 인정받고, 그의 행동은 이성적이고 논리적인 것이 될 겁니다.

이번 사건에서도 범인이 여러 명을 살해한 것과, 나에게 그것을 미리 편지로 알린 것은 모두 이성적이고 논리적인 행동이었습니다.

내 친구인 헤이스팅스는 알겠지만, 나는 범인에게 첫 편지를 받고 매우 당황하고 난감했습니다. 그러나 곧 그 편지에는 어딘지 이상한 점이 있다는 것을 알아냈습니다.」

「당신의 말이 맞습니다.」

프랭클린 클라크가 냉정하게 말했다.

「그런데 나는 처음에 중대한 실수를 했습니다. 감정만 너무 믿었던 거지요——편지에서 느낀 단순한 감정 말입니다. 그것은 직관 같은 거였죠. 하지만 잘 계산된 이성은 직관 같은 것이 아닙니다——영감을 받은 것 같은 추측이 아니란 말입니다. 누구나 추측은 할 수 있겠지요. 하지만 그것은 맞을 수도 있고 틀릴 수도 있습니다. 그것이 맞는다면, 우리는 그것을 직관이라고 합니다. 그것이 틀리면, 우리는 다시는 그런 말을 하지 않을 겁니다. 그러나 직관이라고 하는 것은 논리적인 추론과 경험에 기초를 둔 감정입니다.

전문가는 그림이나 가구, 또는 수표의 사인 등에 이상이 있는 것은 조그만 표시나 흔적을 보고서도 알 수 있습니다. 자세히 조사해 볼 필요가 없습니다——단순히 경험으로 아는 것이지요——그는 어디가 이상하다는 것을 직감적으로 느낄 수 있지요. 그러나 그것은 추측이 아니라 경험에서 나온 직관입니다.

나는 처음에 그 편지를 그렇게 분석하지 못했습니다. 그래서 무척 불안해 했지요. 경찰은 그 편지를 짓궂은 장난으로 여겼습니다. 하지만 나는 진지하게 생각했습니다. 나는 편지에 쓰여진 대로 앤도버에서 사건이 일어날 것이라고 확신했습니다. 여러분도 아시다시피, 사건은 실제로 일어났습니다.

하지만, 그것만으로는 누가 그런 짓을 했는지 알 수가 없었습니다. 내가 생각할 수 있는 것은 단지 범인이 어떤 부류의 사람인가 하는 것이었습니다.

나는 계획을 세웠습니다. 그 편지——범행의 방법——살해된 사람, 내가 우선 알아내야 할 것은 범행의 동기와 편지를 보낸 이유라고 생각했습니다.」

「그건 범인이 자신을 알리고 싶어서가 아니었을까요?」 하고 클라크가 말했다.

「열등감에서 벗어나려고 그랬을 거예요.」 하고 도라 그레이 양이 덧붙였다.

「물론 그럴 수도 있습니다. 그렇다면 하필이면 왜 편지를 나, 에르큘 포와로에게 보냈을까요? 자기를 알리기 위해서였다면, 런던 경시청이나 신문사에 보내는 것이 더 큰 효과가 있었을 텐데요? 신문사에서는 처음에는 편지를 발표하지 않겠지만, 범행이 일어나면 발표했을 겁니다. 그러면 두 번째 편지가 오기 전에 ABC는 전국적으로 유명해지겠지요. 그런데 왜 나에게 편지를 보냈을까요? 에르큘 포와로에 대한 개인적인 이유 때문이었을까요? 외국인에 대한 반감 같은 것 말이죠——그러나 그런 것은 모두 내가 만족할 만한 결론이 아닙니다.

그러던 참에 두 번째 편지가 왔고, 벡스힐에서 베티 바너드 양이 살해되었습니다. 그것으로 살인이 ABC 순서대로 일어날 것이라는 걸 알게 되었습니다——나는 이미 예상했던 것이지만. 다른 사람들은 미치광이의 짓이 틀림없다고 했지만, 나는 그것을 확신할 수가 없었습니다. ABC는 왜 이런 연속 살인을 저질렀을까요?」

메건 바너드 양이 의자에서 약간 움직이면서 말했다.

「피에 굶주린 것이 아닐까요?」

포와로는 그녀를 바라보았다.

「그럴 가능성도 있겠지요. 그저 죽이고 싶은 욕망 말입니다. 그러나 그것은 이번 사건하고는 관계가 없습니다. 살인광은 대개 될 수 있는 대로 많은 사람을 죽이고 싶어합니다. 그것은 끊임없는 욕망 때문이지요. 그러한 사람은 자신의 정체를 감추려고 하지, 편지 같은 것으로 선전을 하지는 않습니다. 그리고 처음 세 가지 사건에서는——나는 다운스 씨나 얼즈필드 씨에 대해서는 잘 모릅니다——범인이 마음먹기에 따라서는, 자신은 전혀 의심을 받지 않고 다른 사람에게 혐의를 갖게 할 수도 있었습니다. 프랜츠 애셔, 도널드 프레이저 씨, 그리고 메건 바너드 양과 프랭클린 클라크 씨는 경찰이 직접적인 증거를 얻지 못했다면, 혐의를 받았을 겁니다. 그러므로 살인광의 짓이라고는 생각할 수가 없습니다. 그렇다면 살인자는 왜 자신을 노출시키고 싶어했을까요? 그리고 왜 시체 옆에다 ABC 철도 안내서를 남겨 두었을까요? 단순한 강박 관념 때문일까요? 아니면 철도 안내서에 관계된 콤플렉스 때문일까요?

나는 도저히 범인의 마음을 알 수 없었습니다. 그것을 범인의 아량이라고 할 수 있겠습니까? 범행의 책임에 대한 공포가 정직한 사람을 도와준 것이라고 할 수 있을까요?

나는 그 중요한 사실은 알아내지 못했지만, 범인에 대해서 알아낸 것이 있습니다.」

「그것이 무엇이죠?」 하고 프레이저가 물었다.

「우선 범인이 교활한 생각을 가지고 있다는 것입니다. 알파벳 순서대로 살인을 한다는 것이 그에게는 매우 중요한 의미를 갖고 있습니다. 그리고 범인은 희생자들에 대해 특별한 감정이 없다는 것입니다

——애셔 부인, 베티 바너드 양, 그리고 카미클 클라크 경, 이들은 모두 다른 부류의 사람들입니다. 여기에는 성 콤플렉스나 나이 콤플렉스가 있을 수도 없습니다.

그리고 또 내 주의를 끈 것이 있습니다. 만일, 어떤 사람이 분별 없이 살인을 저지른다고 해도, 대개 자기에게 방해가 되는 사람이나 자기를 괴롭힌 사람들을 죽일 겁니다. 그러므로 알파벳 순서대로 살인을 한다는 것은 그런 이유가 아니라는 사실을 말해 주는 것이지요. 그렇지 않으면 어떤 특징을 가지고 희생자를 선택하는 경우도 있습니다——가령 자기와 반대되는 성을 가진 사람이라든가 하는 것 말입니다. 따라서 나는 알파벳 순서대로 살인을 저지르는 ABC의 범죄엔 어떤 우연성이 있을 거라고 생각했습니다.

그래서 여러 가지로 신중하게 생각해 보았지요. 범인이 ABC 철도 안내서를 이용한 것으로 보아, 그는 철도에 흥미를 가진 사람이 아닐까 하는 생각이 들었습니다. 이런 경우는 여자들보다 남자들에게 더욱 강하지요. 대개 남자 아이가 여자 아이보다 기차를 더 좋아하니까요. 그것은 기차를 좋아하던 어린 시절의 마음이 아직 남아 있다는 증거도 되겠지요.

그리고 베티 바너드 양을 살해한 방법이 나에게 좋은 단서를 주었습니다. 그녀를 살해한 방법은 아주 인상적이었습니다——용서하십시오, 프레이저 씨——그녀는 바로 자기 자신의 허리띠로 목이 졸려서 살해되었습니다——이것으로 보아 범인은 그녀와 친한 사람이거나, 아니면 그녀가 좋아하는 사람이었을 겁니다. 나는 베티 바너드 양의 성격을 조사해 보고 실마리를 얻었습니다.

베티 바너드 양은 허영기가 있는 여자였지요. 그녀는 남자들에게 칭찬받는 것을 좋아했습니다. 그러므로 이것을 알고 있는 범인은 그녀를 설득하여 바닷가로 데리고 간 것이지요. 물론 그녀가 순순히 따라갈 정도로 범인은 멋있는 남자였을 테지만 말입니다. 여기에서, 사건의 상황을 한번 가정해 봅시다. 범인은 그녀의 허리띠가 멋있다고 찬사를 보냅니다. 그녀는 그것을 풀어서 그에게 줍니다. 범인은 그것을 장난하는 체하면서 그녀의 목에다 겁니다. 그리고는 말합니다. '너를 목졸라 죽이겠어.' 하지만 범인은 웃으면서 장난하는 식으로 말했겠지요. 베티 바너드 양도 따라서 웃습니다――그러나 범인은 실제로――.」

도널드 프레이저는 자리에서 일어섰다.

「포와로 씨, 제발 그만!」

「알겠습니다. 더 이상 이야기하지 않겠습니다. 이제 끝났습니다. 그럼 다음 사건인 카미클 클라크 경의 사건을 이야기해 보겠습니다. 범인은 맨 처음과 똑같은 방법으로 클라크 경의 머리를 내리쳐서 죽였습니다. 물론 클라크 경도 알파벳의 순서에 따라서 죽인 것입니다. 그런데 한 가지 마음에 걸리는 것이 있었습니다. 범인이 이렇게 일관성이 있다면, 도시를 선택하는 데도 일정한 순서가 있지 않을까 생각해 보았습니다.

앤도버는 A로 시작되는 도시 이름 중에서 155번째에 해당됩니다――그렇다면 B로 시작되는 도시는 156번째의 이름을 가진 곳이고, C로 시작되는 도시는 157번째의 이름을 가진 곳으로 하지 않을까 하는 생각도 해보았습니다. 그러나 도시들은 아무렇게나 선택한 것 같습니다.」

「포와로, 그것은 당신이 너무 골똘히 생각한 것 같군요. 당신은 너무 꼼꼼한 것이 탈입니다. 그것이 병이 될 수도 있어요.」 하고 내가 말했다.

「병이라고까지는 할 수 없지만, 내가 지나치게 확대시켜서 생각한 것은 사실이네.

자, 여러분——처스턴 사건에서는 거의 아무것도 알아낼 수 없었습니다. 불행하게도 우리는 그때 편지가 늦게 도착했기 때문에 미처 손을 쓸 틈이 없었던 거지요.

그러나 D 범죄를 경고해 왔을 때 우리는 대비책을 철저하게 세워 놓았습니다. 범인도 그때만큼은 더 이상 도망가기를 포기한 것 같았습니다.

게다가 그때 양말이 실마리로 드러났습니다. 사건이 일어나는 곳마다 양말 외판원이 있었다는 것이 밝혀졌지요. 그것은 우연의 일치라고는 보기 어려운 일입니다. 그래서 우리는 그 양말 외판원이 범인이 틀림없다고 결론을 내렸지요. 그런데 그전에 그레이 양이 나에게 그의 인상을 말해 준 적이 있었습니다. 그러나 그것은 내가 마음속으로 생각하고 있었던 베티 바너드 양을 살해한 범인하고는 전혀 딴판이었습니다.

자, 그 이야기는 이 정도로 하고 다음으로 넘어가겠습니다. 네 번째로 범인은 얼즈필드라는 사람을 죽였습니다. 이것은 범인이 극장에서 다운스라는 사람을 죽이려고 했다가 실수로 근처에 앉아 있던 비슷한 체격의 다른 사람을 죽인 것이라고 생각했습니다.

그리고 여기에서 범인의 행운은 끝이 나고, 그는 붙잡혔습니다. 그를 따랐던 행운이 마침내 그를 배반했던 거지요. 그는 사람들의 눈에 띄게 되었고——추적당하고——마침내 붙잡혔습니다.

헤이스팅스가 말한 대로 사건이 끝난 것입니다.

시민들의 생각도 그럴 겁니다. 범인은 체포되었으며 그는 결국 감옥으로 가게 될 것이고, 더 이상의 살인은 없을 것이라고도 보도되었습니다.

하지만 나에게는 그렇지 않습니다! 나는 아직까지 아무것도 모릅니다——전혀 아무것도!

그리고 아주 곤란한 문제가 생겼습니다. 커스트에게는 벡스힐 사건이 있었던 시간에 알리바이가 있다는 거지요.」

「나도 그것이 마음에 걸립니다.」 하고 프랭클린 클라크가 말했다.

「예, 나도 걱정이 됩니다. 그 알리바이는 중요한 것입니다. 그리고 그걸 해명하지 못하면 그가 범인이라는 것도 무너지게 되겠지요——우리는 지금 두 가지의 매우 흥미로운 문제를 안고 있습니다.

커스트는 A,C,D 사건만 저지르고 B 사건은 저지르지 않았을 수도 있습니다.」

「포와로 씨, 하지만 그것은——.」

포와로는 눈짓으로 메건 바너드 양에게 조용히 하라고 했다.

「잠깐만, 바너드 양, 나는 지금 진실을 찾고 있습니다. 만일 ABC가 두 번째 범행을 저지르지 않았다고 가정을 해봅시다. 그 사건은 25일 새벽에 일어났습니다——그날 범인이 범행을 위해 그곳에 도착했다고 합시다. 그런데 다른 사람이 그보다 먼저 그녀를 죽였다면? 그런 상황에서 범인은 어떻게 할까요? 다른 범행을 저지를까요, 아니면 모른 체하고 넘어갈까요?」

「포와로 씨!」 하고 메건이 말했다.

「그것은 터무니없는 생각이에요. 모든 범행은 같은 사람의 짓이에요.」

그는 그녀의 말에 아랑곳하지 않고 계속했다.

「하지만 이 가정은 한 가지 사실을 설명해 줄 수 있습니다——알렉산더 보나파르트 커스트의 성격과 베티 바너드 양을 살해한 자의 성격 차이를 설명해 줄 수 있는 거지요 ——커스트는 여자와 사귀어 본 경험도 없는 사람입니다 ——그렇지 않다면 범인은 고의적으로 이번 사건에 다른 사람을 끼여들게 해서 혼란을 주려고 했을 수도 있습니다. 모든 범행을 그가 한 것이 아닌 듯한 '살인마 잭' 사건처럼 말입니다. 여기에서 나는 매우 난처한 입장에 빠졌습니다.

베티 바너드 양이 살해되기 전에는 ABC 살인이 사람들에게 알려지지 않았습니다. 신문에서도 앤도버 사건은 간단하게 실었으며, ABC 철도 안내서에 관한 이야기는 아예 보도되지도 않았습니다. 그러므로 베티 바너드를 죽인 범인은 나, 경찰, 그리고 애셔 부인의 친척이나 이웃밖에 모르던 사실을 알고 있었다는 이야기가 됩니다. 나는 이 문제로 무척 고심하게 되었지요.」

사람들은 모두 당황한 표정을 지은 채 멍하니 포와로를 바라보고 있었다.

도널드 프레이저가 신중하게 말했다.

「경찰도 인간입니다. 그들 중에도 잘생긴 사람은 있습니다——.」

그는 포와로를 바라보며 말을 끊었다.

포와로는 부드럽게 머리를 흔들었다.

「아닙니다——그것은 간단한 문제입니다. 나는 여러분에게 우리가 두 가지 문제를 안고 있다고 말씀드렸습니다. 그럼, 커스트가 베티 바너드 양을 죽이지 않았다고 가정해 봅시다. 그가 아닌 다른 사람이 그녀를 죽였다면, 그 다른 사람이 나머지 범죄도 모두 저질렀다는 것이 되지 않을까요?」

「하지만 그것은 억지입니다!」하고 프랭클린 클라크가 외쳤다.

「억지라고요? 나는 처음부터 내가 할 수 있는 일은 다했습니다. 지금까지 온 편지를 여러 관점에서 조사해 보기도 했지요. 나는 처음부터 그 편지에 이상한 데가 있다고 생각했습니다——그림 방면의 전문가가 그림이 잘못된 점을 알아차리듯이…… 처음에는 그것이 미치광이가 썼기 때문이라고 생각했었습니다. 하지만 그것을 다시 조사해 보았을 때는 완전히 다른 결론에 도달하게 되었습니다. 편지가 이상한 것은 미치광이가 쓴 것이라서가 아니라, 정신이 멀쩡한 사람이 쓴 것이었기 때문이었습니다!」

「뭐라고요?」하고 내가 외쳤다.

「그것은 틀림없습니다. 그것은 그림이 잘못된 것처럼 역시 잘못되어 있었습니다——그것은 속임수였습니다. 미치광이가 쓴 것처럼 보이게 한 속임수……실제로는 아주 멀쩡한 사람이 썼지요.」

「그것은 말도 안 됩니다.」하고 프랭클린 클라크가 말했다.

「우리는 이성적으로 생각해야 합니다——아주 냉정하게 말입니다. 그 다음에 나는 편지를 쓴 목적이 무엇일까 생각해 보았습니다. 편지를 쓴 사람에게 초점을 맞추는 것은 살인자를 골라내는 것과 같습니다. 처음에는 난감했습니다. 그러다가 한 줄기 빛을 발견했습니다. 여러 명의 연속 살인에 초점을 맞춘 것입니다——연속 살인……셰익스피어는 이렇게 말했습니다. '숲 때문에 나무를 보지 못한다.'라고 말입니다.」

나는 포와로가 인용한 말이 틀렸는데도 고쳐 주지 않았다. 나는 그의 의도를 알려고 무진 애를 쓴 결과 어렴풋하게 알 것도 같았다. 그는 말을 계속했다.

「여러분이 핀을 가장 찾기 어려울 때가 언제인지 아십니까? 그것은 핀꽂이에 꽂혀 있을 때입니다. 그것과 마찬가지로 어느 하나의 살인이 눈에 잘 띄지 않을 때는 연속적으로 살인사건이 일어날 때입니다. 나는 범인이 무척 영리하고 치밀한 사람일 거라고 판단했습니다——과감하고 대담한 도박꾼. 커스트는 그런 인물이 아닙니다! 그는 이러한 범행을 저지를 만한 사람이 아닙니다! 나는 다른 부류의 사람을 찾아야 했습니다——소년다운 면이 있는 남자를 말입니다. 학생 같은 글씨체와 철도 안내서가 그 증거이지요. 그리고 여자들에게 인기가 있는 사람, 인간의 생명을 가치없게 생각하는 사람, 지금까지 일어난 사건 중에서 어느 한 사건에 관련된 사람!

살인사건이 일어나면 경찰에서는 대개 다음과 같은 것을 조사합니다. 먼저 기회를 조사하지요. 사건이 있었을 때 어디에 있었는가를 조사하는 겁니다. 다음은 동기입니다. 피해자가 죽음으로써 누가 이익을 얻게 되는가를 조사합니다. 기회와 동기가 명백해지면, 범인은 어떻게 할까요? 그는 알리바이를 만듭니다. 즉, 속임수를 쓰는 것이지요. 하지만 그것은 위험한 짓입니다. 그렇기 때문에 ABC는 좀더 치밀한 계획을 세웠습니다. 살인광을 만들어 낸 것이지요?

나는 네 가지 사건을 조사하고 분석해서 범인을 찾기 시작했습니다. 앤도버 사건에서 가장 유력한 용의자는 프랜츠 애셔입니다. 하지만 그는 이렇게 치밀한 계획을 세워서 실행할 만한 사람이 못 됩니다. 벡스힐 사건에서 가장 의심이 가는 사람은 도널드 프레이저 씨였습니다. 그는 머리도 영리하고 능력도 있습니다. 그러나 그의 범행 동기로는 단지 질투밖에 없습니다——질투 때문에 살인을 저지르는 사람은 이렇게 치밀하게 계획을 세우지 않습니다. 더구나 그는 8월초에 휴가를 떠났기 때문에 처스턴 사건에는 알리바이가 있습니다. 다음에 처스턴 사건을 알아봅시다——여기에서 나는 확실한 결론을 얻어낼 수 있었습니다.

카미클 클라크 경은 매우 부유한 사람이었습니다. 그가 죽고 나면 유산은 누가 상속받게 될까요? 그의 부인은 이미 죽어 가고 있기 때문에 상관이 없고, 결국 유산은 프랭클린 클라크 씨에게 돌아가게 되는 것이지요.」

포와로는 천천히 주위를 살피다가 프랭클린 클라크와 시선이 마주쳤다.

「그래서 나는 확신하게 되었습니다. 내가 마음속으로 생각하고 있던 범인의 성격과, 또 내가 알고 있는 사람의 성격이 일치했다는 말입니다. ABC와 프랭클린 클라크는 같은 사람입니다! 과감하고 모험적인 기질, 안정되지 못한 생활, 영국인에 대한 편애, 매우 희미하지만 외국인에 대한 불신, 매력적이고 친절한 태도——찻집의 처녀를 유혹해 내는 것은 너무나도 쉬운 일이지요. 치밀한 성격——그는 ABC의 목록을 만들어 놓았습니다——그리고 소년 같은 성격——클라크 부인도 그렇게 말했고, 또 그가 읽는 책에도 그런 면이 나타나 있더군요——나는 그의 서재에 E. 네스비트가 쓴 '철도의 아이들'이란 책이 꽂혀 있는 것을 보았습니다. 이제 더 이상 의심할 여지가 없습니다. 내게 편지를 보내고, 사건을 저지른 ABC는 바로 프랭클린입니다.」

프랭클린은 갑자기 웃음을 터뜨렸다.

「훌륭합니다! 그렇다면 커스트는 어떻게 되는 겁니까 그의 손에 묻은 피와 외투에 묻은 피는 어떻게 설명하겠습니까? 그리고 그의 하숙집에서 발견된 칼은 어떻게 되는 겁니까? 물론 그는 그것을 부인하고 있겠지만.」

포와로는 그의 말을 가로막았다.

「잘못 생각했소, 클라크 씨. 커스트는 그것을 인정했습니다.」

「뭐라고요?」

프랭클린은 정말로 놀란 것 같았다.

「그렇소.」 하고 포와로가 부드럽게 말했다.

「그는 자기가 범인이라고 믿고 있소.」

「그런데 왜 이러시는 거죠?」 하고 프랭클린이 말했다.

「나는 그를 보자마자 그가 범인이 아니라는 것을 알았소. 그는 이러한 계획을 세울 만큼 용기 있는 사람이 아니오——그리고 그의 두뇌는 평범합니다. 나는 이번 사건에 두 사람이 관련되어 있다는 것을 알았소. 두 사람 중에 한 명은 교활하고 치밀하고 과감한 진짜 범인이며, 또 한 명은 어리석고 겁이 많은 가짜 범인입니다.

결국 커스트는 이용당한 거요. 당신은 형님을 죽이는 한 가지 사건을 감추기 위해서 이런 연속 살인을 계획했던 거지. 그리고 그것을 위해서 커스트를 이용했던 거요.

당신은 우연히 시내 찻집에서 우스꽝스러운 이름을 가지고 있고, 행동이 이상한 그를 만났을 때 이런 계획이 떠올랐을 거요. 그 당시에 당신은 형님을 죽일 계획을 세우고 있었으니까.」

「그렇다면 내가 도대체 왜 그랬다는 겁니까?」

「당신은 유산을 물려받지 못할까 두려웠소. 당신은 언젠가 내게 형님의 편지를 보여 준 적이 있소. 그때부터 나는 당신을 의심하기 시작했지. 그 편지에는 형님이 그레이 양에게 깊은 애정과 매력을 느끼고 있다는 것이 나타나 있었소. 형님의 애정은 어쩌면 아버지가 딸에게 느끼는 것이라고도 할 수 있소——또는 당신의 형님이 그렇게 생각하려고 한 것일지도 모르지. 그러나 당신은 만일 형수가 죽게 되면 형님이 외로움에 못 이겨 동정과 위안을 얻기 위해 그레이 양과 결혼할지도 모른다는 위험을 느꼈던 거지——그런 것은 늙은 사람에게는 흔히 있는 일이니까.

당신의 두려움은 그레이 양의 태도 때문에 더 심해졌소. 당신은 좀 냉소적이기는 하나, 뛰어난 머리를 가진 것 같소. 사실 그레이 양은 당신 형님의 관심을 얻으려고 무척 애를 썼소. 당신은 형님이 결혼을 청하기만 하면 그녀가 당장에 승낙할 것이라고 생각했지. 그리고 당신의 형님은 매우 건강하고 혈기가 왕성했기 때문에, 결혼하게 되면 곧 아이가 생기겠지요. 그렇게 되면 당신의 꿈은 사라지는 거요.

당신은 자신의 생활에 만족하지 못했소. 당신은 영리하고 뛰어난 사람이오. 틀림없이 형님의 재산이 탐났겠지.

조금 전에도 말했지만, 당신은 여러 가지 계획을 궁리하던 중에 우연히 커스트를 만나게 되어 구체적인 계획을 세웠던 거지. 그의 거창한 이름, 간질병, 두통, 사회에서 냉대받고 천시받는 입장 등이 당신이 원하는 대로 이용하기에는 아주 적합한 조건이었지. 그래서 이러한 알파벳 계획을 세웠던 거요——커스트 이름의 머리글자와 당신 형님의 이름이 C자로 시작되고 처스턴에 살고 있다는 것을 고려해서 말이지. 그리고 당신은 커스트에게 암시를 주었소——그것이 어떤 효과가 있을 것인지 계산에 넣고서 말이오.

당신의 계획은 매우 치밀했소. 당신은 커스트의 이름으로 양말 회사에 편지를 보내서, 많은 양말을 그에게 보내게 했지. 그리고 양말 꾸러미와 비슷하게 많은 ABC 철도 안내서를 꾸려서 그에게 보냈소. 그런 다음에 회사에서 보내는 것처럼 타이프로 쳐서 그에게 월급 이외에 수당도 준다는 편지를 보냈지. 당신은 그에게 계속 타이프로 친 편지를 보냈소. 그리고 그때 당신은 자신이 치는 타자기와 똑같은 것을 그에게 선물로 보냈어.

그리고 나서 당신은 A, B로 시작되는 곳에서 사는, 각각 A, B로 시작되는 이름을 가진 사람을 찾아야 했지.

당신은 신중하게 생각한 뒤에 앤도버가 적당하다고 생각했겠지. 그리고 사전 답사를 해서 애셔 부인의 가게를 첫번째 범행 장소로 골랐소. 그녀의 이름이 가게 문 위에 분명하게 쓰여 있었고, 그 부인이 가게에서 혼자 살고 있다는 것을 알아냈기 때문이지. 당신은 그녀를 살해하기 위해서 치밀하고 과감한 계획을 세웠으며, 또한 행운도 따라줬소.

하지만 B의 살인에서는 방법을 바꾸어야 했소. 첫번째 희생자가 가게를 운영하며 혼자 사는 여자였기 때문에, 경찰에서 미리 그런 여자들에게 조심을 시킬 것이기 때문이지. 당신은 찻집 등을 다니며 여자들과 이야기하고 농담을 하다가 당신의 목적에 딱맞는 여자를 골랐소.

그렇게 해서 베티 바너드 양을 두 번째 희생자로 선택하게 되었지.

당신은 그녀를 여러 차례 밖으로 불러냈소. 그리고, 자신은 유부남이기 때문에 좀 떨어지고 은밀한 곳에서 만나야 한다고 했겠지.

그런 뒤에 계획대로 진행했던 거요! 당신은 커스트에게 앤도버의 목록을 보내어 사건이 있던 날에 그를 그곳으로 가게 하고, ABC 편지는 나에게 보냈지. 바로 그날 당신은 앤도버에 갔소——그리고 애셔 부인을 살해했소——당신의 계획은 아무런 방해도 받지 않았지.

첫번째 살인은 완전히 성공했소.

두 번째 살인에서 당신은 특별히 조심을 했지. 그녀는 사실 그 전날에 죽었소. 곧, 베티 바너드는 7월 24일 자정 이전에 죽은 것이라고 나는 확신하오.

이제 가장 중요한 세 번째 살인을 살펴봅시다. 사실, 이 살인이 당신의 진짜 목적이었지.

나는 이 이야기를 하기 전에 헤이스팅스에게 고맙다는 인사를 해야겠소. 그는 아무도 신경쓰지 않았던 간단하고 명백한 말을 해주었으니까.

그는 세 번째 편지가 늦게 도착한 것은 고의적일지도 모른다고 했었소.

그 말은 사실이오……!

내가 그때까지 혼란스럽게 생각하던 것이 그 한 마디로 완전히 해결되었지. 당신이 편지를 경찰에 보내지 않고 사립 탐정인 나에게 보낸 이유를 밝혀냈다는 말이오.

나는 처음에는 그것이 개인적인 이유일 거라고 생각했었지.

그러나 사실은 그런 것이 아니었소! 당신의 계획에 의하면, 편지 하나는 꼭 주소를 잘못 써서 늦게 도착시켜야 했소——그러나 당신이 런던 경시청으로 주소를 썼다면, 절대로 늦게 도착하는 일은 없겠지. 주소를 조금 틀리게 썼다고 해도 경시청에는 정확히 배달이 될 테니까. 그래서 당신은 어떤 특정한 인물을 골라야 했소. 당신은 좀 이름이 나 있고, 경찰에 그 편지를 알릴 만한 사람이 필요했기 때문에 나를 골랐던 거요——그리고 한편으로는, 외국인을 조소한다는 효과도 노렸겠지.

당신은 정말 영리하게 주소를 썼어——화이트해븐——화이트호스——아주 자연스런 실수처럼 보이거든. 단지 헤이스팅스만이 그것이 계획적인 것일지도 모른다고 했으니까. 물론 그것은 명백한 사실이었지!

편지를 늦게 도착하게 한 이유는 뻔하지. 범행을 안전하게 끝내고 난 다음에 경찰에서 수사를 하도록 꾸민 것이지. 당신은 형님이 산책할 때를 기회로 잡았소. 시민들은 ABC의 공포에만 신경을 쓰고 있었기 때문에 당신은 전혀 의심을 받지 않았지.

어쨌든 당신은 형님을 죽임으로써 목적을 이룬 셈이지. 당신은 더 이상의 범행은 원하지 않았소. 하지만 거기에서 느닷없이 범행이 중단된다면 당신은 어쩌면 의심을 받게 될지도 모른다고 생각했지.

한편, 당신의 도구였던 커스트는 계속해서 보이지 않게 자기 역할을 잘해 나갔소——하지만 워낙 보잘것없는 사람이었기 때문에 세 번의 살인이 일어난 곳에서도 그를 보았다는 사람은 없었소. 그리고 그가 컴비사이드를 방문한 것도 아무도 몰랐지. 그레이 양도 그것을 까맣게 잊고 있었을 정도니까.

여기에서, 항상 과감했지만 당신은 또 하나의 대담한 사건을 세웠소. 이번에는 커스트에게 완전히 덮어씌우기 위해서 그의 모습이 잘 드러나도록 해야겠다고 생각했지.

당신은 돈캐스터로 범행 장소를 결정했소.

당신은 매우 간단하고 자연스럽게 계획을 진행시켜 나갔지. 그것은 커스트를 돈캐스터로 가도록 한 다음, 그의 뒤를 따라가서 기회를 노리는 것이었소. 모든 것이 순조롭게 되었소. 커스트는 극장으로 들어갔소. 그것은 정말 간단한 일이었지. 당신은 커스트의 근처에 앉았소. 그가 나가려고 자리에서 일어섰을 때, 당신은 따라 일어나서 넘어지는 체하며 앞 줄에 앉은 사람을 칼로 찔렀소. 그리고는 그 밑에다 ABC 철도 안내서를 떨어뜨려 놓고, 어두운 복도에서 일부러 커스트에게 부딪치면서 칼을 그의 소매에 문지른 다음에 그의 호주머니 속에 슬쩍 집어넣었던 거지.

당신은 이제 애써서 D로 시작되는 사람을 찾을 필요가 없었소. 누구라도 상관이 없었소! 세상 사람들은 그것이 범인의 실수라고 생각할 테니까. 더구나 그 근처에 D로 시작되는 이름을 가진 사람이 있었소. 사람들은 그가 범인이 노린 사람일 거라고 생각하겠지.

그러면 이제 커스트의 입장에서 ABC 사건의 잘못된 점을 생각해 봅시다.

커스트는 앤도버 사건이 일어났을 때는 아무렇지도 않았을 거요. 그러나 벡스힐 사건이 일어났을 때는 놀라고 충격을 받았겠죠——그도 그 시간에 거기에 있었으니까! 그리고 처스턴 사건이 신문에 크게 보도되었소. 앤도버에서 사건이 일어났을 때도 그는 거기에 있었고, 벡스힐도 그랬고, 이번 사건에서도……그는 세 가지 사건에서 모두 현장에 있었소. 대개 간질병 환자들은 자신이 무슨 행동을 했는지 모르는 경우가 많소. 커스트는 신경이 매우 날카로워지고, 긴장을 하게 되었을 거요.

그러는 중에 그는 돈캐스터로 가라는 편지를 받았소.

돈캐스터! ABC 사건이 거기에서 일어날 줄 알면서도 그는 그것이 자신의 운명이라고 생각하고 그곳으로 갔소. 그는 몹시 당황했지. 하숙집 주인이 자기를 의심스런 눈초리로 쳐다보는 것을 알고 그녀에게는 챌튼햄으로 간다고 거짓말을 했소.

하지만 그는 돈캐스터로 갔소. 그것이 그의 의무였으니까. 그는 오후에 극장으로 들어갔소. 아마도 그는 거기에서 졸았을 거요.

그런데 여관에 돌아와 보니 외투 소매에 피가 묻어 있고, 주머니에는 피묻은 칼이 들어 있는 겁니다. 그의 기분이 어땠겠소? 자신이 막연히 두려워하고 있었던 것이 현실로 나타난 거요.

그는——자신이——범인이라고 생각했을 거요. 그는 두통 때문에 기억도 제대로 할 수 없었소. 그는 거의 확신했을 거요——알렉산더 보나파르트 커스트는 살인광이라고 말이지.

그 뒤부터 그의 행동은 쫓기는 짐승 같았소. 그는 런던에 있는 하숙집으로 돌아왔소. 그곳은 안전할 거라고 생각했겠지. 다른 사람들은 그가 첼튼햄에 갔었을 거라고 생각할 테니까. 그러나 그에게는 칼이 있었소——그것은 물론 어리석은 짓이었소. 그래서 그는 그것을 현관에 있는 가구에다 감추었소.

그러다가 어느 날 그는 경찰이 자기를 만나러 온다는 전화를 받았소. 그는 이것이 마지막이라고 생각했소. 그리고 경찰에서 모두 알고 있을 거라고 생각했겠지.

쫓기는 짐승은 마지막으로 도망을 쳤소…….

하지만 그가 왜 앤도버로 갔는지 그건 나도 잘 모르겠소——아마 범행 현장을 보고 싶어서가 아니었을까요——그는 전혀 기억에도 없지만 자신이 저지른 범행 현장을 보고 싶었던 거지…….

그러다가 돈이 떨어지고, 지치고 피곤해서 결국 경찰서로 찾아간 것입니다.

하지만 구석으로 몰린 짐승은 덤벼들게 마련이오. 커스트는 자기가 범인이라고 생각하고 있으면서도, 자기의 결백성을 주장했소. 그는 두 번째의 살인에서 알리바이가 있다고 필사적으로 주장했소. 하지만 그것이 통할 리가 없지요.

좀 전에도 말했듯이, 그를 보았을 때 나는 그가 범인이 아니라는 것과, 그가 내 이름을 모르고 있다는 것을 확인했소. 그런데, 그는 자신이 범인이라고 생각하고 있었소.

그가 자기의 범행을 인정했을 때, 나는 내 생각이 옳다는 것을 확신하게 되었소.」

「당신의 생각은——.」 하고 프랭클린 클라크가 말했다. 「터무니없는 것입니다.」

포와로는 머리를 흔들었다.

「그렇지 않소, 클라크 씨. 당신이 아무런 의심을 받지 않았을 때는 안전했지. 하지만 당신을 의심하고 수사를 해보면 쉽게 증거를 찾아낼 수 있소.」

「증거라고?」

「그렇소. 나는 당신이 앤도버와 처스턴의 범행에서 사용한 지팡이를 컴비사이드의 찬장에서 발견했소. 겉으로 보기에는 평범한 지팡이 같지만, 나무 안쪽에다 납을 녹여서 넣었더군. 그리고 당신이 경마장에 있어야 할 시간에 당신이 영화관에서 나가는 것을 보았다는 사람이 두 명이나 있소. 두 사람은 당신의 사진을 보고 확인했소. 그리고 당신이 벡스힐에 있는 것을 밀리 히글리 양이 보았다고 했으며, 사건이 있던 날 당신이 베티 바너드 양과 함께 스칼레트 러너 술집에서 저녁식사를 하고 있는 것을 보았다는 처녀도 있소. 게다가, 당신은 결정적인 실수를 했더군. 당신이 커스트에게 준 타이프에 당신의 지문이 묻어 있었소. 당신이 그 사건과 아무 관계가 없다면, 지문이 묻어있을 리가 없잖겠소?」

프랭클린 클라크는 잠시 동안 조용히 앉아 있다가 말했다.

「포와로 씨! 당신이 이겼소! 하지만 이제는 소용이 없어!」

그는 재빨리 주머니에서 작은 권총을 꺼내어 포와로의 머리를 겨

누었다.

나는 비명을 지르며 엉겁결에 뒤로 물러섰다. 마치 이제는 총소리만을 기다릴 수밖에 없다는 듯이——.

그러나 총소리는 울리지 않았다——방아쇠를 당기는 소리만이 들렸다.

프랭클린은 놀라며 권총을 보더니 소리를 질렀다.

「안 될 거요, 클라크 씨.」 하고 포와로가 말했다.

「당신은 모르겠지만, 나는 오늘 새 하인을 고용했소——그는 아주 솜씨 좋은 소매치기라오. 그가 당신 주머니에서 권총을 슬쩍해서 총알을 빼낸 다음에 당신 모르게 다시 집어넣어 두었지.」

「이 더러운 원숭이 같은 외국놈!」 하고 프랭클린은 얼굴을 붉히면서 소리쳤다.

「오, 좋아요. 마음대로 생각하시오. 하지만 당신은 쉽게 죽지는 않을 거요. 커스트는 당신이 물에 빠져서도 두 번씩이나 살아났다는 말을 했다고 하더군. 그것은 아마 다른 운명을 위해 태어났다는 뜻이 아닐까?」

「이놈을——.」

하지만 거기에서 프랭클린의 말이 끊어졌다. 그는 새파랗게 질린 얼굴로 주먹을 불끈 움켜쥐었다.

그때, 런던 경시청에서 온 두 형사가 나타났다. 그 중의 한 사람은 크롬이었다. 그는 형사다운 냉담한 목소리로 말했다.

「당신이 말한 것은 모두 증거가 될 수 있습니다.」

「그는 충분하게 말을 했소.」 하고 포와로가 말했다. 그리고 프랭클린에게 덧붙여 말했다.

「당신은 매우 편협한 사람이더군. 당신의 범행은 영국인답지 못했소——그건 정정당당하지 않았단 말이오.」

제 35 장
에필로그

프랭클린 클라크가 크롬 형사에게 끌려 나가고 문이 닫혔을 때 나는 쓴웃음을 지었다.

포와로는 약간 놀란 표정으로 나를 바라보았다.

「그의 범행이 정정당당하지 않았다고 한 말이 우스워서요…….」 하고 말하고 나는 한숨을 쉬었다.

「그것은 사실이야. 그것은 정말 끔찍한 사실이었어. 자기의 형을 죽인 것도 그렇고, 불운한 커스트에게 모든 것을 뒤집어씌우려고 한 잔인성도 그렇다네. 여우를 붙잡아라. 상자 속에 집어넣어라. 놓치면 안된다! 그것은 단순한 오락이 아니네!」

메건 바너드 양이 깊은 한숨을 쉬었다.

「저는 정말 믿을 수가 없어요――그것이 사실인가요?」

「예, 사실이에요. 이제 악몽은 끝났어요.」

그녀는 그를 멍하니 바라보았다. 그녀의 얼굴빛은 변해 있었다.

포와로는 프레이저에게 몸을 돌리면서 말했다.

「메건 바너드 양은 당신이 베티 양을 살해한 것이 아닐까 하고 몹시 걱정했소.」

도널드 프레이저는 조용하게 입을 열었다.

「저도 한때는 제 자신이 범인일지도 모른다는 착각을 했었습니다.」

「꿈 때문입니까?」

포와로는 그에게 좀더 가까이 다가가서 힘을 주어 말했다.

「당신의 꿈은 의미를 가지고 있는 거요. 당신의 마음속에는 어느새 베티 바너드 양의 모습이 사라지고, 다른 여자가 들어가 자리잡은 것입니다. 그것은 바로 메건 바너드 양이지요. 그러나 당신은 죽은 베티 바너드 양에게 미안한 생각이 들어 억지로 메건 바너드 양에 대한 생각을 지우려고 했소. 그래서 메건 바너드 양을 죽이는 꿈을——그런 꿈을 꾸게 된 것이지요.」

프레이저는 메건을 바라보았다.

「이제는 베티 바너드 양을 잊어버리십시오.」 하고 포와로가 부드럽게 말했다.

「그녀는 기억해 줄 만한 처녀가 아니오. 반면, 메건 바너드 양은 보기 드물게 훌륭한 처녀지요.」

도널드 프레이저의 눈이 빛났다.

「당신 말이 맞는 것 같습니다.」

우리들은 포와로 주위에 둘러앉아서 궁금한 것을 해결하기 위해 여러 가지 질문을 했다.

「진실 게임은 무슨 의도가 있어서 하신 겁니까?」

「모두에게 뜻이 있었던 것은 아닙니다. 하지만 그것으로 내가 원하는 사실을 알게 되었습니다——나는 내게 첫번째 편지가 도착했을 때 프랭클린 클라크가 런던에 있었다는 사실을 알아냈습니다——그리고 나는 그레이 양에게 질문할 때 프랭클린의 얼굴 표정을 보고 싶었습니다. 그의 얼굴은 악의와 원한이 담긴 표정으로 일그러져 있더군요.」

「저도 그때 너무 난처했어요.」 하고 도라 그레이 양이 말했다.

「나는 당신이 솔직하게 말할 거라고는 기대하지 않았소.」 하고 포와로가 냉정하게 말했다.

「그리고 이제 당신의 두 번째 기대도 무너지게 되었군요. 프랭클린 클라크가 재산을 상속받지 못하게 되었으니까 말입니다.」

그녀는 자리에서 벌떡 일어섰다.

「제가 계속 여기에서 모욕을 당해야 하나요?」

「오,그럴 필요는 없지요.」 하고 포와로가 말하며 문을 정중하게 열어 주었다.

「그런데 지문 이야기는 정말 결정적이었습니다. 당신이 그 말을 하자 그는 아주 포기하는 것 같더군요.」 하고 내가 말했다.

「맞아, 그것이 결정적이었지——지문 이야기가.」

그는 잠시 생각에 잠기더니 입을 열었다.

「하지만 그것은 자네를 기쁘게 해주기 위해 지어낸 이야기라네.」

「뭐라고요,포와로?」 하고 내가 소리쳤다.

「그러면 그것은 사실이 아니란 말입니까?」

「실제로 지문은 없었어.」 하고 포와로가 말했다.

며칠 뒤에 커스트가 우리를 찾아왔다. 그는 포와로와 악수를 나누면서 어색하게 고맙다는 인사를 했다. 그는 매우 기쁜 듯이 말했다.

「신문사에서 내게 100파운드를 주겠다고 하는군요——100파운드나 말입니다——단지 내 생활을 간단히 이야기하는 데 말입니다. 나——나는 도무지 어떻게 해야 할지 모르겠습니다.」

「나 같으면 100파운드를 받지 않겠습니다.」 하고 포와로가 말했다.

「자신을 가지십시오. 당신은 500파운드는 받아야 합니다. 그리고 한 신문사에서만 흥정하지 말고 여러 신문사를 돌아다니십시오.」

「정말 그렇게 생각하십니까? 내가 정말 ——?」

「당신은 이제 알아야 합니다.」 하고 포와로가 웃으면서 말했다.

「당신의 이름은 이제 영국 전체에 알려졌소. 유명한 사람이 되었단 말입니다.」

커스트는 조금 더 우쭐해졌다. 그리고 그의 얼굴에는 기쁨의 빛이 감돌았다.

「당신의 말이 옳은 것 같습니다! 나는 이제 유명해졌습니다! 모든 신문사에서도——당신 말대로 하겠습니다. 그리고 돈을 더 요구하겠습니다——될 수 있는 대로 많이. 그리고 휴가도 갔다 오고……그리고 릴리 마베리 양에게 멋진 결혼 선물을 주겠습니다——친절한 아가씨——정말로 친절한 아가씨입니다.」

포와로는 격려하듯이 그의 어깨를 두드려 주었다.

「그러세요. 마음껏 즐기십시오. 그리고——안과에 한번 가 보세요. 당신의 두통은 혹시 그 안경 때문일지도 모릅니다.」

「오, 그럴 수도 있습니까?」

「물론이지요.」

커스트는 힘차게 포와로의 손을 잡았다.

「당신은 정말 좋은 분입니다, 포와로 씨.」

포와로는 평상시와는 달리 그의 칭찬에 눈살을 찌푸리지 않았다. 그는 오히려 거만하게 보였다.

커스트가 가슴을 펴고 당당하게 나가고 나자, 포와로는 나를 보고 웃음을 지었다.

「헤이스팅스, 이렇게 해서 우리는 또 한 번 사냥을 한 셈이군. 그렇지 않은가?」

〈끝〉

▨ 작품 해설 ▨

『ABC 살인사건』(The ABC Murders, 1935)은 애거서 크리스티(Agatha Christie, 영국, 1891~1976)의 18번째 장편소설이며, 에르큘 포와로(Hercules Poirot)가 등장하는 11번째 작품이다.

이 작품은 『알파벳 사건』(The Alphabet Murders)이라는 제목으로 출판되기도 하고, 1966년에는 엠지엠(MGM) 사에서 영화로 제작하기도 했다.

『ABC 살인사건』도 포와로가 등장하는 다른 작품과 마찬가지로 기상천외한 트릭과 명쾌한 추리가 있지만, 다른 작품과는 달리 범인으로 보이는 ABC라는 자가 포와로에게 도전을 해오는 점이 특이하다.

다음과 같은 도전장이 포와로에게 날아든다.

에르큘 포와로——멍청이 같은 우리 영국 경찰이 미스터리를 풀기에는 너무 어렵다고 생각하지 않습니까? 글쎄요, 현명하신 포와로 씨는 어떨는지요? 아마 당신에게도 쉬운 문제는 아닐 겁니다. 이 달 21일, 앤도버(Andover)를 조심하십시오.

ABC

포와로는 그의 작은 회색 뇌세포를 자랑한다. 이 뇌세포가 움직이는 한 포와로의 추리는 완벽하다.

회색의 뇌세포를 현미경으로 보면 갈색으로 나타난다. 생물학자들은 이것을 뉴런(neruon), 또는 신경세포라고 하며 세 부분으로 구분한다. 세포체와, 세포로 충격을 유도하는 덴드라이트(dendrite), 또 세포에서 충격을 유지시키는 액슨(axon)이다.

뉴런의 액슨이 다른 뉴런의 덴드라이트와 연결될 때 염색체 접합(synapse)이 일어난다. 그래서, 포와로가 그의 회색의 작은 세포를 사용할 때는 뇌 외피의 세포체를 포함하는 복합 염색체 접합을 겪고 있는 것이다. 보통 사람에겐 이것이 포와로가 생각하고 있다는 것을 뜻한다.

포와로는 그의 회색의 작은 뇌세포를 자랑하지만, 그도 실수할 때가 있다. 그가 콧수염을 만지며 세계에서 가장 뛰어난 탐정이라고 의기 양양하게 말하는 모습은, 오만하기보다는 익살맞게 보인다.

에르큘 포와로는, 1940년대에 쓰여졌으나 1975년에야 발표된 『커튼』(Curtain)이라는 작품에서 죽는다.

이 책은 포켓북스(Pocket Books) 사에서 나온 『The ABC Murders』를 번역한 것이다.

정통 추리문학의 진수

세계추리걸작선

세계추리걸작선은 미국, 영국, 프랑스, 일본 등 추리문학의 본고장에서 최우수상을 받았거나 매니아들이 추천한 가장 뛰어난 작품들로 구성되어 있다.

01. **환상의 여인** / 윌리엄 아이리시
02. **Y의 비극** / 엘러리 퀸
03. **사이코** / 로버트 블록
04. **지푸라기 여자** / 카트린 아를레이
05. **이집트 십자가의 비밀** / 엘러리 퀸
06. **추운 나라에서 온 스파이** / 존 르 카레
07. **로즈메리의 아기** / 아이라 레빈
08. **노란방의 비밀** / 가스통 르루
09. **황제의 코담배케이스** / 존 딕슨 카
10. **잃어버린 지평선** / 제임스 힐튼
11. **그리스 관의 비밀** / 엘러리 퀸
12. **안녕, 내 사랑아** / 레이몬드 챈들러
13. **Z의 비극** / 엘러리 퀸
14. **경찰혐오자** / 에드 맥베인
15. **한푼도 더도말도 덜도말고** / 제프리 아처
16. **벌거벗은 얼굴** / 시드니 셸던
17. **피닉스** / 에이모스 어리처 & 일라이 랜도
18. **벤슨 살인사건** / S. S. 밴 다인
19. **르윈터의 망명** / 로버트 리텔
20. **죽음의 키스** / 아이라 레빈

21. **교환살인** / 프레드릭 브라운
22. **움직이는 표적** / 로스 맥도널드
23. **죽은 자와의 결혼** / 윌리엄 아이리시
24. **탐정을 찾아라** / 패트리셔 매거
25. **독약 한 방울** / 샬롯 암스트롱
26. **죽음과 즐거운 여자** / 엘리스 피터스
27. **어느 샐러리맨의 유혹** / 헨리 슬레서
28. **죽음의 문서** / 마이클 바조하
29. **인간의 증명(상)** / 모리무라 세이이치
30. **인간의 증명(하)** / 모리무라 세이이치
31. **호그 연속살인** / 윌리엄 데안드리아
32. **교황의 인질금** / 존 클리어리
33. **내 눈에 비친 악마** / 루스 렌델
34. **두 아내를 가진 남자** / 패트릭 퀀틴
35. **심야 플러스 원** / 개빈 라이얼
36. **파리의 밤은 깊어** / 노엘 칼레프
37. **누군가가 보고 있다** / 메어리 클라크
38. **독사** / 렉스 스타우트

43. 깨어진 거울
44. 빅 포
45. 벙어리 목격자
46. 포와로 수사집
47. 서재의 시체
48. 크리스마스 살인
49. 마지막으로 죽음이 온다
50. 창백한 말
51. 할로 저택의 비극
52. 마술 살인
53. 잊을 수 없는 죽음
54. 부부 탐정
55. 수수께끼의 할리 퀸
56. 맥긴티 부인의 죽음
57. 버트램 호텔에서
58. 죽은 자의 어리석음
59. 비뚤어진 집
60. 죽은 자의 거울
61. 잠자는 살인
62. 코끼리는 기억한다
63. 패딩턴발 4시 50분
64. 헤이즐무어 살인사건
65. 파도를 타고
66. 바그다드의 비밀
67. 리스터데일 미스터리
68. 엄지손가락의 아픔
69. 핼로윈 파티
70. 히코리 디코리 살인
71. 4개의 시계
72. 복수의 여신
73. 크리스마스 푸딩의 모험
74. 패배한 개
75. 카리브해의 비밀
76. 리가타 미스터리
77. 죽음의 사냥개
78. 비둘기 속의 고양이
79. 헤라클레스의 모험
80. 운명의 문
● 애거서 크리스티의 비밀